孤燈の夢　エッセイ集

金関 丈夫

法政大学出版局

孤燈の夢／目次

Ⅰ　同窓の害

同窓の害…2　心のふるさと…4　曽我の対面…7　江戸っ子と風流線…8　「加多乃」の思い出…9　還暦の弁…11　九大を去るに当って…13　近況おしらせ…15　すまいを語る…18　大和より…19　説話学に興味…21　消　息…22　ぼくの姓…22　おじいさんの弁…24　初孫の記…25　鈴木文太郎先生…27　人類学者としての清野先生…28　浜田耕作先生を懐う…31　沢田教授寸描…36　似顔絵問答…38　小泉鉄…44　高林吟二…45　森於菟…47　雲道人…48

Ⅱ　老書生の愚痴

老書生の愚痴…52　ぼくの読書前史…55　思い出の本――チェホフ…64　読書の解剖…66　読書と現代…68　本と懐中鏡…70　帙つくり…73　日本文学…75　源　氏…76　国語問題におもう…77　言葉のアクセサリー79　ハーン…81　荷風と直哉…82　ペル

ソー文庫…84　道楽案内…86　民族学の朝あけ――石田英一郎著『桃太郎の母』…88
G・S・クーン著『人種』…90　鈴木尚著『化石サルから日本人まで』…91　白うさ
ぎのシグナル――ゲオルギュウ『二十五時』…93　ロダンの言葉…95　思い出…98
前進座の寺小屋…99　実の綾のつづみ――喜多演能を見て…103　朝日五流能所感…105
市川少女歌舞伎「鳴神と沼津」…107　新作狂言拝見――狂言の会『彦市ばなし』…108
歌　舞　伎…110　トンボ返り…112　映画の効用…113　眼のおきかえ…115　場末の映画館
…116　映画のタイトル…118　日本にこなかった映画…120　ミスキャスト…126　〔映画
に現われた女性〕「女囚と共に」…128　「上流社会」…129　「わたしは夜を憎む」…130
「夜の乗合自動車」…132　「嵐の前に立つ女」…133　「ノートルダムのせむし男」…135
展覧会の見かた――日本国際美術展所感…136　美術展…139　ルーブルの思い出…140
サロン・ド・メ…142　こころの富――フランス美術展雑感…143　新しい恋人――法隆
寺国宝仏像展をみて…145　日本芸術…147　竹田をみる…148　現代絵画…150　第十三回
日展見物記…152　梅原と安井…154　坂本繁二郎個展を見る…156　坂本繁二郎覚書…158
棟方志功の陶画…160　雲道人とその芸術…162　雲道人礼賛…165　楽しい未成品…166
渦まく力…167　佐藤勝彦君とその作品…168　名茶ぎらい…170　名所ぎらい…171　名人
ぎらい…173　名品ぎらい…175　名物なで斬り…177　郷土史料収集への提案…180　沖縄
古文化財の保護についての私見…182　私の提唱…185　田舎に京あり…188　民芸の美

…189　松江の観光開発によせて…194

Ⅲ　出雲美人

出雲美人…200　美人の生物学…204　美女と般若…206　色　気…208　八頭身漫談…210
近くて遠きは男女の仲…212　九州の顔――二つの特質…214　社長さんたちの顔…216
医者の顔…217　仁　術…219　ガン研究所…220　トラコーマ…221　医学博士というもの
…223　考古学者…225　博　多…226　静粛地帯…228　失業式…229　志　野…231　鉄道語
…232　エチケット…234　蟬…235　馬と人間…236　スポーツと音楽…238　犬女房と猫女
房…240　蠅と殺人犯…242　被下候御方はドナタカハ存不申候共…244　鳰かぞえ…245

Ⅳ　トロカデーロの里代

トロカデーロの里代…248　京都にて…252　日本化したアメリカ人…257　恐龍と父と子
…260　親孝行について…265　仲人記…269　歳暮閑談…272　漫談正月風景…274　包　米
…280　鵞　鳥…283　穿山甲…288　その後のはなし…291　霊交と私…297　父の怪談…303

解説――中村幸彦…311　あとがき…320　初出発表覚え書…321

I　同窓の害

同窓の害

この間、相撲協会のごたごたで自殺しかけた出羽海は、むかし常の花といって、横綱を張った一時代の花形力士だったが、彼は小学校時代に私と同級だったことがある。四国の田舎から、岡山へ転居して、市内の内山下尋常高等小学校の尋常六年に転入したときのクラスに彼がいた。山野辺寛一という、そのころからよく肥った大兵な子供だったが、成績はあまり上ではない。

私は言葉も急にはクラスの連中のようにはしゃべれないし、何しろ私の田舎とくらべると、岡山はたいした都会で、私はいかにも田舎者じみていたらしく、少しバカにされた気味があり、ある日山野辺は私に向って、「お前の田舎ではドギをなまで食べるだろう」といった。ドギというのは、その時よくわからなかったが、岡山の方言で、ハゼのような色の黒い一種の川魚である。私の田舎ではドンコという。私はドギの何であるかは判らなかったが、山野辺にからかわれたということはわかり、その屈辱感はいまでも忘れることが出来ない。

その後、岡山の中学校に入ると、内山下の同クラスのものも数人いたが、山野辺が当時岡山の十六師団長だった一戸兵衛という中将のきもいりで、常陸山に弟子入りしたという噂をきいた。と思うまに、つまり私たちがまだ中学一、二年生であったあいだに、山野辺の常の花はどんどん出世して、数年後には幕内にはいってしまった。彼の得意はヤグラで、腹の上に相手をのせて、ふりまわしてふりとばす手である。その後は破竹の勢いで昇進して、私たちが大学に入ったころには、彼はもう日下開山の横綱だった。しかし、前のような印象があるので、かつて同級生だった常の花が天下の花形力士になったことは、私として別にほこりにも思わなかったし、従って自慢のたねにしたこともなかった。ここまでは前置きである。

その、常の花と一緒だった、尋常六年のクラスには、いま一人印象深い少年がいた。これは常の花とはちがって非常な秀才で、見るからに怜悧そうな顔をしている。新谷という受持の先生のペットで、いわば模範生だった。クラスで回覧雑誌をつくったことがあるが、私はこの佐藤というクラスメートの書いたものが、いかにも大人びたもので、そのころの私などには及びもつかないものであるのに驚いたことがある。

六年生の終りに近づき、みな小学校を巣立つわけだが、新谷先生は「佐藤君は郷里の田布施へ帰る。田布施とはこう書いてタブセと読む」というようなことを皆の前で披露し、佐藤君一人を問題にしたような寵愛ぶりだったのを、やや不平な気持で受けとった。

さて、話かわって、いまの総理大臣の岸なにがしが、世間の照明の中に出て、毎日のように新聞紙面にその噂が出るころ、彼が山口県の田布施の出身で、その弟に佐藤というものがある、ということを、私はいつとなく知っていた。

しかも岸の顔が、私の少年時代に同級だった佐藤秀才そっくりなのである。それで、私は、この岸か、その弟の佐藤かのどちらかがかつて私と同級生だった佐藤少年のなれのはてではないかと、疑ってみたことがある。折にふれてそうは思うのだが、かりにそうだとしても別に何ということもないので、それ以上熱心に探索したことはなかった。ところが先日、「九大医報」の編集の会合の席で、ある学生から、岸首相は出羽海と同級だったことを自慢にしているそうだ、という話をきいた。出羽海即ち山野辺寛一は、小学校より上の学校には入らないでお相撲になったのだから、これと同級だといえば小学校時代のことに限るわけで、やはり岸は私とも同級だったあの佐藤少年なのだ。このことがわかると、その顔やニュース映画などで見るその物腰などが、私の眼にまざまざと往時の佐藤少年を髣髴させる。それはいいとして、いままでと多少ちがった眼で彼を見直していることに自分でふと気がついて、非常にいまいましい気になる。というのは、私は岸が——大体いまの政治家なるものが大きらいで、いまだかつて彼を善意ある眼で見たことがなかったのに、その、私の高潔な眼に何かくもりがはいったような気がするからである。同窓だからといって、岸などに好意をもってたまるか、と、こういう心境なのだが、このように力まなければならないというのが、つまり同窓の害に、もうあてられかけている証拠であろう。

諸君もどうぞご用心して下さい。

心のふるさと

私は中学時代を松江ですごした。その後も家はながく松江にあったから、休みごとに帰省していた。それでこの地方は、私には故郷の地である。

中学時代といえば、少年期から青年期へのうつり変りの時で、その頃は今よりも、形の上でもそれがはっきりしていた。四年生になると、それまで筒袖をきていたのが、袂をつける。それは一種の元服で、なかにはその年から遊廓通いをはじめるのもいた。肉体にも、感性にも、青春期がおとずれたわけで、自然や人生に対する印象がもっとも鮮かな時期をすごしたのが、この松江である。

私はそのころ文学少年で、歌など作って投書していた。なかまができて、雑誌を作ったりした。五円なにがしの、印刷屋への借金を済ませていないことは、いまだに忘れていない。定価五銭の雑誌が、本屋の店頭で一冊だけ売れた。それを買ったという女学生の名を、いまでもおぼえている。

毎月一回、短歌会というものをする。なかまの中にはおとなもいて、あるときその席へ芸者があらわれた。夜が更けて雪になり、外に出ると、自分のマントの中へ芸者がはいっている。肩を抱いて夜更の街をあるいたのが、中学四年の終りのころだった。

そのくらいのことで、その頃の流行語のデカダン気分を味わっていた一方、私は松江の聖公会で、そのころ按手をうけ、形の上ではもう一人まえのクリスチャンだった。これはイギリスの聖公会教派の教会で、私に按手を施したのは、バクストンという老宣教師だった。晩年に日本を再訪したおりのことで、私の生涯のうちに遇った偉大な人物といえば、この人の上に出るものはない。その印象は、稲妻の中で一瞥した深山の大瀑布というようなものだった。霊力というようなものがあるとすれば、この人は非常な霊力を感じさせる人だった。その後一時、内村鑑三にも師事したが、内村さんの力はこれとは異質のものだった。

米子にもそのころ、一人の婦人宣教師がいた。イギリス人で、ミス・ナッシュといった。しずかな、やさしい人で、その風采ものごしは、前世紀のビクトリア朝の風が遺っているといった人だった。この人は第二次大戦中も帰国せず、軟禁されたまま、米子でなくなった。日本と米子とを、ものいわずに、しずかに愛しつづけて、一生を終えた人である。戦時中の物資欠乏のとき、イギリス人の日常に欠くことのできない、紅茶の不足を気の毒におもって、台湾から米子へ、私は数回紅茶を送ってあげた。

こうした人々から吸収した私の青春時代の栄養は、ほとんど私の体液の一部になっていたらしい。そのことを私は、あるときまざまざと知った。一九三六年のことで、ロンドンのソースベリースケアにある、聖公会の海外本部を訪ねたときである。これも松江にいた宣教師のバークレーさんに温かく迎えられ、別の眼で見れば、ビクトリア朝以来の、イギリス植民政策の悪臭のこびりついたような、その古めかしい建物の内部にはいったとき、私は突如として、自分の故郷に帰ったような錯覚をおぼえた。いわば、魂のふるさとというような。

私の青春期のこうした思いが、この地方の事物の、どこにでも遺っている。医学部の前には、ミス・ナッシュの旧居もある。私はこの大学に招かれて、そうしたことも予想してきたのだが、来てみると、予想以上の感慨だ。昨日も、長砂のミス・ナッシュの墓に詣でて深い感慨にふけった。あたりに人影のない、閑かな松林の中で、ミス・ナッシュは眠っていた。

曽我の対面

大正三年の御大典の折の建物のお古を頂戴して、ナニ徳館とかいうものが出来たときの紀念祭だったが、二部乙の連中がその講堂で歌舞伎芝居をやるという。専門の振付師をたのんで練習をしたのはいいが、いざとなって学校の方で、講堂での女装の出演は許可しないということになった。窮余の策として、女形の役はみな男装で出る。狂言は曽我の対面だったが、虎も少将も若衆姿だ。それはいいが、素人の悲しさで、所作は急にかえられない。振付師の教えた通りをやったから、男装でぐにゃぐにゃと女の振りをする。珍無類の芝居が出来上った。これには腹をかかえた。

それほどではないが、この芝居の失敗がもう一つの記憶にのこっている。野球部の今田君が工藤をやって「思いいだせばおおそれよ」で、左手をふところから出す型をやった。その手がどうしたものか出てこない。あせればあせるほど出ない。いつまでたっても安元元年にならないので大笑いだった。

山田のウサはんという名物男が、別の出し物で、三高生が夜店の植木屋をひやかす寸劇のようなものをやった。サンザン値切り倒して植木屋を往生させ、さて金を払う段になると釣はいらないよ、といって昂然とはいってゆく。しかも値切ったことと、釣はいらないよとの間に何の連絡もないのだから呆れてしまった。「三高生ってなんて頭の悪いやつだろう」自分が三高生でありながら、こんな感想をいだいた。私にはいまでもこういうところがある。

江戸っ子と風流線

大正六年のことだったと思う。その年に高等学校の入学試験の制度に、新しい方式がはじまって、第一志望、第二志望というような、志望によって、成績相応の学校に入れられることになった。それで、その年に三高の仏法にはいってきた連中には、一高第一志望で受けて、心ならずも三高にまわされてきた連中が多かった。野球をやっていた宇津木なども、そうした連中の一人だった。

そんなわけで、この連中が、東京出身のものが多かったせいだろうが、さかんに江戸っ子をふりまわす。京都のよさなどは眼中になかったろうと思う。何でも江戸っ子でなければ田舎っぺいだ。

そのころ、偶然、京極の裏路地に「江戸っこ」という飲み屋ができた。のちに「正宗ホール」といっていたが、いまはどうなったか知らない。当然この連中が大の支持者になって、中には、電車賃が不足で、昼休みに吉田から京極までかけ足で往復したりして、「江戸っこ」に通う連中がいた。

ところがある時、一大事件がおこった。彼らが東京っ子だと思っていた「江戸っこ」のあるじが、実は横浜人、つまり「浜っ子」だったということがわかった。彼らの「江戸っこ」通いは、それ以来ぴたりとやまった。

京極の映画館に「金色夜叉」がかかる。貫一が一高の制服で出てくると、観衆の中で、しきりに「ちくしょう」とくやしがっている者がいる。その連中なのだ。

こうした一高へのあこがれとその変形である敵愾心とが、宇津木などの対一高戦の闘志を養ったものらしい。

三高には直接関係はないが、そのころの世相をしのぶために、いま一つ思い出をしるす。

ちょうどその頃、大学にも同じ制度が出来たと見えて、学習院出の連中が、だいぶ京大へやってきた。松方、近衛などもそうだったようだ。しかしこの連中は三高生よりはおとなだ。すぐ京都のいい所を知ってしまった。祇園だ。

ある日曜日、岡崎のグラウンドで、珍妙な野球戦がはじまった。一方の選手は京大学生だが、そろいの紺の法被をきて、襟に「風流線」と染めぬいている。その方の応援隊は祇園の姐さん連中だ。相手側は、その当時京極にかかっていた、金龍館のオペラの一座で、田谷力三がショートなどやっている。一座の女優連中が、長い紐のついた長方形の、妙な旗などおしたてて、嬌声をあげている。京大側には松方などがいた。いまから考えると、見てはいられない醜態だったが、結構それで彼らは風流がっていたのだ。思えば結構な御時世だった。今の学生諸君には考えも及ばないことだろう。

「加多乃」の思い出

牧野の女子医専が発足して予科の一年が終ると、最初の講義が解剖ということになったわけだから、中野先生や私などは、本科の講義をした者のうちでは一ばんの古株である。

当時の校長は和辻先生で、私どもを宇治の花屋敷へ連れていって歓迎会をしてくれたとおぼえている。洒脱な先生で、若い芸妓相手に冗談をいって、御機嫌がよかった。その席で私は琉球のことを先生に話したりした。私が第一回の琉球旅行から帰ったころだったかと思う。こんど二十五年ぶりで第二回の琉球旅行から帰ると、この原稿の依頼が待っていた。不思議な縁というのかも知れない。

牧野の思い出は、私には中野先生の思い出になりそうで、それほど彼には逸事が多い。

しかし中野先生があたまをたたいて閉口するのは気の毒だから、遠慮する。私は第一回の雑誌部長というようなものに選ばれて、校友会雑誌の創刊の苦労をした。もっとも苦労といっても楽しみが多かったが。「加多野」という名も、その題字を、光明皇后の『楽毅論』だったか『杜家立成』だったか、写本から択り出したのも私だった。原稿の方も一人で沢山書いた。思い出してもおかしいのは、学生の或る人の投稿に「ジョージ・エロ」と言う署名があって、そのまま印刷されている。その当時はまだ「エロ」という言葉が日本語として、今日のような意味をもって普及していなかったという、これは一つの証拠になる。語史学上の貴重な資料であろうと思う。

牧野で思い出すのは、一宮の付近の農家に保管されていたもと同社の神宮の仏像で、木彫の貞観時代のいいものがあった。この当時は感心のあまり、女子医専は焼けてもいいが、この仏像は焼きたくない、というような不都合な感想を抱いた。いまはそうは思わない。人間のことは想い出にも、二十五年いまなお洗い落されない、醜い垢がつきまとう。仏様にはそれがない。牧野を想うたびに、この仏像を想うのは、やはり一つの済度を蒙っているわけだ。もちろん人事にもいろいろ楽しいことはありました。それを想い出して反芻するには、私はまだ若すぎると、自分でうぬぼれています。

還暦の弁

若いころは、他人が還暦をむかえたなどときくと、あの人もひどい年よりになったものだ、と思っていた。自分がなってみると、何だか嘘のようで、どこかまちがっているのではないかと思う。

むかしならば、これをまず一生のしめくくり、という段階になったわけだが、いま私の一生をふり返って、とやかくいう気にはならない。いいたくないのだが、それはいい出せば恥かしいことだらけで、とても堪えられないからである。それに、これからだ、という気はまだまだある。

しかし、これからだ、といっても、だいたいもう目安はついているので、そうたいした期待を、自分にかけているわけではない。まあし残した仕事を、ある程度やってしまえばいいというくらいのことである。

こう割りきって、悟ってしまえば、それで何のことはない。一人の平凡人の還暦の感想としては、むしろありふれたものだといえるかもしれない。

ところで、人間というものは不思議なもので、自分のことになると、なかなか判断がつかないことが多い。他人から見れば、だいたいお前の一生も、そんなところだろうと、はっきりしている場合にも、自分としては、まだ何となく割り切りたくない気持がある。

いわゆる慾目というやつで、自分のことはわからないから、まだそんな希望を捨てきらないだろうともいえるし、また一方、自分のことは自分にしかわからない。他人の知らないものが自分にはあるのだ、といううぬぼれもないではない。いずれにしても慾目であるにはちがいない。

とにかく還暦という、人工的な一線によって、人間がしめくくられたり、その将来が計量されたりするのは不自然な話で、早熟の天才は、三十で一生のしめくくりに達するものもあろうし、晩成の人には七十八十でなお新しい仕事をはじめ得るものもあるだろう。

それではお前はどうだといわれると、それが判らない。今まで仕事をなまけてきた手前、晩成だ、といわなければひっこみがつかないような気がするので、自分にもそう信じさせかねない、と、まあそんなところであろう。しかし、私に晩成型の兆候があるかというと、それが甚だ怪しい。

私は中学三年生のときに、まだ自分の経験したことのない恋愛を主題とした歌を投書して、それが、ある文芸雑誌が募集した現代百人一首というのに選ばれた。百人のうちの大半は、明治大正の大歌人である。家のものがそんなものを大切にしてとっておいたので、今でもそのシートは残っている。こんなところを見ると、早熟児であったともいえる。少なくとも、情的には早熟児であっただろう。

ところが、いま還暦に達して、自分の考えていることは、というと、あと三年で退職する。それからさきは恩給だけで暮す。それには金のいらない生活をしなければならない。どこかの大学の学生になって、毎日講義をきいておれば金がかからないだろうし、退屈もしないだろう。そんなことを考えている。そこまではよろしい。しかし、学生生活をはじめるとなると、クラスメートの中からガールフレンドでも出来はしないかという、ほのかな希望もある。

それを女房に話して笑われているのだが、情的にだって、そのくらいのエネルギーはまだもっている。とすると、私はこの方面で晩熟でもあるようだ。

結局、早熟にして晩熟なのだろう。持続型というのかもしれない。こう考えて思いあたるのは、仕事の上でも私は気が長い。一つの仕事になかなか区切りがつかない。十年、二十年前に手をつけた仕事を、まだいじくったり、放置しては、また思い出したように手をつけたりしている。結局、これから考えると、少し自分をひやかし気味でいえば、つまり永生き型なのであろう。還暦をむかえたが、これからまだどのくらい生きるかしれないと自分で思っている。

しかし、永生きしても、なるべく諸君に迷惑はかけないつもりでいる。クラスメート・ガールと、ときどき映画を見たりコーヒーを一緒に飲むくらいのことで、結構楽しんでゆけると思う。まあこんな奴だ、と思っておいて下さい。

九大を去るに当って

九大に赴任したのは、昭和二十五年のはじめだったから、十年あまりご厄介になったことになる。その前は台湾の大学に十三年ばかりいた。

台湾では主に高砂族の人類学的調査をしたが、それが未完成なままで終戦になった。終戦後四ヶ年残留したが、もう蓄地へははいれない。それで平地の考古学的調査を、下関水産講習所の国分直一教授と一緒にやった。

引きあげて九大に拾われたとき、その在職中に、台湾での仕事をまとめることが出来たらいいと思っていた。別に新しい仕事はやらなくてもと、そう考えていた。

ところが、九大にきてみると、予定通りにはいかなかった。新しい仕事が、つぎつぎに出てくる。そして、その仕事は、どう考えても等閑にしておくわけにはいかないものだった。

元来、日本人の祖先とか、その由来を論じた従来の学説は、みな古人骨の人類学的研究に基礎をおいたものだったが、その古人骨のうち、縄文時代の人骨は、全国にわたって、非常にたくさん発掘されており、よく調査されている。これに反して、弥生時代の人骨はほとんど調査されていない。つまりいわば材料なしに、架空の議論をしていたようなものだった。

ところが、この地方にきてみると、その材料が絶対不可得なものではなさそうだ、ということが判った。それならば、何をおいてもこれをまずやるべきだと思った。台湾の仕事はあとまわしになった。もっとも、それもまだまだ新たにやるべき個所がブランクになっている。幸い台湾には、その仕事をつづけて、穴を埋めてくれる後継者が出来ているので、それをやって貰って、穴が埋ったところでまとめればいい。そう考えたので台湾の方とは連絡をとって、一方でどんどんやって貰う。その間にこちらでは、弥生人骨をやろうと、そう考えたのである。

幸い、運がよくて、まずある程度の弥生人骨が集まった。この十年は、この骨集めでまたたく間にたってしまった。しかし、この方の仕事を完成するには、まだ数年かかる。結局、台湾の仕事も、弥生人の仕事も、完成しないで停年ということになった。

だが、私は幸い健康にめぐまれているので、やりかけた仕事だけは、生きている間に、何とかまとめることが出来るだろうと思っている。

しかし、やってみてわかったことだが、この地方には、弥生人の骨といわず、まだまだ古人骨の貴重な資料が、おびただしく地中に眠っている。それを集めて、研究することは、私にはもう不可能になったが、しかし捨てておくことは出来ない。それは今後の九大におけるこの方面の学者に、ぜひやって貰わねばならない仕事である。九大はまず、九大でなければ出来ない仕事をやる、という立てまえを、はっきり認識して、この仕事をつづけてくれると、大変ありがたいと思う。

在職十年間の私のつまずきがちな仕事に対して、庇護、鞭撻、協力、援助を与えられた、九大当局、同僚諸君、地方諸人士に対して、最後に、心からの感謝をささげる。

近況おしらせ

私は今年六十三歳で、九大は停年制のため、この三月末に引退することになり、かねての志望通り、京都に隠居して読書生活に入るつもりでしたが、鳥取大学の解剖から、二年間来てくれという話があり、この二年間というのは、鳥取の停年が六十五歳というところから来るのですが、まあそれくらいなら、志望の生活に入るのを延ばしてもいいだろう、という気になって、三月一日付の転任という形で、鳥取大学に赴任してきました。

鳥取大学といっても、医学部は県の西のはしの米子市にあるわけで、この米子は島根県の松江に非常に近い。汽車で四〇分というところです。ところが、この松江というのが、私の少年時代から青年時代をすごした土地で、私は松江中学校の卒業生です。そして、その後も、家があったせいで、休みごとに帰省している。いわば私には第二の故郷といったようなところですから、非常になつかしい。米子に赴任する気になったのも、一つにはこれがあったためで、私は家を松江にさがし、幸いいい家が見つかったので、いまでは毎日松江から米子に汽車通学をしているわけです。

中学を出たのが大正四年ですから、四十年以上たっている。それにもかかわらず、この田舎のしずかな城下町は、その間に四十年もたったとは思われないほど変っていない。どこを歩いても、むかしの面影がのこっています。私はこの二年間は、こうした懐古的な気分を充分味わいながら、これまでの仕事を片づけ、また老後の計画を練ろうと思っています。まあ、半分は引退したような気分になっているわけです。

しかし、自分はその気でも、必ずしもその通りに、しずかな気分でいられるものかどうか、これは私にもちょっと見当がつきません。できるだけ世間の空気を遮断して、大いに隠居者を気取ろうとしても、なかなかそうはさせてくれない。このごろは世間がいそがしくなり、その空気は学界も御同様ですから、油断をしていると、ひっぱり出される。この夏は、七月の末から八月のはじめの一週間、パリで、第六回国際人類学民族学会というものがあり、日本人類学会から、私に出席せよという命令がありました。他に適当な人があるのですが、どうしても私にゆけというので、致し方なしに、七月二十一日羽田をたって、パリに出かけました。

パリも、実は私にとっては松江同様の、懐古の地です。ここは昭和九年から十年にかけて、九ヶ月ばかり滞在した、ざっと二十五年前の古なじみの地ですから、行ってみると、やはりなつかしい。御承知のように、第二次大戦の戦災をうけていませんから、少しも変っていない。むかしいたソルボンヌ付近に、こんども宿をとりましたが、どこを歩いても、むかしの姿がのこっている。前のときから、ひきつづいてそこにいるような錯覚におそわれるといったあんばいです。

もちろん、世界中、旅行者がふえ、どこもここも観光客めあての商売かたぎがむき出しになり、その点パリなどは、世界でもトップをゆくような土地ですから、表面的には、ずいぶんと変ったところもないではありません。しかし裏町へ足を一歩ふみこむと、そこは依然たる、むかしのパリの裏町です。私にはそこが一番なつかしい。

学会をすませて、ベルギー・オランダ・ロンドンと歩き、八月末パリにひきかえして、帰途につきましたが、同じような懐古的感慨は、ロンドンでも同様でした。つまり、いたるところ、後をふりかえって、いわば後ろむきで歩いてきたようなものです。うしろむきの人生、どうやらそういう年配になったのだな、ということを、痛切に感じて帰ってきたわけです。といって、別にそれを悲観しているわけではありませんが。

この年末には、また台湾医学会の招待で、夫婦で一ヶ月ばかり、行ってこようと思っています。これは十一年目になります。同じような気分になり、同じような感想をいだいて帰るのではないか、と思っています。

すまいを語る

「宇部はどちらにおすまいで」ときく人に、「研究室でねおきしています」と答えると、「それはご不自由なことでしょう」と、たいていの人が同情してくれる。

不自由などころか、家にいるよりも何層倍か、私は研究室ずまいで自由を享楽している。すきなときにめしを食い、すきなときに寝る。これが自由でなくて何であろう。一人ずまいのために不自由を感じたことはいちどもない。決してまけおしみではない。

こうして暮らしていると、家族といっしょに住むということの利害を、折りにふれて、考えてみることがある。家族の生活というものは、どうもお互いに制約しあうことが多すぎると思う。

「試験結婚」という言葉を、以前によく聞いたが、試験離婚というのは、まだきかない。私はいま離婚などは考えていないが、家庭を絶対的のように思うのも、一つの迷信かもしれない。お互いの自由への足ぶみとして、一定期間別居して独身生活をしてみる、ということも、他に障りのない人には、いちど考えてみる値打はあるだろう。

しかし、それはどうでもいい。こうして、真夜中に起きていて、こんな雑文を書いていても、ふとんの中からカマ首をもたげて、「まだ起きているの。いったい何時だと思っていて」などという者がない。ガチャガチャいわせてココアをいれようが、ホットケーキを作ろうが、だれも文句をいわない。実に楽しい。

大和より

近鉄、すなわち近畿鉄道会社の線で、大阪奈良間に「学園前」という駅がある。急行はとまるが、特急はとまらない。その駅のまん前に大きい校舎がある。近代的、のつもりだろうが、円筒形の、ブリキのおもちゃのような建物がそびえている。これが私のいまつとめている帝塚山大学である。もっとも、これは幼稚園から中学、高校、短大までの校舎で、今年四月発足した四年制大学はまだ校舎がない。とりこわす予定の古い木造の校舎を借りている。来年四月に、ここから少し離れた富雄《とみお》の山中に、りっぱな校舎が建つ予定だという。そうなると下車駅はここから一つ大阪よりの富雄駅になる。

九大をやめてから、鳥取大、山口医大と二年ずつ勤めて、この四月にここに拾われた。学部は東大のまねをした教養学部だけだ。私の肩書きは文化人類学の教授で、専門課程即ち昭和四十一年から講義すればいいことになっている。ところがきてみると、教授陣の員数は文部省規定の最少限で許可されていて、進学課程の授業をそれだけの員数で埋めることができない。も一つは、研究していればいいとはいうものの、何の授業もしないで、二年間俸給だけもらうというのが、何となく心苦しい。そんなことから、約束外ではあったが、今年入学の進学課程の一年生に講義することになった。文化人類学の課目は、専門課程の課目だから、二年後にはじめることにして、いまは「民族誌」すなわちエスノグラフィーをやっている。

解剖学でめしをくいだして以来、五十数年間、十年に一度くらいノートを書きかえただけですましてきた。ある部分はノートなしでも講義ができる。ところが、こんどはそうはいかない。日本の大学を見わたして、民族誌などを講義しているところは一つもない。従って便利な教科書は一冊もない。あるのは、ドイツ語の数冊にわたる厖大な本が数種あるくらいのものだ。自分の勉強のつもりで引き受けたが、厄介至極なものを引きうけたものだと後悔している。四月から七月の夏休みに入るまでに、ヨーロッパの民族のまだ半分しかすまない。そのノート作りが大変だった。その苦労の一例をあげると、ヨーロッパ人には知れきった地名をいちいち地図の上でさがしておかないと、学生に質問されたときにまごつく。そんなことで思わぬ苦労をしながら、夏休みまでは何とかすました。これからもあと半年、同じ苦労がつづくとうんざりだ。しかし自分の勉強にはなる。

学生は女学生ばかりだが、高校を出たばかりの少女で、手ごたえは全然ない。クラブ活動というものがあって、郷土研究班というものの部長に祭りあげられた。この夏は島根県で弥生時代の遺跡の発掘をやったが、班のものが六人、自腹で手つだいにきてくれた。大した助けにもならなかったが、それでも若い連中がハッスルして、多少の効果はあがったようだ。

いまは奈良市内の下町に下宿している。二週間に一度、松江に帰宅する。天理市の郊外に百姓家の売物が出た。安く手にはいったのでこれをいま改造、というより改築している。十一月頃には完成の予定である。大和平野のまん中で、神武天皇を押し殺そうとして自滅した土グモのいた所だという。まわりには数しれぬ遺跡があって、これからはその遺跡まわりが楽しみだ。九州から長年かかって大和へうち入ったので、人は私のことを神武天皇だという。いまのところ私をなやます土グモは、悪名高い奈良税務署ぐらいのものだ。

説話学に興味

一、今のところ、主として説話学に興味をもっています。

二、定期、年六回少なくとも四回くらい出していただきたく存じます。私自身のことではありませんが、投稿しようとしても、いつ活字になるかと思うと、つい他の雑誌に出してしまう、という人もあることと存じます。

地方誌（史）はなかなか入手困難ですが、各地の伝説民話など、古いところから毎号リストを連載（簡単な梗概或いは分類題目を）して下さるとありがたいです。

三、なまけほうだいで恥かしいことです。毎号いただき大へん不義理しています。御厚志は深謝いたしています。おわび御礼申上げます。

消　息

大和平野のまん中に住みついて足かけ三年になります。大和のたいていの古蹟、名勝へは一時間以内でゆけます。住んでいる村は純農村で非農業者は私の家だけです。しかし村の人々に手引されて、庭には四季の野菜をつくり花をつくり、多少は百姓の気もちになることもできます。居ながらに農村民俗の調査もできます。

学校の方は四年制の女子大で教養学部の一つだけです。小生の受持は文化人類学です。民族誌（エスノグラフィー）と文化人類学概論とを講義しています。

明年二月七十歳となりますが、家内ともども今はまだ元気です。古木を挽き割って風呂焚きの薪を作ることもできます。病気で学校を休んだことは一度もありません。

ぼくの姓

ぼくの姓は姓としても珍らしく、郷里の郡下のごく小さい地域に、いずれも村社、郷社の神官をしている一族にしかない様である。文献としては安政の頃に出来た梶原氏の『讃岐名所図会』に、そうした重要ならぬ神官の名として、二、三見えるくらいのもので、太田亮の厖大な『姓氏家系大辞典』を見ても、こんな姓は出てこない。遠い先祖は少しもわからないから、いずれ新しい名である。

ぼくの弟が松江の雑賀小学校にいたとき、ある日、先生から祖先の名を書いて出せと命ぜられた。家にかえってたずねると、おやじは困ったあげく、家の紋が芝居で見る朝比奈義秀の紋と同じ舞鶴であるところから思いついて、祖先は朝比奈氏だと教えた。弟はその後もそう信じていたようだが、芝居の朝比奈の舞鶴紋は、この役を創造した例の有名な脇役者の中村仲蔵が、思いつきで義秀の衣裳につけたのだということを、後に知って大笑いした。仲蔵は俳名を秀鶴といったからである。朝比奈氏のほんとうの紋は、左まきの三つ巴で、ぼくの家の紋とは似ても似つかないものである。

だが、金関というのは、姓としては文献になくても、何かの熟語としてはありそうだ。そう思って気をつけていたが、これがなかなか見つからない。

先年ようやく、後醍醐天皇の皇子（この天皇はなんでも五十七人か七十五人かの皇子があった）の一人の、龍泉禅師の『松山集』という詩集に、「金関」と題した七絶のあるのを見つけた。しかしその詩の文句は、難関に逢着し、「五丁、望み断えて暁風寒し」というような、あまりうれしくない文句である。

もっと威勢のいいのはないかと思っていると、『水滸伝』五十五回の終段で、勇気りんりんといえそうなのが、一つ見つかった。それは「謀成金関提猊狻」という句である。ところが、この意味がよくわからない。見たのは露伴の国訳本であったが、この句に対しては別に考証もない。そこでよく考えてみると、この句は七言の対句の一つであり、その上の句は「計就玉宮……」とある。「玉宮」に対する句だからこの「金関」は「金闕（ケツ）」でなくては意味が通らない。関は恐らく闕の誤植だろうと気がついた。しかし露伴本には、末尾の活字本のところも「金関」になっている。だからこの活字本の誤植ではなくて、露伴が使用した原文の誤写だったのに違いない。

そこで友人の葉先生という学者に、このことをついでをもって質してみた。葉先生は諸本をあたって、やはり「金ケツ」とある本もあると答えてきた。そして、だいいち「謀成金関」では平仄が合わないと教えてくれた。

ぼくにとって貴重な「金関」の文献は、これで一つ消滅したわけだが、しかしぼくは一つの教訓を得た。露伴ほどの大家にも、時にはこうした疎漏があるものだと。

『水滸伝』は、最近岩波文庫で、吉川幸次郎教授の和訳本が出ているようだが、ぼくはまだ見ていないから、この個所がどうなっているかを知らない。たんねんな吉川氏のことだから、ぼくの名などは、もちろん問題にするまでもなく抹殺していることと思うが、いずれ一本を手にして、それをたしかめたいと考えている。

おじいさんの弁

ミレーの、だれでも知っている有名な絵に『最初の歩み』というのがある。バルビゾン村の農家の庭の、のどかな風景であるが、これはアパートの屋上での、わが家の孫の最初の歩みである。まわりを取りかこんで、愛情ぶかく見守っているのは、祖母とおじたち、撮影者は祖父、すなわちかく申す拙者である。

　おじいさんであることを、ひとに知られるのが、いやでかなわない。しかし、そんな弱味をいつまでももっているのは面白くないから、毒をもって毒を制せよの筆法で、われからかくと発表するのである。おじいさんが何だ、と、こういうわけである。

　頭上にジェット機を舞わせ、足にコンクリートを踏んで、最初の歩みをふみ出したからには、この孫もどうせ将来はたいしたアプレにきまった。末おそろしい話だ、というと、おじいさんの方も、ずいぶんアプレじじいではないかと、孫はまだ何もいわないが、おばあさんであることを素直によろこんでいる、拙者の女房がいう。

　自分がおじいさんであることは、まだしもがまんできるが、女房がおばあさんである、つまり、自分はおばあさんのつれあいだ、というのは、いやですねえ。

「おや、ばあさんや、孫がころんでるよ」

初孫の記

　この月のはじめに、京都にいる私の長男が男の子をもうけた。そして「こんなに早くおじいさんにしてすみません」とあやまってきた。おじいさんになるのは、私は大きらいで、平常そういっていたからである。

私の父は孫を非常に愛して、それこそ眼の中に入れても痛くない、というような盲愛ぶりだったが、やはり気は若く、八十何歳のころ、一ばん末の孫が「おじいさん」と呼ぶと「おじいさんだけはやめてくれ、お兄さんといってくれ」といっていた。

おじいさんになるのは嫌いだが、私も多分孫はかわいがるだろうと思う。しかしまだ見ぬさきから、可愛がりようはなく、今のところ別に何の愛情もわかない。

私の師の足立文太郎先生は、数人のお孫さんがあり、同居してもいたが、感想をたずねると「孫は邪魔だ」とはっきりいっていられた。先生は日本人の軟部人類学を自分で完成するつもりで仕事をはじめ、その材料を多年集められた。そして、その第一として日本人の動脈系統にかかり、それを完成するに三十年を費した。せめて血管系統だけでも、とあせっていられたが、静脈系統の中途で寿命を終えられた。先生の蒐集した材料は日本人の皮膚、外陰部その他諸臓器にわたり、それを完成するにはもう一生も二生も生きなければならなかったかも知れない。

しかし、足立先生は死ぬまでの間に、それを出来るだけ自分でやりたいと思っていられた。仕事慾で一ぱいであったから、家庭とか孫とか、そうした仕事以外の生活に、暇やあたまをとられることを極度に用心しなければならなかった。

時々京都の教室をのぞくと、先生は他の誰よりもさきに、名誉教授室に現われ、実習のあるところには、解剖室にその足ではいられる。そして鉛筆の先で、血管や神経をちょっちょっとつつきながら、ノートに記入する。その鉛筆をときどきなめる、といったような仕事ぶりであった。

昭和十八年、私が最後にお目にかかったとき「金関君、ぼくももうろくしたよ。朝やって来て仕事をはじめるともう九時になっている」といっていられた。私はその頃まだ四十代で、朝の仕事は十時ころにならないと開始できなかった。

鈴木文太郎先生

鈴木文太郎博士は、京都大学医学部初代の教授の一人で、解剖学教室の創立者だった。こわい先生で、しかられて卒倒したお弟子がある。当時の荒木学部長にたたきつけた猛烈な辞表は、今も平沢総長の手元にのこっているはずだ。

私は学生時代に先生の講義をきいただけで、研究上の指導はうけなかったが、実習のとき、やはりひどくしかられた。学生時代には、こわいということしかわからなかったが、卒業後、先生なきあとその教室にはいって、はじめてその偉さがわかった。というよりも、年を経るにつれて、しだいにそれがわかってきた。

華やかな業績を発表して名声をあげるということは、学者としては本望であり、現に京大解剖学教室のごときも創立以来三代にわたって、それぞれの代に恩賜賞を受けるほどの偉い学者を、ひきつづき出しているが、この開花の根を培った、いわば縁の下の力もちの仕事をした者のあったことは、世間には知られていない。鈴木先生はそうした学者だった。そして、こうした学者に間々見られる一種の敗北感のごときコンプレックスの絶対にない人だった。かえって最後まで非常な自信をもって、いわゆる「三文論文」（ペンニヒアルバイト）を軽蔑しつづけた。

だから、鈴木先生の研究発表というものは数少ない。しかし啓発の面での活動はめざましいもので、昭和初期にいたるまでの、日本の解剖学者で、その恩恵をこうむらぬものはなかった。体質人類学の部門での最初の厳正な概説書も、先生によって書かれた。

教室の創設という点だけに限っていっても、解剖学教室としての建物の設計から、備品、図書、標本、あらゆる面で、微細な点に至るまで、日本では空前の、そして恐らく絶後の用意のもとになされている。私は鈴木先生の滞欧日記を見る機会があったが、それを見ると、先生の外遊中の勉強の大部分は、そのための知識の吸収に費やされている。同じ教室から出た、足立文太郎先生の世界的業績である日本人動脈系統の、あの綿密な比較研究も、鈴木先生の集めた完璧ともいうべき文献のストックがなかったとしたら、恐らくはよほどの困難が課せられたに違いない。

学者はそれぞれ、自分の研究発表にいそがしくて、こうした教室造りということが、戦後の学界では殊に等閑にされている。機関研究者としての、基礎的な教養が欠けているように思われる。今にして、鈴木先生を懐う念が、ますます強くなるのを私は覚える。

人類学者としての清野先生

清野先生はかつてこんなことを言われた。

ウイルヒョウは一生のうちに三つの大きい仕事をした。第一は言うまでもなく病理学であり、近代病理学は彼によってうち建てられた。第二は人類学、そして第三はビスマルクを恐れしめた進歩的政治家としての、その晩年の仕事であった。偉人というものは、一生のうちに、三つくらいの仕事は出来るものだ。自分はウイルヒョウ程ではないかもしれないが、やはり三つの仕事をしようと思う。第一の病理学者としての仕事、次には人類学、そしてその次には考古学をやりたい。

その抱負はかくの如く旺んなものであった。そして、その抱負を着々として実現された。偉人というものは、実にかくのごときものであろうということを、われわれは目のあたりに実感したのであった。

清野先生の人類学上の仕事は、その目的を日本人の起源の解明ということにおかれたように思われる。それには、日本古代人の人骨を直接に計測して、これに論拠を求めなければならない。当時、その方面の仕事は、既にある程度起っており、主として東大解剖学教室の小金井良精博士によって古人骨が集められ、研究され、論ぜられていた。

小金井博士の説は、日本新石器時代人はアイヌの祖先であり、今日の日本人の直接の祖先ではない、というのであった。この説は当時広く信ぜられ、それ以前の坪井正五郎博士による、日本石器時代人コロボックル説は既に消滅していた。

しかし、小金井博士に論拠を提供した古人骨のコレクションは非常に僅かであり、不充分であった。清野先生は統計学的に正確な結論を得るには、更に多くの古人骨を集める必要ありと考えられた。そして、ほとんど日本全土にわたって、直接発掘により、或いは間接の蒐集によって、千数百体の人骨を集められた。これは、清野先生のごとき意力と、精力とそしてめぐまれた環境とがなくては、何人も出来ない仕事であった。これによってはじめて日本古代人の、統計学上信頼出来る正確な計測数値が得られるのであった。

同時に、これに対する比較の必要上、現代日本人骨の、同様の意味で信頼数値が必要である。この方面の研究は解剖学教室所蔵の、畿内地方日本人骨コレクションに材料を求められた。

爾来、清野研究室より刊行された、体質人類学上の報告書は、実に厖大な量に及び、また、この資料に基づくレジュメは「日本石器時代人研究」或いは「古代人骨の研究に基づく日本人種論」の大冊となって刊行された。

清野先生の結論によれば、日本石器時代人は、現代アイヌの祖先であり、現代日本人はこれとは無関係なるがごとくに言われた過去の学説は誤りであり、日本石器時代人は、現代アイヌに似ている程度より以上の程度に現代日本人に似ている。即ち、これは「日本石器時代人」とでも名づくべき独自の人種であって、現代アイヌも現代日本人も、いずれもその子孫である。現代において日本人とアイヌに分かれたのは、恐らくは他要素の混血などによる、後世の変化に基づくものであろう、というのである。

現新潟大学教授今村豊博士の検討により、この清野説は、その後幾分の修正の必要が認められると思えるが、しかしいずれにしても、清野先生なくば、これだけのデータは、いつまでも出なかったであろうということは確実であり、その仕事が、日本人類学界における、画期的なものであったことは、誰しも認めるに躊躇しないであろう。人類学者としての三分の一生という先生の抱負は、かくして、みごとに実現されたのである。

先生の集められた、日本の国宝ともいうべき古人骨のコレクション、これはいまも京大病理学教室に保管されている。どうかそうした意味の宝物としても、また京大の生んだ偉人を記念するという意味からも、このコレクションを大切にしていただきたいものと切望して、この杜撰な記文を終ることにする。

浜田耕作先生を懐う

私の話は鼠の尻尾からはじまる。

大正十二年七月、京大医学部を出て、解剖学教室の助手になり、指導教授のF先生から貰った最初の、そして最後の研究テーマは、鼠の尻尾を動かす腱の構造だったが、見事に失敗したとみえ、論文は手元に帰らない。次のテーマも貰えない。しょげているのが、同じ教室の足立文太郎教授の耳に入り、先生は私を呼んで、人類学をやる気はないか、と言われる。このような事をいまここで言うのは、実はこれが浜田耕作先生に拝面する、そもそものきっかけになったからである。

翌年一月、足立先生から、隣教室の清野謙次先生に紹介され、清野先生は私を呼んで、「君は文学部考古学教室の陳列室をのぞいたことがあるか」と言う。ない、という答えに驚いて、立ち上ったその足で、先生は私を考古学教室に引き連れ、浜田先生に紹介してくれた。これが初めての拝顔だったが、しかし、私はその前に写真で先生を見ていた。それは高等学校時代に私のいた三高YMCAの、何かの行事の際の記念写真だった。体裁をつくろった人々の中で、先生一人、極めて自由な姿勢であるのが、それ以来眼底に残っていた。お目にかかった先生も、全くその通りで、初めての面会とは思われなかった。

その後は一週間に一度は、たいてい、考古学教室に推参した。何曜日だったかは忘れたが、その日はいろいろの人が、研究室の中央の円卓に集まり、先生を囲んでにぎやかな午後を過した。客は考古学者は少なく、学内の諸先生――なかでも小川琢治教授のお顔はしばしば見られた――その他学外の珍客が多かった。私はこの集りで考古学の知識よりは、それ以外のいろいろ有益な知識を得たと思っている。その後、この円卓の評判が世間にひろがったのは、たしか毎日新聞社の岩井武俊氏が、このまどいの場に「カフェー・アーケオロジア」の名号を与えて新聞に載せたからである。あるあわて者が、京大の考古学は、「カフェー考古学」だなどと言って、悪口したことがある。

浜田先生が日本最初の考古学教室を創立したときに、その学風設立の模範となったのには、先生が留学されたロンドン大学のサー・フリンダース・ペトリー教授のそれだと聴いている。午後になると集まって茶を飲むその国の風習が、この「考古学カフェー」設立に影響したであろうことは想像できるが、しかし、それよりも本筋の、もっと大切な学問そのものが、ペトリー教授から移されている。ペトリー教授は当時の新しい考古学の先駆者であり、遺跡の科学的発掘の方法論を確立した人である。多くの技術者を駆使して、組織的発掘を開始したのがこの人である。浜田先生がその研究成果を発表した『京大考古学研究報告』のシリーズを見ても、考古学者と人類学者などの連名報告が多い。それまでの日本の報告書にはなかったことであり、これだけでも日本における斯学の一つのエポックがまざまざと感じられる。「カフェー考古学」どころの話ではない。

しかし、このような事は、私がいう必要もなく、またいうつもりでもなかったのだが、つい筆を滑らせてしまった。私の書きたいのは、私の感じた先生のお人柄であるが、その一面をかつて先生の追悼録に書いたものがあり、これを洩らすのがまことに残念。許しを乞うてそのままに再録する。

「私は汽車に乗るとキングや講談倶楽部を読むのがまことに楽しみで」。人目を忍んで事実こういう雑誌を読む人はあっても、かくまで平気でこれが言える人はあまりないのではあるまいか。浜田先生のこうした気取らなさを挙げるとなると、いくらでも種がありそうに思える。

今はなくなった京都の清水の三年坂の×××という料亭は、一時文学部の諸先生がよく会合などに利用した場所であったが、その女将の秘蔵アルバムには、浜田先生揮毫の色紙が一枚あり、落款の下に浜田という小さな認印が一つ捺されている。これなども先生の無雑作ぶりのいい例であると私は思っている。先生に日常親炙せられた諸氏は、殊にこの種の例証を挙げるのに困難を感じられないであろう。

ところがこの無頓着振りは、先生の場合では独り日常生活の上だけで終らなかったようである。『南山裡』の報告の目次の後に、何の説明もなく一箇の中国美人の写真が載っているのは、事情を知っているものを思わず微笑ませるだけのものであるけれども、突然にこれを見たものはいつまでも不審に思うに違いない。現にアグノーエル氏などは「学術報告書に説明のない写真が載っているのは怪しからん」と言っていられたから、私はいつかこれを先生に告げると、先生は「それが思う壺なのさ」と言わんばかりの、悪戯子のような顔つきをしてただ笑っていられた。他人のつまらない思わくなどに無頓着であったからこそ、こういう悪戯が出来たのであろう。その悪戯の最も甚しい例としては、九州の某古墳に先生みずから壁画を描かれた有名な話がある。

私にとって忘れることの出来ない先生の茶目振りは、関東州の羊頭湾の発掘に参加させていただいた時の想い出で、殊に懐しいものの一つである。羊頭湾の村の雑貨店に一人の美少女がいた。われわれ若い者共はどうにかしてこれに接近したい。せめて写真だけでも撮りたいものだと肝胆を砕いたのであったが、このあたりの娘共は未だわれわれを「鬼」と呼んでいるような仕末だから、なかなか近よるきっかけがない。ほとほと匙を投げようとしている所へ浜田先生が出張して来られた。最初の夕食の時に、われわれの冗談話を打ち興じて聴いておられた先生は、やがて食後の散歩から帰られると、「話は僕がつけておいたから明日の朝行って見たまえ、写真位は平気で撮らすよ」。それから娘の批評をせまられて、「どうもこういう時は年寄りの方が得なことがあるね」と言われる。「どうも先生の御手腕には驚きましたね、どうして話をつけられました？」と訊ねると「なに君等はまず馬を射よということを知らないからだめだ」とあっさり答えられた。

事実その翌朝、われわれは永い間の憧れの的であった件の美少女に容易く近づいて、幾枚かの写真をとることが出来た。

先生は気軽にわれわれのなかまに入って下さる方だった。しかし、これを単に先生の遊びだったと言うことはできない。先生の『青陵随筆』を見た人は、その中の「青陵台湾遊記」の終りに、「私は最後に、台湾における官民諸氏、友人各位、又々宿屋の方々、女中さん達に深い感謝をささげ、プレゼントメモリーを抱いて、再来を期しつつ明日此島を去るのであります」の条を読まれて、どう思ったであろうか。宿屋の女中さんたちへの謝言――台湾を去る前日の、お別れの挨拶の放送にも、先生はこれを忘れなかった。――いまだかつて、この挨拶の一句を遺したいかなる紳士があったであろうか。その情はあっても口には出せない。私は聴いてほほえんだが、同時に心の塵が洗われる思いだった。先生こそほんとうの人間だと思った。

私を甘いと思ってはいけない。他人がなし得ないことを、先生だから出来たのだ。京大総長になられると、医学部、理学部などの数人の教授を、あっという間に先生は追放した。まことに鮮やかであった。どこの大学の総長が、自分一身の責任でこの粛清をなし得たか。

私が先生に最後にお目にかかったのは、戦争もしだいに暗くなったころだった。台湾から上京してお訪ねしたとき、先生は私を学内の食堂に招かれた。来客があり、同じ食卓に坐った。文部省の大学局の役人で、時局は学生の活動を必要とする。貴学も学生を街頭に出して、市民をアジテートさせよ、というのがその用件だった。先生はなかなか頷かなかった。やりとりの最後に、先生はいたし方なく、といった顔つきで、「それでは最少限度にやらせましょう」という。役人はあまり嬉しそうではない顔で卓を立った。

沢田教授寸描

サザンプトンからニューヨークへ向うマジェスティクという船の中で、沢田教授と初対面した。九大文学部の竹岡勝也教授に紹介されたのだった。一九三六年の正月である。

帰朝してしばらくすると、また台北で一緒になった。台北帝大医学部の同僚として、五年ばかり一緒だったと思う。

そのころ毎年、夏のはじめの立太子式記念日に、一高、三高のオールドボーイズの野球試合があった。その季節は、台北はちょうど内地の梅雨期のような時期で、かならず雨が降る。しかし試合は降っても照ってもおかまいなしに続行する。走者も守備側も滑ってどろんこになる。球もすべって、とんでもない方へ飛んでいくといったような試合をした。だから、スコアは非常に大きい。不思議なもので、オールドボーイズになっても、一高の方がいつでもファイトがあり、技術を超越して、勝つことが多かった。沢田教授は一高側、私は三高側の選手で、毎年こうしてしのぎを削り合った仲だが、試合が終ると、どこかの料亭で、泥を洗いおとして、さっぱりした浴衣がけになり、敵味方合同の懇親会をやる。そこでまた寮歌や校歌をがなり立てる、というわけである。——福岡でこれをまたやりたいと、いつでも思っているのだが、まだ実現できない。

沢田教授は、一高三高戦のときは、どこを守っていたか忘れたが、対医局戦のときには投手で、いつも先頭に立って指揮する。私もそういうときは投手で、しばしば対戦したことがある。ところが、ある時以来、俄然沢田投手の腕があがった。これは専門家を聘して、投球術を学んだからで、カーブで相手を打ちとることが出来るようになった。さあ、面白くて堪らない。暇があれば、相手を作って試合する。そんな勢いだったが、ある時ホームへ滑り込んだ拍子に、右の鎖骨を折ってしまった。沢田教授を解剖したとき、右側鎖骨の骨折のあとがあったら、その時の名残りだと思えばよい。

だいぶ余談が長くなったが、とにかく、素人野球を楽しむのに、専門家のコーチを受けて腕をあげる、ということは、普通の人はやらないことで、そうした熱心さに、私はその頃から感心している。

福岡では、古美術品の蒐集に興味をもち、金関の弟子だと自称して、盛んに集めだした。弟子の礼だといって、毎年末、私のところへ一升瓶を届けてくれる。しまいにはそれを心待ちに待つようになった。

しかし、弟子だといっても私は貧乏書生にふさわしく、安くて汚い、ささやかなものしか集めない。ところが、お弟子の方は、めきめきと腕をあげて盛んに名品を集めるようになり、いつもこちらが拝見して、感心申しあげるようになった。これもやはり、異常な熱心さがあればこそで、私はここにも野球のときと同じような、沢田教授の特質を見るような気がしている。

もう一つは、非常にてらわない人で、時々ほほえましくなることがある。知らないことを、遠慮なく質問する。それだからこそ腕をあげるので、その素直さが沢田教授の一つの魅力だと思っている。

私は沢田教授から、いろいろと親切を受けている。これは私事にわたるので、ここでは述べないことにするが、私のみならず沢田教授の親切を、非常に徳としている人々の多いことを私は知っている。親切であるということが、沢田教授のさまざまの偉大な特質のうちの最大の美点であろうと思っている。どうも品評にわたるようなことを書いて、はなはだ失礼だったかも知れない。しかし、私のいつわらない感想を述べたつもりである。

似顔絵問答

いちばん苦心したのは誰の顔かだって？

それはボク自身の顔だよ。うぬぼれがあるからね。いちばんいいところを描くと、人が承知しないだろうし、わるいところは描きたくないしね。

だいたい、顔ってものは、実によく変化する。変化を「へんげ」とよめば、妖怪のたぐいだ。顔は妖怪みたいなもので、つかまえにくい。自分の顔だけは、人から文句が出ないように正直に描こうとする。正直に描こうとするほど、わからなくなる。それで、まあなげやりに描いた。結果は失敗で、新聞社などの連中が、あれは全然似ていませんねといったよ。

会心の作品はどれかだって？

会心というのも大げさだが、まあ瀬尾先生かな。これは少し苦労したが、森さんの顔は一度で出来た。座談会記事の挿絵の今井さんの顔は、何かの拍子に出来たが、あの通りには二度と描けないな。前号の貫さんのも、少しは得意だ。

瀬尾さんのは、瀬尾夫人は大よろこびで、よく似ているといわれたが、先生自身は「どうですか」とお伺いをたてると、あれは、きみ、ムニャムニャといわれた。お気に入らなかったらしい。今井さんのも、奥さんは承認されたが、御当人はどうかな。

いったい、自分の似顔絵を見て、これは似ているといった人は、一人もない。いや、一人だけ例外がある。田口さんだったが、あれは傑作だよといってくれた。しかしこれは自分の顔を、ジョッキに見立ててくれたのが気に入ったのかも知れないよ。

塚本先生のはどうして片目になったかだって？

あれは描いているうちに自然にああなったので、作為はない。しかし、あれで何となく彼の怪物的なところが出ているだろう。どうしておれの目を一つにしたというから、その次の塚元さんの顔には、目を四つ描いた。これで薬学科へは、眼玉一つ貸しになっている。

塚元さん？

別に眼のことはいわなかったよ。似ているだろうといったら、もっときれいに描いてくれよといった。

d

a

c

e

b

i

f

j

h

g

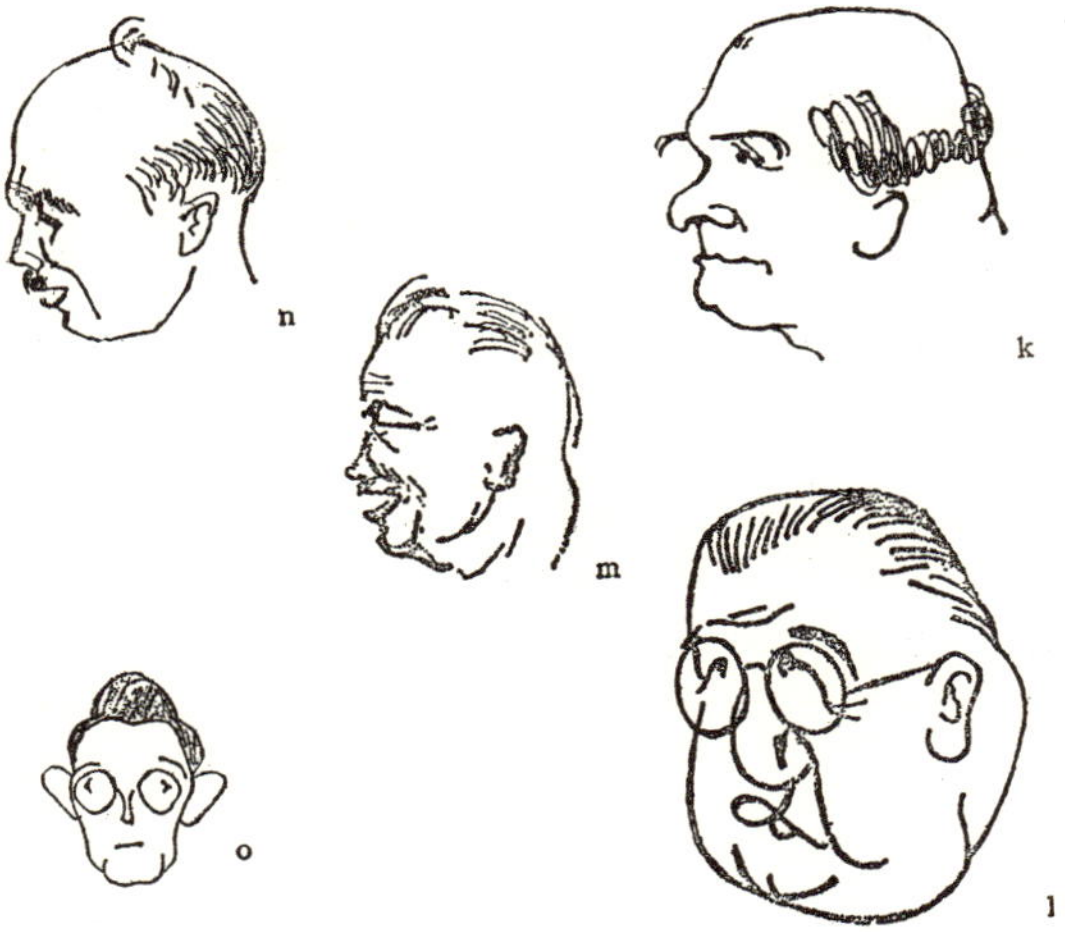

41　同窓の害

見合い用に使う気でもあるまいにね。むかし、王昭君はきれいに描いて貰うためのわいろをつかわなかった。そのお陰で、匈奴に嫁入りさせられたじゃないか。そのことがばれて、その絵描きは首をはねられたな。つまり後宮一の美人を、醜く描いた罪でだよ。ボクもそれで用心してきれいに描こうとするのだが、わいろをもらうわけじゃなし、これ位で辛棒してほしいな。

似顔絵描きの嗜虐性についてだって？

それは認めるね。だいいちその楽しみがなければ、誰がめんどうくさい似顔絵など描くものか。こいつの顔をオットセイに仕立ててやりたい、てな欲望が満足させられたら、君だって楽しいと思うだろう。

それじゃ憎まれるのは覚悟の上だろうって？

覚悟の上だ。しかし断わっておくがね、教授先生の似顔絵を描くときに、嗜虐性を発揮した覚えはないよ。ただ、正直に描いても、受けとる方では必ずしもそうは思わない。ロダンがP・ド・シャバンヌの像を作ったときに、シャバンヌは、おれをカリカチューレしたといって怒った話があるだろう。

描きやすい顔と、描きにくい顔があるかだって？

それはあるな。だいたいのっぺり型の旧式美男子型のは描きにくい。それから、顔の形でなくて、つき合いの浅い人のはかきにくい。やはりその人の顔が、こちらの頭の中にでき上がっていないと、うまくいかんな。だから教授諸先生のは、わりあい苦労しないが、はじめての人のいる座談会のはむずかしい。描いてしまっても自信がもてんな。

もっとも、そういうと、いちばんつきあいの深い自分の顔が、最もむずかしいといった、はじめの話と矛盾するが、これはうぬぼれがからむからで、別問題だろう。

それからむずかしいのが女の顔。これは、はじめから敬遠しておくに限る。描けばろくなことはおこらん。


いつ描くかだって？

教授会でしかチャンスがないじゃないか。

教授会はそんなにひまなのかだって？

それは——まあ、あまりそんな事はきくなよ。じゃあ失敬。

a 田村教授 b 貫教授 c 遠城寺教授 d 森教授 e 友田教授 f 瀬尾名誉教授 g 入江教授 h 塚本教授 i 今井教授 j 田口教授 k 天児教授 l 戸田教授 m 富川教授 n 沢田名誉教授 o 間田教授 p 水島教授 q 和佐野教授 r 塚元教授 s 勝木教授 t 筆者

小泉　鉄

小泉鉄の名は、その著『蕃郷風物記』(一九三二)と『台湾土俗誌』(一九三三)などによって、今は一般に台湾高山族の民俗学者として知られている。私が彼と逢ったのも、共通の師、柳田先生の講座であった。ただし私は、彼の名をその「白樺」時代から知っていた。

さて、この民俗学者が、ある夏突然、京都の私を尋ねてきた。九州地方を歩いた帰りだという。知合いの加茂川の床《ゆか》に連れて行って、次のような話を聞く。初めて台湾へ行った時(一九二五年五月)、柳田先生がよろしく頼むという紹介状を、総督宛に書いてくれた。それは伊沢多喜男という人であり、柳田先生の名を見ると、顔から血の気が引いた。そして、民俗学などやる必要はない、という。驚いたが、それならやめましょう、とはいえない小泉だ。山へ入って三年研究をつづけたのだが、彼にはのちにその原因が分った。

明治四一年頃からの「神社合併」という、神社局の法令に対して、和歌山県では、南方熊楠が必死に反対運動を行なった。これを助けた者に、当時、中央の官庁にあった柳田国男がいた。結局、この法令は破られたが、この時の和歌山県知事が、今は台湾総督、伊沢多喜男だったのだ。後でそれを知った小泉は、柳田先生は人がわるい、で済んだ。その後も彼は先生の会に出ていた。

その夜、小泉が宿った旅館のおかみから、二週間ほどして電話があり、小泉さんは宿の浴衣を着たまま東京へお帰りになり、まだ返してくれない、という。私は笑ったが、けしからん奴だと怒る気にもなれない。手紙をやると、東京でもそのまま着ていたらしく、垢のついた浴衣が返ってきたということであった。彼は柳田先生に腹を立てないが、自分も他人から怒られることはない、と思っている男なのだ。

しばらくして、岡茂雄の「ドルメン」の仕事を助けたこともあったが、働いて飯を食おうとはせず、これはすぐやめた。岡の話を聞くと、潰れた会社の整理をしている数人の学友に助けられ、何もしないが名前だけを貸して、それで生活しているという。彼は生涯独身であり、その年がくると、すぐ養老院に入った。何を聞いてもいやな奴だとは思わなかった。小泉鉄はそんな男だった。

高林吟二

若い頃、京都にいて、能を見たい、それもできるだけ多く見たいと考え、毎月、室町の金剛能楽堂で、まだ私よりも若い高林吟二氏後援会の喜多能を、休まず見せてらった。まだよく分らないうちの八年後に京都を離れ、三十年の空白ののち、奈良に住むことになり、能の勉強も春日さまの薪能になったかと思っていた時、ある日突然、美しい娘さんをつれた高林氏が訪ねてくれた。思いがけないとはこのことで、体の血がこれほど動いたことはない。

尽きせぬ話の中で最も驚いたのは、昭和三十一年の六月に、氏が喜多家から流籍除名（破門）されたことである。このいきさつは、その日にもらった『芸道読本』第一巻の序でよく分った。破門は六平太先生の息、実氏の意なのであったが、その本に、「私は実氏に殺されても、恩師の血肉たる芸を、誰人にも何物にも奪われない。私の報恩底は流儀のために血を流し、生命を捧ぐる事である。私の一生を貫く此の一念は——今後に示すであろう」とある。

この日から私は、今は自家に舞台を作り、少数の人だけに見せている能を、再び見せてもらうことになった。囃子座、脇座はほとんど家族、脇座は一人か二人である。その日の舞台が終ると常連の藪田嘉一郎氏などが、別座で主人を中心とし、多くはその日の能を問題にして研究会が始まる。静かな会だが、その静けさはなぜかと、ふと気になることがあった。

観客席の壁に、いつも同じ掛図がかかっている。長沢芦雪の絵であるが、主人に聞くと、彼はその師、円山応挙に暗殺された、先生よりも豪《えら》かったからだ、と教えてくれる。大げさにいえば、この家の門を出ると、はじめて明るい世界に返ったような気がしたものであった。この家の人々は、いつになったらここから出られるのだろう、と思った。

その日は来た。昭和四十六年一月、喜多六平多先生が亡くなり、二月、氏が恩師の墓参に上京すると、思いがけなく新宗家から、喜多流のために復帰してくれと頼まれた。事実上の離反より二十一年がたっており、これを聞いた家族も驚いたが、世界はやっと明るくなったのである。しかし氏はその年の六月、脳溢血で倒れ、翌年八月、再発で師の後を追った。遺言は、葬式するな、墓を作るな、であった。

著書はさきの『芸道読本』十七巻。中にも喜多の歴史『北流正史』は、広く世に問われるべきものである。氏のあとつぎは、二男の白牛口二《こうじ》さんである。

森　於菟

鷗外の令息、医学博士森於菟《おと》さんと私とは、まる十一年以上も、台北大学医学部の同じ教室で、朝夕顔を合わせた仲である。オトさんは洗練された、あらゆる意味での都会人であり、私はあまりよい意味ではない田舎者であったから、この付合いでは、私の方がよほど得をしたと思っている。私はオトさんを見習って、もう少し自分を洗練させることもできたはずであったが、それはあまり成功しなかった。しかし非常によい感化を受けたのは事実である。

このオトさんは立派な科学者であると共に、立派な文章家でもあり、その随筆にはすでに定評がある。オトさんが自嘲する「鷗外もの」は、先人についての回想録で、鷗外を研究する上に、欠くことのできぬ資料となっている。

ところが、その中でオトさんは徹頭徹尾、父を尊敬している。これを見て、オトさんにあきたらぬ感じを抱く人が、世間に少なからずあるらしい。現に私もそうした蔭口を、一度ならず耳にした。

しかし、偉大な初代のあとをうけ、その盛名に圧倒されて、一生「第二世」の苦しみを味わねばならなかった多くの人たちが、家庭における故人の欠点を暴露することによってこの重圧に反抗しようとするのは、同情には価いしても、これは近代の露悪趣味に迎合する、むしろ安易な逃避法ではあるまいか。オトさんは、『父鷗外』の自序で、自分が父を無条件に礼賛することに対して、云々するむきもあるようだが、自分はそれを少しも気にしないという意味のことを、しみじみした調子で述べている。私はそれを読んで、今更ながらにオトさんの人柄にうたれたが、それは他面、鷗外が私生活においても、稀に見る完全な人であったことを物語るものであろう。

敗戦後の数年間、私たちは台湾で国民政府に留用されていたが、その間の無聊を慰めるために、私は立石鉄臣・池田敏雄両君などと、原稿をもち寄り、それを綴じ合せた回覧誌を作った。オトさんは三木寅一というペンネームで、ほとんど毎回寄稿してくれた。エッセイ「勲章」には、「……ところで僕は白状すると、勲章が大好きである。大形のネクタイピンの如く、胸元に燦として光るのがよい」と書いている。また「子路と隠士」は、『論語』微子篇の有名な、子路が長沮《ちょうそ》と桀溺《けつでき》に津《わたしば》を問う話を、小説風にアレンジしたものだったが、その中に、「隠士は鍬を畑に置いて畦に腰掛け、煙管《きせる》をくわえながらニヤニヤ笑っている」とあるのを見て、私は肝を潰した。孔子の時代に煙草があったかどうかなど、オトさんはちっとも気にしない人であった。

雲　道　人

「父雲道人、去る八月二十七日早暁自決いたしました。……故人の言いつけにより葬式はいたしません。取敢えず寸楮をもって御報告申し上げます。辞世、八十余年、春山秋水、即今独乗、清風万里」

これは、昭和四十七年八月末日に、私に届いた、雲道人小林全鼎先生の自決の知らせだった。

その翌日、私は雲道人が仕事をしていた縁側の細い机の前に坐って、首をくくった屋根裏を見ていた。机の上には硯と、うづ高く積まれた白い紙があった。

そこへ、われわれのママが来る。ママは宇部で「日日飯店」を経営している潘麗星さん。戦後、山口にやってきた雲道人は、飯店を訪れては書画をかき、ママに学芸を教えた。

私が宇部の医大に勤めていた時、たまたま食事に入った飯店の壁にかけられていたのが道人の絵であり、私はそれらに強い感動を覚えた。

雲道人は元来、京都天竜寺の禅僧であるが、かたわら書画篆刻をよくした。その頃は、いい絵ができるとママの所へ持ってくる。飯を食い、いくらかの金をもらう。おれのような絵は世界で初めてだ、と豪語し、鉄斎はつまらん、劉生は一を守らないからだめだ、などと言っていた。中国の書では懐素《かいそ》と黄《こう》山谷《さんこく》、絵では倪雲林《げいうんりん》と八大山人を推した。

その名が高くなると、収入はふえたが、作品についてとやかく注文されるのがいやで、ますます不機嫌になった。自殺の原因も、自分自身の作品ができなくなったからではないか、と私は思っている。生来の罵倒癖が昂じ、知人、有名人を手あたり次第にこきおろした。ママに言わせると、道人は絶えず憎まれていないと、精神が自立しない、のだそうだ。

ある時、私の家を訪れた。ちょうど女子学生が来ていたので、道人の絵を見せると、是非話を聞きたいという。請われた道人は、やにわに、「女郎共《めろうども》」と一喝したので、無邪気な彼女たちは震えあがった。しかしそのうちの一人は、どうしても弟子になりたいと、山口まで出かけたが、結局ことわられたということである。

若い頃、西田幾多郎先生に見こまれ、娘をもらってくれ、と頼まれた。いやだ、というのに、娘をむりやり置いてゆく。そこで毎晩泥酔して帰り、一度も寝なかった。先生もとうとう諦めて、娘さんを連れて帰ったと、これは道人が私に話したところである。

この春、東京の三越で、道人の長男、小林東五君の個展があった。送られてきた図録には、すばらしい今高麗陶器の他に、詩書篆刻をも収めている。天分豊かな道人の血が、脈々と伝わっているのを見て、私は驚嘆した。道人に手ほどきを受けたママの絵は、パリで評判となり、いま彼女は、ニュー・ヨークで個展を開いている。

II　老書生の愚痴

老書生の愚痴

最近ある田舎の大学の助教授になった私の長男から、めずらしく長文の手紙を受けとった。この中に、自分の幼少年期に父の——つまり私の——書斎にあった本と、その蔵書の量のことを考えると、その豊富さは、同じく大学の助教授でありながら、今の自分にはとても思いもよらぬことで、まるで嘘のような気がする。自分などは新書本一冊、のん気な気もちで買うことが出来ない。一たい、どうしてあんなに本が買えたのか、といっている。

長男も私と同じく、解剖学をやっているのだが、私が京大の解剖学教室にいて、助教授になったのは大正十四年である。それから昭和十一年まで、もてあまされものの、いわゆる万年助教授をつとめた。その期間の給料は、月二百円程度より多いときはなかったと思う。専門の本は教室で買えるので、あまり買う必要はなかったが、私は元来いろいろなことに興味をもつ性だから、歴史や文学の古典書、金のかかる美術や、音楽の本などまで、ほしいと思うものは、「学鐙」や海外のカタログまで見て、たいていのものは注文していた。生活費にくらべて、書籍代の比率は少ない方ではなかったが、それが出来たことは、自分でもいま思うと不思議な気がする。

しかし、それが可能だったのは事実で、書物のみならず、ローヤルのポータブルタイプライターなども、いま月賦で電気洗濯機を買うよりは、もっと気楽に買えたものである。

そのタイプライターのことも、長男は手紙の中でいっている。細君にそれが出来るので、自分の下書きした原稿を、片はしからどんどん打って貰えると、どんなに助かるかもしれないのだが、いま五万二千円のローヤルを買うなどということは、高嶺の花を見るようなものだ、といっている。

そのころ丸善から十ヵ月の月賦で買った一五〇円のローヤルのポータブルを、私は今も愛用しているが、それはもう、同じころに製作されたフォードをのりまわすようなもので、当然のことながら、ひどいガタピシになっている。さて、それを、新型にとりかえようとすると、同じ丸善のウインドウに出ているそのローヤルが、老年教授であるいまの私にはもう買えない。つまり、三十何年間こつこつと勤めて、どのくらい生活が楽になったか、というと、結局前よりは悪くなったのである。何だかだまされたような気がする。

そのころ三条の柳馬場にあった、例の梶井の「檸檬」という小説に出てくる京都の丸善の店には、私は自分の書斎も同然の気もちで、その方面を散歩すれば必ずといってもいいくらい、出入りしたものだが、今はたまに東京や京都へ出ても、丸善の店は敬遠しなければならない。思えばしきいが高くなったものである。

しかしながら、当時としても、月二百円は決して大した収入ではない。それでむやみと欲しい本を買える道理がない。それがある程度買えた、というには、別に一つの、今とはちがった事情があったからである。というのは、丸善にしても、ロータッケルにしても、その他の本屋諸君にしても、われわれの支払いに対して、ひどく寛大であった。たとえば、私は昭和十一年台北の大学の教授に任命されて以来、給料もそれまでよりはいくらかずつよくなって来たが、京都時代からの丸善への借金を完済したのは、何と昭和十九年のころであった。他の本屋に対しても、ほぼこれと同じだったようで、何ともはや気の長いことであった。してみると、つまり、助教授時代に買った本は、必ずしも助教授の給料だけで買ったわけではなく、その後の、少しずつ改善された教授の給料がなくては、それは不可能だったわけである。そして、こういうことが出来たというのは、丸善以下の当時の書店の気の長さ、いいかえれば、われわれに対する信用の大きさ、ということがあったからである。今では、その信用が、というよりは、もう個人の購買力などは、はじめから問題にしていない。書肆はだいたい機関の御用だけをつとめるといったことに、なりつつあるのではないだろうか。

アメリカ流の便利なシステムが、やがては完成して、個人は必ずしもよみたい本を自分で買わなくてもいい、という時代になりつつある。——少なくとも、その方向に向いてきた——つまり、われわれには本代というものが不用になろうとしているのだ。この見通しからいうと、学者が本を買うことが出来ない、などという歎きは、もう今の、過渡期の、一時的の現象なのであろう、と、こう考えると、それはたいへんありがたいことだというべきかもしれない。しかし、それにしても、本というものは、ある意味では単なる実用品ではない。座右に本のある生活と、ない生活とでは、おのずから、生活の内容は違ってくるはずである。

私の長男をも含めて、今の若い学者が本が買えない。——実は老学者にも買えないのだが——ということは、決してないがしろに出来ないことだと思う。書物に対する熱情をもたない学者というものは、私などには、どうもまともだとは思われないのだが、このままで進めば、今後の学者は、みなそんなものになるのではないだろうか。

私は決して丸善以下の皆さんが、学者の支払いに対して、昔のように寛大であれというのではないが、ある程度、昔にかえってくれることは、この意味で大変ありがたいことだと思う。世間全体の狂いからくる不幸を、本屋にしわよせしようというような意味合いにもとられそうであるが、機関相手で商売はなりたつ、世の中は個人の購書を不用にするような方向に進みつつある、学者の質の方が、その方向に向って変わればいいのだと、どうかうそぶかないでいただきたい。

戦前ロータックケルに勤めていたM君という人に、われわれは随分世話になったものだが、彼はいま他の仕事をしている。そして、昔とったきねづかで、も一度本屋をやりたいとは思うが、学者が自分のポケットマネーで気軽に本が買えるような時代がくるまで、本屋をやろうとは思わない、といっている。顧客によろこんで貰うことが、彼には仕事のし甲斐であったのであろう。機関相手の商売では、このよろこびは得られない。彼のいうのはこの意味であろう。こういう商人も、いまは急になくなりつつある。

自分の息子の訴えに接したので、にわかにこんな愚痴を書く気になった。どうかお笑い下さるな。

ぼくの読書前史

ぼくが小学校の五年生を終るころまでに読んだ本というのは数えるほどしかない。思い出すことの出来るのは、はじめて学校にはいったとき、山下さんという、村の漢学先生から、巌谷小波編の日本お伽ばなしの一冊『浦島太郎』というのを、入学祝にもらった これがぼくの読んだ最初の本だった。明治三十六年、日露戦争のはじまる前の年である。

そのときぼくはまだ漢字がよく読めず、序文にはふり仮名がなくて、「坊ちゃん」とあるのを「スケちゃん」とよんですましていた。坊と助とは少しばかり形が似ており、助は人の名によくあるので、知っていたと見える。

小波編の叢書には、日本お伽ばなしの他にそれよりやや厚い本で、世界お伽ばなしというのがあり、三年生くらいのときに、その中に『二人半助』というのを人からもらった。あとでグリムの「二人ハンス」の話だと知った。これらの本には、今でもそうだが、同じ叢書に属する他の本の名が、にぎやかに広告されていた。それを全部よみたくて、随分とあこがれたものだったが、ぼくのいた田舎の村では、なかなか手に入れることは出来なかった。それでも他に『ジャックと豆の木』『ガリバー旅行記』『法螺男爵の法螺話』というようなものをよんだ。

それから、村の床屋(理髪店)に、客用の読物として、小説本が一冊あった。散髪にゆくたびに、それを読んだ。いまでも石版画を刷った堅表紙の、背に紅色のクローズをつけた、当時としては思いきりハイカラだったその装幀から、変体仮名まじりの活字の形までおぼえている。三遊亭円朝の講談の筆記本で『真景累ヶ淵』というのであった。発端の陰惨な話を、旗本の深見新左衛門だとか、按摩の宗悦だとか、作中の人物の名をいまだに忘れないほど熱心に読んだものである。それで、他の子供とはちがい、散髪屋ではぼくはおとなしいので、ほめられものだった。

だれから借りたか、そのころ父にかくれて、講談本の『水戸黄門記』を読んだ。助さん、格さんにはそれ以来の馴染である。そのころはまだ立川文庫などというものはなく、もっぱら貸本屋が大風呂敷で、講談本の入ったつづらを背負って、得意まわりをしていた。村では本屋というのは貸本屋のことだった。しかし、ぼくのうちはその得意先ではなかった。彼等は内緒でエロ本などをもち歩くので、良家ではいやしめて出入させなかった。

他には母の読む本を、これも母に内緒で読んだ。ぼくと母とは十六しか年が違わず、母はそのころまだ二十五、六の若さで一家の主婦のバトンもまだ姑から渡されていない。ひまがあったと見えて、友だちからよく小説本を借りて読んでいた。それは蘆花の『不如帰』だとか、村井弦斎の『日出島』『小猫』『桜の御所』というようなものだった。『不如帰』では、浪さんに同情して涙をながしながら読んだ。他に読むものがなかったから、春、夏、秋、冬と四巻もあったぼう大な、弦斎の『食道楽』という、料理の教科書のようなものまでみな読んだ。それで子供のときからぼくは一かどの料理通になった。

他に母がときどき借りてくる雑誌があった。それはきまって「文芸倶楽部」というので、口絵の写真版には、今ならば映画俳優というところを、当時の芸者の姿がついていた。それでぼくも新橋だとか赤坂だとかいう土地の名は早くからおぼえた。有名だった赤坂の万龍という芸者の名も知った。この雑誌では落語の筆記と、硯友社の江見水蔭の小説とが面白かった。

父はよく黒岩涙香の本がおもしろいといって、『巌窟王』の話などをしてくれたが、家にはそんな本もなかった。新聞小説では村上浪六のものを、父は愛読していた。そのころ「五人男」というのがのっていたようにおぼえている。

元来ぼくの父は読書家のタイプではなく、ぼくの読書については、講談本を禁止したくらいのことで、何の積極的関心も示さなかった。父から本を買ってもらったことは一度もなかった。それでも、のちにぼくが中学校にはいって、漢文をならい出すと、ある時、『日本外史』を教えてやろうと言い出した。そして「平氏は桓武天皇より出づ」という所からはじめたが、忠盛の伊勢の瓶子は醋甕なり、くらいのところでもうやめになった。ぼくが不熱心だったのではなく、父の方が飽いたのである。父とぼくとの間に、読書の上で交渉のあったことが、いま一度ある。それは毎日新聞紙に、菊池幽芳訳でマロの『家なき児』が連載された時である。この読物には家中のものがみな熱中した。父は作中に一人の悪人も出てこないのだからえらい、といってほめていた。この程度の俗人的見識はもっていたらしい。

ぼくの読書への渇望がいやされたのは、六年生の折に岡山へ移住して、岡山の県立図書館を利用することを知ってからであった。それに、岡山はぼくの田舎とは段ちがいに大きい都会であったから、小学生で毎月少年雑誌をとって読むものがあった。それでぼくも博文館の「少年世界」を毎月とってもらった。「日本少年」という、それよりもやや新鮮な感じのする雑誌が出たのは、少しあとのことだったと思う。この雑誌の挿絵家に、若き日の川端龍子があり、ぼくはこれを「タツコ」とよんで、女だと思っていた。

岡山の図書館では、先ずあこがれていた巌谷小波編のお伽ばなし集を、片っぱしから読んだ。これまでに見たものとはちがって、一冊ずつ別々ではなく、全巻を何冊かにまとめて製本してあるのがめずらしかった。それから、かねて馴染の村井弦斎と江見水蔭の本をありたけ借りて読んだ。「文芸倶楽部」も随分読んだ。記事の中で面白かったのは、当時海賀変哲という作者があり、「七変人」という作のほかに、落語の研究というのを毎号執筆していた。これを読んでぼくは落語通になり、「さげ」の種類がいくつあるかなどということをおぼえた。それから演芸記事が好きだった。田舎ではあったが、ぼくの金毘羅さまの近くで、中央の劇団が金毘羅まいりをかねて時々やってきた。また郷里は義太夫熱の盛んな土地で、演芸熱も従って盛んであった。その上に父も母も芝居好きであったから、芝居には子供のときからなじんでいる。それで「文芸倶楽部」の演劇の記事はむさぼるように読んだ。お正月の小遣いで、「演芸画報」の新年号を買って、叱られるかと思っていたら、父も母もそれを熱心に読んでいた。「鸚鵡石」というのは、芝居の名せりふの書きぬきであるが、この雑誌の埋草にそんなものがのっている。それをそのころからぼくは暗誦していた。いまでも弁天小僧や切られ与三郎などはもちろんのこと、普通の芝居ファンの知らないような科白も、いくつか暗誦することが出来る。

この頃の「演芸画報」に、シラノの作者エドモン・ロスタンの第二作『シャントクレール』の翻訳がのっていたのと、それがあまり面白くなかったことを、おぼえている。雞の芝居で、多分酉年の正月号だったと思う。つまり酉年生れのぼくの数え年十三の正月、即ちさきに言った、ぼくの小遣銭で最初に買った「演芸画報」であったろうと思う。

とにかく、ぼくの少年時代には本もなく、また図書館の利用法を知ってからも、読書指導というものを受けなかった。それで子供のくせにこんな変態的なものばかり読んでいたのである。もっとも、押川春浪の「冒険世界」という、少年読物としては健全な部類の雑誌も、読むには読んだ。しかしこの方の興味は長つづきしなかった。だから、生れつきの軟派であったのかもしれない。

さて、図書館の味を知ったが、昼間は時間が少なくて思う存分に読めない。夜だとゆっくり読めるのだが、家では出してくれない。それで、あるとき家のものを欺いて、夜、図書館へ出かけた。閉館までいて帰ると、この嘘がちゃんとばれていて、父にひどく叱られた。

こんなふうにして、中学校にはいるまでに、大部なものでは紅葉の『金色夜叉』だとか、『アラビアン・ナイト』の訳本だとかを読んだ。『金色夜叉』では塩原の景を叙した名文に感心した。『アラビアン・ナイト』は誰の訳だったか、面白い文体で、例えば人を訪うときの文章は、いつでもきまって「こやのうのうと訪れたり」といった調子であった。

岡山の県立中学校の入学試験にすべり、閑谷校の岡山分校という私立中学校にはいった。級友に和田武彦という少年があり、美貌の秀才で詩人の素質があった。のちに「文章世界」の投書家として、一時頭角をあらわしていたが、実父の戒めで詩作をやめたので、人に知られずにすんだ。この男と交り出してから、ぼくの読書はだいぶ形が変ってきた。彼は当時既に驚くほどよく本をよんでいて、ぼくにいろいろ書目を教えてくれた。岡島冠山訳の『水滸伝』をぼくにすすめたのも彼であった。一時は校庭で二人が逢うと、天こう地さつ百八人の豪傑の名の記憶力を競争したり、その中の最も好む人物について話し合ったりした。ぼくには天子の寵妓に肘鉄砲をくわせた浪子燕青が理想の豪傑であったが、彼は一風変っていて、仙術家の公孫勝が好きだといっていた。

和田は当時の破天荒の豪華版だった、与謝野晶子、薄田泣菫などの詩人と、中沢弘光や浅井忠などの画家の共著で、京都や奈良の詩趣画情を湛えた華麗な本を、ぼくに紹介した。ぼくが京都や奈良にあこがれをおぼえるようになったのは、これ以来のことである。この本はのちに古本屋で買って、先年台湾を引きあげる時まで愛蔵していた。

小遣銭で古本屋あさりをすることもこの頃におぼえた。中学校では英語に熱心で、よく読めもしない英書を、古本屋で買った。『ロビンソン・クルソー』などは子供向の抄本だったが、英書でよんだ。その頃、岡山の六高の英語教師をしていた佐々木邦がその出世作『いたずら小僧日記』というものを出して、これが大変な評判。いろいろとエピゴーネンを出したほどだが、その原書が安本で古本屋にあった。これは子供の日記風にわざとブロークンなスペルで書かれた本で、文章はやさしいが、単語が難物だった。佐々木邦がこれを訳すとき、「菊は一代の耻きかぬは松代の耻」など、わざと誤字をあてたりしていた理由が、原本を読んではじめてわかった。

そのころ何気なく買った本で、ビアズレーの「サロメ」などの挿絵のある、イエロー・ブックの一冊があった。原本だったかイミテーション版だったかわからないが、この挿絵にはすっかり魅せられ、それから西洋の絵というものに関心をもち出した。ちょうどそのころ、「白樺」が創刊され、図版で西洋美術が紹介され出した。これも古本屋で手に入れて、むさぼるように見た。「白樺」の月おくれ号を数冊古本屋で買った時は、家にあった漢籍の、ただしこれは素人文人画家だった大叔父からぼくに与えられたものだったが、今思えばありふれた道春点の四書、これを古本屋に売って、交換に買ったのだった。もちろん、家には内緒である。不良の素質もあったわけだ。

イエロー・ブックの中では、ドウソンの「別れの曲」という詩を、いまでも暗誦することが出来る。"Exceeding sorrow consumeth my sad heart" という句ではじまる詩であった。

このころ、図書館の新刊棚に、正宗白鳥の『泥人形』がのっていた。読んでみたが、面白くもなんともなかった。

中学二年生のとしの九月、岡山から出雲の松江中学へ転校した。そのころは「白樺」もひきつづき見ていた。図版の中ではゴーガンの「タヒチの女」に非常な印象をうけた。のちに友人になった小泉鉄の『ノアノア』の訳などがこのころ連載されていた。しかし白樺派の文学やその思想は、まだほんとうには判っていなかった。この派の主張に共鳴しだしたのは、ずっと後に、京都の高等学校に入ってからのことであった。

松江の中学へ移ったころは、田山花袋を中心とする、「文章世界」という雑誌のファンであった。自然主義全盛時代という、時勢の力もあったし、それにこの雑誌には、投書という魅力があった。のち文壇に出た片岡鉄兵や矢野峯人なども、その頃の投書家だった。ぼくも一度まぐれあたりで、空想的な恋愛歌が入選して、その賞品に博文館から、前田晁訳の『チェホフ短編集』を貰った。この小説集にはまったく魂をうばわれ、何べんくりかえして読んだか知れない。これは日本での最初のチェホフ紹介書であった。「ジイノチカ」「牡蠣」「ブラック・モンク」などが収められていた。

こんなところから、ぼくは急に西洋文学の熱心なファンになり、当時出版され出した翻訳ものは、何とかしてたいていは読んだ。いまでも場末の古本屋などでときどき見て、なつかしい思いをするが、博文館出版の、菊判で七百頁もあった、当時一冊一円の西洋文学叢書、これにはフローベルの『サランボー』、モーパッサンの『死の如く強し』、クプリーンの『決闘』などがあった。新潮社からは、四六判の美しい装幀で、ワイルドの『ドリアン・グレイの肖像』、ツルゲーネフの『けむり』、ダヌンチオの『死の勝利』、ドーデの『サッポー』などが出ていた。中でも『決闘』や『サッポー』の中のいくつかの情景は、いまでも生き生きと心の中に再現することが出来る。これと、矢口達の訳したビヨルンソンの『アルネ』、これらの書がぼくの青春の書になった。

当時は西洋文学紹介熱の盛んな時代でもあった。一冊十銭の今でいうダイジェスト文庫が出ていた。赤い表紙で『アカギ叢書』といった。これがいま流行の文庫本のはじまりで、立川文庫なども、たしかその刺戟で出て来たものであった。

日本のものではその頃から漱石や鷗外のものを読みはじめた。鷗外はいわゆる歴史ものに移りはじめた時代で、三年生のときの正月号の「中央公論」には「阿部一族」が載った。かなり大部の特別号で、他にたくさんの小説がのっていたのに、「阿部一族」以外の作品も作者の名もみな忘れて、これだけをおぼえているのは、やはり感銘が特別に深かったためであろう。漱石のものは新聞の連載で読んだ。『門』から『彼岸過迄』の時代である。

松江市の県立図書館には、しかし、こうした新しい文学書などは皆無に近かった。古いものは少しはあった。ぼくは西鶴の好色本などを、ここで読んだ。この図書館は旧い城の濠端にあり、縦覧者は少なくて寂かだった。夏などは濠から蓮の香が流れてくる。本は少なかったが、ぼくのいままでの読書環境の中では最高のものだった。

さて、この頃まではぼくの読書の模索時代で、わけも判らずただ出たらめに濫読したのであるが、中学四年生のころから、読書の上で多少は自分の判断或いは傾向というものがあらわれてきた。もっともその傾向というものが、まず、谷崎潤一郎の「お才と巳之助」、永井荷風の「隅田川」、吉井勇の「俳諧亭句楽の死」といったような、耽美派のものだったから、ぼくの軟派だったことは明らかだ。これが昂じて、高等学校時代の江戸文学熱になった。

それはともかくとして、中学四年生のころから、ぼくのほんとうの読書歴がはじまったといってもいい。すると、ここに書いたような経歴は、それ以前の、いわばぼくの読書歴の、前史というようなものに当るわけである。

思い出の本――チェホフ

中学校三年生のとき、自分の経験したこともない恋愛を主題にした歌を、当時の文芸雑誌であった博文館の「文章世界」に投書した。選者は窪田空穂だったが、それがはからずも――とはいうけれど、大いに期待していたのは事実だったが――入選した。そして、胸をわくわくさせているところへ、博文館から賞品がとどいた。それは同館発行の一冊の新刊書だった。

今でもその本の体裁はよく覚えているが、四六判二百ページばかりの仮とじの清楚な本で、前田晁の訳したチェホフの短編集である。大正二年のはじめであるが、これがわが国での、チェホフの翻訳書の最初の本であった。

ついでながら数年前、湯浅芳子さんが、わが国へのチェホフの移入史を考証されたことがあったが、その中にこの本の名がもれていた。それで、そのことを知らせてあげたことがある。

この本の中に訳された十数編の短編のうち、いまなおその題目をおぼえているのは「ジイノチカ」「家にて」「牡蠣」「黒坊主」などである。それらの一つ一つを、私はくりかえし読んだ。もちろんこれがチェホフへの入門であったわけで、その後高等学校時代には今も古本屋でときどき見てなつかしく思うことだが、黒い表紙に赤の背文字をうった、小型の、英訳本の「チェホフ集」や、レクラム本で、彼の作品はむさぼり読んだ。そのきっかけになったのが、この前田訳の短編集だった。定価はたしか三十七銭とあったと思う。

それのみならず、中学を出て高等学校を志望するとき、私は文科の方面を希望したのだが、父は理科方面の志望を主張した。そして父はかなり頑固だった。そのとき、私が父と妥協したのに、やはりこの「チェホフ集」が影響している。というのはこの本には簡単ながらチェホフの伝記があり、これによって彼が医師であって同時に偉大な作家であったこと、というよりは医師であったことが、彼を偉大な作家たらしめた、というようなことがあったからである。私は理科方面ならば、医科にしよう。医師になれば、チェホフの例もあることだから、自分の本来の志望をのばすこともできようかと、ひそかに考えた。そして父の承諾を得て、当時の高校三部を志望した。

その後私はその医師にもなれず、もちろん偉大な文学者にもなれなかった。「ケ・セラ・セラ」を歌っていたわけではないが、なるようにしかならなかった。しかしそれにしても、中学三年生のときに見たチェホフの短編集が、この意味で、私の生涯の方針をたてるうえに、大きい影響を与えたことはいなみえない。

読書の解剖

いまに始まったことではないが、ぼくは、ときどき何ということになしに、江戸時代の文芸書が、むしょうに読みたくなる。そんな時には、『歌舞伎狂言集』だとか、『洒落本全集』だとか、一度読んだものでも何でも、手あたり次第に引き抜いて、読みふけるのが癖になっている。どうもよく判らないのだが、ぼくにとっては、これは単なる娯楽の時間ではないような気がする。

犬や猫が、病気をしたり、身体の違和を感じたりすると、よく庭さきのエノコロ草の葉っぱなどをかじっているが、彼らは教えられないでも、そうした、自分に必要な食物を知る本能をもっているらしい。人間はこの本能をもう失って多くの人がビタミン不足症で悩んでいるが、ぼくの精神には、そうした原始的な本能の力が、まだ遺っているのではないかと思うことがある。ちょうど、犬や猫が平常は一向見むきもしないエノコロ草を、夢中になってかじるように、ぼくも夢中になって黙阿弥や三馬をよむのである。

それならば、江戸文学はぼくの精神栄養にとって、どういうビタミンなのであろうか。与えられたテーマに従って、ぼくはここでぼくの読書の異常心理を解剖しようというのであるが、これは或いは、ぼくだけの心理ではないのではないか、というような気もするからである。

先ず、軟派の江戸文学に通有のあのタイハイ味。これをぼくの心は求めるのであろうか。どうもそうではないらしい。そんなものなら、その辺にいくらも目新しいのがあるようだ。その時代の封建的なものに郷愁を感じるのであろうか。断じて否である。ぼくはまだそれを好都合とするような旦那衆には、なっていない。太平の逸民ののんきな境涯にあこがれるのであろうか。これはないとは否定出来ない。しかし、それだけだとはいわれない。というのは、江戸文学とはいったが、和訳の『水滸伝』なども、ぼくには同様の効果があり、ぼくは少年期以来、あのボウ大な作品をもう五、六回もくりかえし読んでいる。『水滸伝』は乱世の暴民の話で、しゃれのめして暮せた世の中の消息では、決してない。

枚数がなくなったから解剖の結論だけを簡単にかくことにするが、結局ぼくの気づいたのは、どうもこれは、江戸時代の社会なり、その社会の表現である文芸なりに、根をすえている社会の様式性あるいは様式性のある生活、というもの、これがいまのわれわれに不足している。過去の様式はこわしたが、明治以来の文明は、まだ新しい様式を作っていない。これは、実は日本人の能力の問題ではなくて、アメリカだとて御同様なので、文明の進歩が、たえず市民の生活を変革すれば、生活の様式はこわされるだけで、決して作られてはゆかない。早い話が、自動車と道路が発達すれば、離婚は多くなり、結婚式を一生一度の華やかな行事とする、古来の社会様式は、見事にこわされてしまう。

ここまで一度にきてしまったが、つまり、現在の不足を感ずるというだけの理由でなく、今の文明の飛躍を見ていると、もう将来、様式あり安定感を伴う社会生活などというものが営まれる時代は、二度と来ることはないであろう、という絶望感が、ぼくの目を将来にではなく、江戸時代の過去に向けさせるのではないか、と思えるのである。

読書と現代

数十万行をかぞえる森鷗外の文章の中で、私は「渋江抽斎」三十九の終りから四十のはじめにわたる二十行を、わけても出色の文章だと思う。これを読むたびに深い感動をうけないことはない。

しかし、ここでは鷗外の文章を問題にするつもりはない。問題はそこに語られている話柄にある。

抽斎の妻の仮親の嗣子比良野貞固は、父のあとを襲って家職をつぐと、即日抽斎を家に請じた。そして容を改めて言った。

「わたくしは今日父の跡をついで留守居役を仰付けられました。今までとは違った心掛がなくてはならぬ役目と存ぜられます。実はそれに役立つお講釈が承りたさに御苦労を願いました。あの四方に使して君命を辱めずと言うことがございましたね。あれを一つお講じ下さいますまいか」

もちろん抽斎はその志を奇特なりとして、縦横に講説した。講じおわると貞固はしばらく瞑目、沈思していたが、おもむろに立って祖先の位牌の前にぬかずき、はっきりした声で「わたしは今日から一命をとして職務のためにつくします」といった。その目には涙があった。

鷗外は貞固のことを「もとより読書の人ではなかった」といっている。すなわちこの話では、非読書人が生活上の重大事に直面したときに、その行動の規範を、読書人の言すなわち書物に求めているのである。読書というものの最も純粋な効用が、ここに示されていると思う。

右の例のような重大事はもちろんのこと、われわれは日常の生活においても、大小さまざまの問題に直面したとき、われわれのとるべき行動を決定するのに、しばしば要約された権威ある一言を必要とすることがある。良人の与える一言がなくては、何事も決定し得ない細君はいくらもある。食物を前にして「今夜たべようかあすまでとっておこうか」と迷う時に「うまい物はよいに食え」ということわざがこれを解決するのは、世間ひろく流通するというところに、ことわざの権威があるからである。婦人が流行物を選ぶのも、流行ということに権威を見るからのことであろう。店員の「これが今年の流行です」が、その要約された一言である。

もとよりわれわれはそうした一言に教えられて、はじめて事の可否を知るのではない。よいのうちに食べたいという意欲がまずあって「よいに食え」という一言が決定力をもつのである。われわれの行動はすべてこうしたところで踏みきりがつけられるようである。

今われわれは世界史上の最大の危機に面している。われわれの一人一人が去就をきめなければならない重大事に直面している。われわれのとるべき行動を決定する一言を、われわれはどこかに求めなければばならない。ことは重大であるから、本屋の店員が「これが今年のベストセラーです」というものに、安心して権威をみとめるわけにはいかない。大国の大統領の就任演説が壮大であるからといって、疑わずにうのみにするわけにもゆかない。

疑えば何ごとも疑える。ただ、われわれの行動への意欲が発火点に達したときには、必要とするその一言は、案外身近いところにころがっているかも知れない。その一言を権威づける真理は、そう不可知なものであろうはずはない。われわれが最も切実に求めるときに、うその言葉とほんとうの言葉とはすぐ見わけがつくはずである。同一の国に関して語られている二つの違った言葉の、どちらが真実を語っているかを、見誤ることは出来ないはずである。

いまは読書というものが、その最も純粋な効用の面で、われわれの生活の中によみがえるべき時代だと思う。そして、うそごとを書くものの敗退すべき、きびしい時代だと思う。

本と懐中鏡

「レフレシールしないで、ものをいうのは女。ものをいわないでレフレシールするのは鏡」

これはフランスのことわざである。もちろん、はじめのレフレシールは反省とか熟考を意味し、あとのは反射とか反照を意味する。これをも一つひねると「女はレフレシールを好むくせに一向にレフレシールしないものだ」ともいえるだろう。

さて、東京でいえば、銀座とか新宿あたりの繁華街に立って、通行の御婦人方のハンドバッグの中身を、いっせいにあらためて見たいという誘惑に、ぼくは時々かられることがある。かりにそんなことが出来たとすると、いろいろと面白いことが分るであろうし、西鶴ならずとも、一つのハンドバッグの内容から、一編のコントを組立てるぐらいの仕事は、小説道普及の今日、ちょっと小才のあるものには、容易にできることであろうが、それは別の話として、さて、もしその何十万のハンドバッグの中に、ただの一つでも懐中鏡の入っていないものがあったとしたら、それこそ天下の一大事だ。それはハンドバッグの定義を否定することであり、女性そのものに対する観念を、ゆるがせることにもなるからである。

しかし、もしその何十万のハンドバッグの中に、書物と名のつくものは、文庫本の半冊も見出されなかったとしても、それは、それほどの大問題にはならない。というのは、銅製の「天下一」なにがしの製品をいれた、金らんどんすのハコセコの昔から、今日のビニロンのハンドバッグに至るまで、日本でも、携帯鏡は女性につきものであり、昔もいまも、それは服装の一部になり終っているほどのものだが、これに反して、女性が文庫本を携帯するようになったのは、まだ最近の出来事であり、それもだいたい、若い女性に限られている、といったような事情だからである。

ところで電車の中でとり出される、彼女たちの書物が、笠信太郎さんの『ものの見方について』であったり、岸田国士氏の『日本人とはなにか』であったりすることは絶対にない。まず『マノン・レスコー』、『若草物語』、『嵐ケ丘』に『アンナ・カレーニナ』といった、近年の映画の主題に関係あるものと思えば、まちがいない。どういうものか、彼女たちは、ヘルマン・ヘッセはお好きである。

さて、いったい鏡を見るといっても、自分の方に顔がなくては、反映はなり立たない。窓の一部が斜にうつっている鏡を、横からながめていても、一向に面白くはないものだ。真正面から面と向って、鏡の中にある自分と真剣にとっくみ、くりかえし飽かずながめて、自分の顔を形作る。それはいつの間にか、単なる反射の作用から、反省の作用に変ってくる。たとえば「やっぱり、あきらめた方がいいのだわ」という風に。

ところで、中国の人々は、過去の歴史を、後世の人々への鑑と考えた。「インカン遠からず」というのは、殷の滅亡史をかがみと見たのである。また、そうした歴史の書物に「かがみ」という名をつけたこともある。カメ割りで名高い司馬温公に『資治通鑑』という著書があるが、これは、国を治める者のためのかがみという意味である。日本でもこれにならって『大鏡』『増鏡』などという史書が出来た。書物が鏡だとすると、やはりそれに対して映る、自分というものがなくては意味をなさない。書物の中に自分を見出し、書物によって自分を形成してゆく。これがなくては、読書とはいえない。もちろん、これは、史書に限ったことではない。書物がこれを読むものの神経なり情緒を、一時的にかきたてて、それで能事終れり、というのではそれはほんとの読書ではない。

ハンドバッグの中にある小型本、それがたとえ『若草物語』であるにせよ、これを読む人々が、それによって自己を反省し、自己を形作ってゆくというような、読み方をしていないならば、その書物は決して懐中鏡よりも高尚なものとはいえない。前にもいうように、鏡は女性を形作り、時には反省させることもあるからである。

帙《ちつ》つくり

岩波文庫などには、優秀な校訂者の整理を経た、あるいは優秀な翻訳者の和訳になる、東西のすぐれた古典がいくつも収められている。中にはこの文庫による以外には、容易に見られないものもある。そうした本はいつまでも書架にのこしておかなければならない。

ところが、文庫本をのこしていると、いつのまにかそれがたまって所用のときに所要の本を見つけ出すのに一苦労する。同一本の上巻と下巻とが、とんでもないところに別々にはいっていたりして、たいへんわずらわしい。こうした経験は何人にもあることと思う。

私は、はじめは、たとえば分冊された本は散らばらないように、紙ひもでくくったりしていたが、はなはだ殺風景である。それに、文庫本は背文字が小さくて、表題がよみにくい。中にはインクのかげんで、背文字の色のあせてしまったのもある。

こうした実用の点からいっても、何とかひと工夫の必要に迫られてきた。

実用をはなれた立場からいっても、書斎の中の仮とじの文庫本は、何となく安っぽく見えて、他の本とつり合わない。全体の調和を破る。それで、わざわざ他の本のうしろに積み重ねたりして、それがまた探すのに困難を増させることになる。

もちろんこれは文庫本にかぎらないことで、だいたい仮りとじ本というものは、そのままで書だなにならぶ資格はないものである。だから「仮り」とじなのであろう。私に財力があれば、こうした本を思うまま製本させて、本とじにしておきたい。背文字なども、あざやかな、美しい、そして自家独特の趣味を生かしたものにしてみたい。永年そう思っていたが、これはもう今ではあきらめてしまった。たとえ財力があっても、だいいちそうした製本師が得られない。フランスあたりの、前世紀のすぐれた蔵書家が、腕ききの製本師に腕を揮わせた蔵書の、豪華な、書斎全体として統一された装本の美しさ、それによってその家庭の品位の高さが評価される、といったたていの美しさは、現代ではもはや容易ならぬ、あるいはほとんど不可能なぜいたくになり終ったようである。

ところが、文庫本だけではない。近頃は中国で、続々として古典の複刻本が刊行される。大かたは仮とじで、廉価な点は大へんありがたいが、これがのさばると、やはり書斎を安っぽくする。も一つは、いわゆる線装本である。近ごろのはむかしのように帙に入っていないのが多く、これはだいいち、他の本の間に立てならべることすら出来ない。といって、帙をいちいち作らせれば、本代そのものよりも高くつく。

こんなところから、私は近ごろ、自分で帙を作ることをはじめた。日本の文庫本も、中国の仮りとじ本、また和漢の新古の線装本も、書斎にのこすべきものは出来るだけ帙に入れる。この材料はボール紙と出雲紙である。

出雲紙は製造元の、八束郡八雲村の安部栄四郎さんから送ってもらう。この紙は質もいいし、色彩も古雅で、品位があり、変化も多くて非常に美しい。紙はこれで解決したが、ひもが難物で、実はまだ解決していない。しかたなしに、今はありふれたリボンの細いものを使っている。

さて、仕事に飽いたときだとか、ひまな日曜日などにこの手すさびをはじめると、実に楽しい。最後にへたながら自分で題箋《だいせん》を書いて、背にはりつける。その楽しさが無類である。こうして帙仕立てにすると、仮りとじのままでならんでいたときとは、本の品位が一変して、書斎がぐっとひき立ってくる。文庫本の捜索なども、おかげでだんだんらくになってきた。

貧乏書生の窮余の工夫にすぎないが、この楽しみを諸家におすすめしたいと思う。

日本文学

アメリカの第二世の某君が、日本の現代文学、といっても小説のことであるが、それを評して、「エスノロジー」のようだといったそうだ。この第二世はあまり学問がないと見えて、「フォークロア」のようだ、というべきところを、「エスノロジー」といったものであろう。エスノロジーとフォークロアとは似たようなもので、だいぶ違うものだ。

それはとにかくとして、日本の現代文学が、フォークロアのようだというのは、大へん面白い見方だ。われわれが子供のときに、炉辺できいた桃太郎やカチカチ山の話が、正にフォークロアであるが、これはまず誰が作った話だという、作者がないものである。語り伝えられるあいだに、型がきまって、人々の口に慣れ、耳に慣れたものである。

こうした昔ばなしの特徴は、民族としての望郷的な思いで人を陶酔させるものではあるが、決して人を刺激したり、興奮させたりするものではない。その中には作者の自我や、強い個性が顔を出さず、何物をも主張することがないからである。

現代の日本文学は、近代西洋文学の洗礼をうけて、既に相当の歴史をもっているが、やはり西洋の現代文学に比べると、作者の自我の少ない主張性の乏しいものであることには、まちがいない。一口にいえば作者意識が少ないのである。それを極度にすれば作者は消失して、ほんとのフォークロアになってしまう。

身辺小説、心境小説といわれるのが現代日本文学の主流であるようだが、それはそれで、もちろん尊重すべきものであろう。しかし、同時に、もっと主張性のある、人をふるい立たせるようなものが、生まれなければならない。現代の日本は、殊に、そういうものを要求しているのである。

源　氏

御堂関白のことを、以前にも、ちょっと書いたが、この人が紫式部といくらかの交渉があり、『源氏物語』の主人公一部のモデルであったろうということは、多くの人に既にいわれている。

『源氏物語』の中で、主人公の光源氏が息子の薫大将の好色を戒めるところがある。作者はそのところで「御自分のことはタナにあげて」といった調子で、主人公の得手勝手をひやかしているが、その筆つきが、源氏を理想的人物のごとくに取扱ってきたいつもの筆つきと、大変ちがっていて、身近い親しさと、なれなれしさを感じさせる。その裏に明らかにモデルを感じさせ、そして、そのモデルと作者との間には、実際においてもこのくらいの冗談がとりかわせた仲だったということを感じさせる。

道長と紫式部との間の私的関係の程度は、想像以外には、これをうかがうより他は何もないが、この文献などは、心理批判を鋭くすれば、まだいろいろと面白い手がかりを与えるのではあるまいか。このくだりなどはその一例となるものではないかと思う。

国語問題におもう

国語の表記法の問題からおこった論議が、近ごろ少し本題から逸脱して、「国語はいじるものではない」というような、だれにも判りきった主張が、いまさられいれいしく唱えられ、それを唱える側の論議がまた、世間の人々には優勢に見えてきている。困ったことだと思う。

表記法は、国語としては厳重な規定があるべきで、われわれの知っている外国語には、これのないものはない。どう綴り、どこで句読をうつかには、みな厳密な規則がある。それは自然に放置されて、そうきまったのではない。ある時期に、人為的に一定されて、そうきまったのである。人の姓などは、この統制にしたがえることが出来ないから、西洋でも同じ姓に、実にまちまちな書き方がのこる結果となった。

日本語には、これが厳正でないから、まちまちな書き方をしている。「少ない」と書いても「すくない」のか「すくなくない」のかちょっと解らない場合がある。「助る」と書く人は「たすける」つもりなのか「たすかる」つもりなのか、これも問題になる。かりに書いたものが、裁判資料になったとき、これでは判定にこまりはしないか。

中世や江戸時代の人々の書いたものは、実にまちまちで、百人百様といってもいい。明治になって、小学教育の必要から、書き方が次第に統制されてきたお蔭で、まずわれわれは、いまのやや共通的な表記法をもつことが出来た。これがその後の日本人の生活に、どんなに貢献してきたかは、想像の以上にあるとおもう。

いまはまだ表面化されていない問題で、句読のうち方というものがある。日本語ではこれに規則もなく、まちまちだから、時として、たとえば形容詞と、それが直接支配する名詞との間に、点をうつ場合がある。ラジオのアナウンサーが「ソビエットの飛行機らしい飛行機が」とあるニュース原稿を「ソビエットの」で切って、「飛行機らしい」の頭にアクセントをつける。聞く方は、おやおや、ソビエットには、いままで、飛行機らしい飛行機はなかったのか、という錯覚にとらわれる。句読の切り方に規律がないからである。いまは毎日のように、この調子の放送があるが、原稿が不適当な書き方をしているから、こんなことが起るのだろう。これなども是非規則をきめなければならない問題だ。

表記法も国語現象にはちがいないが、これを一定にしようとすることと「国語をいじる」ということとは、必ずしも同じではない。国語はいじるべきではないが、国語の表記法は一定にすべきものである。

花形文士諸君は、かつて森鷗外が、軍部の力を背後にたのんで、国語改良案をぶっつぶした、あの醜態を思ってほしい。軍部ではないが、諸君はうしろに、いまは無条件に諸君を崇拝しようとする大衆の力をもっている。慎重にやるべきである。

言葉のアクセサリー

昨年の十一月、マニラで極東先史学会があって、パリからリベ教授が出席した。リベ教授は英語が話せないので、フランス語で講演する。と、盛んに手を振る。私は教授の講演中の姿をスナップしたが、その写真では手のさきが煙のように消えている。

ところが同じフランス人でも仏印からきた学者で、英語で講演した人々はいっこう手を振らない。これで見ると、話をするときに手を動かすのはフランス人の民族性によるものではなくて、フランス語がそれを必要とする国語なのだということになる。

同じことを中国の学者についても観察した。台湾から出席した李済教授は流暢な英語を話す。そのときは一こう身ぶりをしない。しかし、中国人は一たいに自国語を話すときには、盛んに手を動かしてジェスチュアをやる。これも中国語そのものが、それを必要としているようである。

かつてノルマンディを旅行したとき、イギリスの女学生たちの修学旅行団にゆきあったが、その女学生のフランス語が実におかしい。一語一語、英語流のアクセントをつけるのである。たとえていえば、日本にきているアメリカ人が、ヨコハマをヨコハーマというようなものである。つまり、フランス語は日本語と同じように、アクセントのない、といって悪ければ、あまりアクセントにたよらない国語である。英語では、ロンドンでバスの車掌にゆく先を「ピカデリー」といったのでは通じない。「ピッキャ……」と、はじめにアクセントをつければ、あとは発音しなくても通じる。フランス人はこのアクセントを、口でやらないで手でやるのである。

同じような手ぶりをやっても、中国語の方は、これと少し違っているようである。フランス人はただ手を上下させたりして、むやみに動かすだけが、中国人の場合は、手で物の形を現わそうとする。同じ「イエン」でもツバメなら鳥の形、煙なら煙の感じを手で出す。咽なら咽をさすといった風である。中国語は一音で数十の言葉を現わすものがあって、それを区別するのに手をかける必要があるのである。

ところで以上のようなことは、別に新しい発見でもなんでもないのであるが、考えなければならないことは、日本語の場合である。日本語もフランス語と同じように、アクセントにたよらない国語である。それだのに日本人はあまり手ぶりを用いない。強い説得力を発揮しようとする職業的の雄弁家などが、これをやるくらいのものである。これはどうしたことであろうか。

私の結論をいうと、日本人は相手を説得しようという努力をあまり払わないのである。言葉の問題でなくて、国民性の問題である。説得の努力を払わないで、時にはそうした努力を賤めて、最後に「だまれ」「やかましい」と一喝する。同じ手を動かすのが、最後の一撃に集中されて、ポカリと相手の頬っぺたにゆく。

フランス語などと同じく、相手を説得しようとすれば、日本語は手ぶりを必要とする国語である。これからの日本人は大いに手ぶりを用いて、話術に習熟する必要があろうと思う。衣装は無言であるから、端的に人をとらえるため、花のアクセサリーも必要だが、言葉には集中的なアクセサリー「平手の花」は無用であろう。

ハーン

ラフカディオ・ハーンが松江を愛し、出雲を愛したのは、横浜や神戸の日本を見た彼の眼に、この地方にこそ「神国日本」の姿が残っていると写ったからである。

ところで、彼の眼に写った「神国日本」の姿とは畢竟なにであったか。この地方では、いまだに神話時代さながらの素朴な迷信が、人々の心を領していたということだろうか。いな、そうではない。

彼の心を惹いたのは、そうした原始的迷信の表情にさえ、三百年の封建社会の生活の洗練からくる、微妙な心の動きが認められたことに他ならない。彼が青春のある時期に経験した西インドの島々は、原始的迷信には事欠かなかったであろう。しかしそこには出雲に見るような細かな心の動きは感ぜられなかった。ハーンが愛したのは、実は「神国」の姿でなくして、封建日本の結実であった。籠手田知事を愛し、熊本の高等学校の漢学の先生を愛したのも、封建社会の伝統からくる、これらの人々の狂いのない節度に心が惹かれたのである。

ハーンが愛した出雲は「封建出雲」であった。彼は「サムライの娘」と結婚して、自らをそのうす暗い社会の中へ閉じこめようとさえしたのだ。しかしそのハーンが、彼の伝記者田部氏によれば、ある時にこんなことをもらしている。あの強烈な西インドの太陽と、その島々のただれるような官能の生活を想うに、自分は郷愁で気が狂いそうになる、と。私はこれあって始めてハーンはほんものだと思うのだが、それは別として、社会にもまた、おのずから内在するこの種のインプレスがあるのであろう。これは圧縮されればされるほど爆発力を増し、ついには革命にいたって終ろうとすることは、近いところでは、明治の維新革命がこれを証している。俗世間を捨てて、茶や俳諧ないし音曲の趣味生活に没頭しようとした日本の隠居どもも、この内在する青春を処理する法は知っていた。若い妾は、彼等の風流生活の一要素でさえあった。——谷崎潤一郎の『蓼喰ふ虫』の妻の父の生活を見よ。

ハーンがその狂おしい青春の熱情を抑え得たのは、彼には文学探求という熱情のはけ口があったからであろう。徒らにそれを弾圧したのでもなく、またし得べきものでもなかった。政治家がその社会に内在する「青春」を、単に弾圧するのみで能事終れりとするならば、彼は失敗の政治家である。彼は国民を「狂わせ」、国を誤るであろう。

荷風と直哉

「伊沢蘭軒」。某年某月某日、某女函根を越えんとして関の役人より贈賄を強いられることを、某資料中に見る。鷗外、百年の後に『武鑑』を検してその汚吏――当時は、この種の収賄を汚行であるとすら思っていなかったであろう――の名を顕わそうとする。即ち、「蘭軒」の自跋のなかにいうところの、鷗外の「顕微蘭幽」の意は、実は「顕正破邪」の熱情より来たものであったのだ。

この種の熱情は、これを小説形式で処理することは困難である。鷗外がその形式をすてて、考証に走ったのは必然であろう。だから、世にいうごとく、彼の考証癖が、ここに至らせたのだということは、むしろ、第二次的要因に過ぎなかったのである。

彼は高度の小説家の眼をもっていた。そして高度の「この」熱情――ただ、それが自己に向けられるには、あまりに完成された、悔いるところなき自己でありすぎた――をもっていた。その考証的史伝が、作家の眼と熱情とに濾過された、独特の作品となった所以である。

「おかめ笹」。永井荷風のこの小説の中のすべての人物が、作者の同情を得ていない。こんな小説は他に類があるまい。その最もお手柔らかな扱いを受けた主人公の鵜崎という画師が、やっと多少の憐憫を獲得しているだけである。作中の人物に作者は愛を注いでいないのである。

しかし作者が熱情を注いでいないとはいえない。作者はこれ等の人々を憎んでいるのだ。これは憎しみの小説である点で類のない小説である。しかし誰が「憎しみ」を小説にまでリアライズなし得るまでに憎み通したか。不正に対する憎しみはその反面の正に対する愛がなくては起り得ない。「おかめ笹」は鷗外の「ル・パルナス・アンビュラン」の小説家的リアリザチヨンである。鷗外はそれを避けて考証に走ったのである。

鷗外は投書狂程度の素人批評家に対しても、いちいち牛刀を振って、これを粉砕しないでは承知出来なかった。鷗外が勲章を好み、位階を喜んだと思われるふしのあるのも、俗衆をも含めたあらゆる世間に、自家に対する正当な尊敬を要求する、普遍的正義感のあらわれの一つであった。

清純な少女が、一たび良家に入って「令夫人」と呼ばれるや、たちまちにして虚栄の権化となる。その虚偽との同棲は荷風の堪え得ないところである。彼は家庭を作ることを断念し、清純を求めて淪落の女の世界をさまよう。

その風格において大差はあっても、その操作の動機においては、二人は別人ではない。そして、その正義感が、常に外にのみ向ったという点で、この二人と、その後の作家との間には一線が劃される。現代では、もうこれほどの幸福な作家は見られないのである。

漱石の正義の眼は、これに較べるとはるかに内向的であった。明治、大正の作家から現代の作家への橋わたしをしたのは、漱石であろう。

荷風が鷗外の芸術的実現者であったように、志賀直哉は、漱石のそれであるといえよう。

ペルソー文庫

一九三五年のことだから、随分古い話だ。パリのシャンピネ街の、地区の小学校を訪ねた。目的は学校参観ではない。学校の上階の一部のアパートメントに住んでいるのが、校長のペルソー夫人。その良人のルイ・ペルソー氏は社会党の新聞「リュミエール」の主筆で、政治方面でも有名だったが、この人の道楽で、そのアパートの一部に、ペルソー文庫とでもいうべく、図書館が出来ている。

ペルソー文庫は、しかし、普通の図書館ではない。フランス語で書かれた、あるいはフランスで出版された、という限定つきで、あらゆる艶本が集められているのである。ペルソー氏はフランスでは斯界の第一人者だということで、むしろその方で有名である。コウカンな目録を出版し、新資料によって絶えずこれを補正してゆくのが、この人の道楽である。

その日は、パリ大学の、これも社会学の方面では、世界にその名を知られている今は故人になったモース教授と、その研究所員の一行が、この文庫を見学するのに、ぼくは便乗したのであったが、一行のうちには、二、三の妙齢の女性もいる。

ペルソー氏が、もったいぶってとり出す、初版本だとかなんとかいわゆる珍本には、ぼくはあまり興味はなかったが、妙齢の女性をまじえたこの一行の拝観ぶりが、ぼくの興味をひいた。彼女等がすこしも悪びれたり、はにかんだりしないのが、まずおもしろかった。といって、強いてまじめな風を装っているのでもない。そこには自ずから和気アイアイたるものがあって、いろいろのじょうだんが頻発する。モース教授が軽口をいっても、相手は「まあ、ひどいわ」とかなんとか、大げさな身ぶりをしてはにかんだり、逃げ出したりするのではなく、ただニヤニヤと笑ってすます。

ペルソー氏がある日本人から貰ったといって、桐の小箱入りの秘蔵のものを持ち出したところへ、ペルソー夫人が十歳ばかりの娘をつれて、部屋にはいってきた。ペルソー氏はこれを娘に示して「おまえ、これ何だか知っているかい」などという。小学校長である夫人は、別に良人をとがめるのでもない。

帰途つくづく思いふけったのは、この日の光景から察せられるフランスの社会と、日本のそれとの比較であった。性の問題から、うす汚ない秘密感だとか暗黒味をぬぐいとって、健全な明るい態度で、これを処理することが、社会一般の風潮になる。そういう社会を招致するためには、私としてはいま問題の『チャタレイ夫人の恋人』のごとき書物は、ぜひ一般に広く読まれて、まず作者のまじめな意図が理解されなければならないと思う。

道楽案内

むかしは文学者というようなものは、貧乏にきまっていて、その清貧を誇りとし、大いに反俗精神を昂揚して、金持ち連中を筆さきで退治するだけの気概をもっていた。

あわてものは、その精神に大いに共鳴したものだが、それが貧乏のなす、よんどころのない結果にすぎなかったということは、彼らが近ごろのように金まわりがよくなってきて、はじめてわかった。自分が金持ちの立場になると、にわか成金のやるほどのことは、やらぬことなしという有様で、骨董をあつめたり、ゴルフをやったりするのはまあいいとして、中には妾宅をかまえて、大いにやに下っているものもあるらしい。

これが世間一般のことだから、別にだれも文句はいわない。うらやましいと思うだけだが、しかし、なんとなく淋しい気がする。

むかしの金持ちでも、教養のある人々は、自分の享楽はまあやるだけはやったろうが、何か金持ちでないと出来ない、文化的の事業をやったものだ。江戸時代の好学の藩主が、文庫を設けたり、良書の複刻をやったりしているのもその例だが、明治以後の紳商でも、そのくらいのことはやっている。安田善次郎翁などは、自分の享楽は何一つやらないで、文化事業には大金を出した。これはまあめずらしい方の人だった。

いまの文士が、いくら金まわりがいいといったところで、安田ほどの金持ちはまだ出ていないだろう。しかし貴重本であるが、採算がとれないから、営利出版者が出版できない、というような一部の本を、おれが金を出してやるから出版しろ、というようなことなら、今の文士の成金程度でも、出来ないことはなかろう。そんな例を、まだ一つも聞いたことがない。それが淋しいのだ。

しかし、からだ一つをもとにして、腕一本でかせいでいる文士連中に、こんな注文をするのも、無理な話かも知れない。いまの紳商連中でも、松方・大原・石橋のように、自分の趣味と、文化事業を両立させて、りっぱな貢献をしている人々もあるが、日本では流行しないのが、こうした趣味と理解と、そして金のある人々でないと出来ないいま一つの道楽、即ち出版である。

中国は、むかしから文の国で、書籍そのものが一種の骨董でもあったが、美術品をあつめるのと同じ熱情で、本をあつめる金持ちが多かった。そうした人々のうちには、私財をなげうって後世のために、大出版を行なった人々も少なくない。このことがなければ亡び去ったであろう多くの古書を、われわれがいま読むことが出来るのは、そうした人々の功徳によるものである。『永楽大典』や、『四庫全書』のような国家的の大事業の他に、地方の金持ちの出版したたくさんの叢書が、いまも残っていて、それによる以外には見られないという本も、少なくないのだ。江蘇省常熟の毛氏が、いかに金持ちであったとしても、それだけでは、その名は忘れられてしまったにちがいない。その集めた八万四千冊の本を、良書と見れば片はしから翻刻させ、世に「汲古閣本」を流布させた。その事業によって毛晉の名は不滅になったのである。

出版屋が手出ししないで、個人の書架に埋もれたまま、出版を待っている稀覯の書物は、日本にはまだまだ多い。多少ともに奇特な本屋が、採算を忘れて、そうしたものを少部数ながら出版すると、数年後には非常な市場価値を呼んでいる。後年市場価値を呼んでも、校訂者も出版者も、そのためにもうかるわけではない。しかし貴重な出版であったことは、それで証明されたのである。

金の使い途にこまって、今さらありふれた骨董集めでもあるまい、と考えている金持ちに、こんな道楽もあるのですよということを、おせっかいながら知らしておきたい。

民族学の朝あけ——石田英一郎著『桃太郎の母』

日本がその国情から、古いことをよく温存させ得たのは、偶然の結果であるが、そうしたものはもう明日は亡びてしまうかも知れない。その亡びつくさない前に、これを出来るだけ探求しておくことは、現在の日本民族の成り立ちを知る上に極めて必要なことであり、ゆるがせに出来ないことだと気づいたのは、柳田国男先生である。しかし柳田先生の日本民俗学の偉大な業績は、単に日本人がいかなる民族であり、いかにして発展して来たかを知らせるだけに止まるのではない。先生自身もしばしばいうように、他の国ではすでに亡び去ったが、日本にのみ残っているというような多くの民俗学上の現象を探求してゆくことは、世界の民族学の発展に貢献する所が非常に大きいはずである。もし柳田民俗学の重要な業績が欧文で発表されていたとしたら、このことはもはや予想の問題ではなく、すでに事実となって現われているに違いない。

また、一方において、日本国内には、学問としての民族学の発展が、不思議なほどおくれている。柳田民俗学の理解に最も有利である日本人民族学者が、自らその利点を利用して世界の民族学に貢献しようという、そうした人はまだ養成されていなかったのである。

東京大学石田英一郎教授の、戦後に発表された『河童駒引考』はこうした暗黒を破る最初の曙光であった。著者はいままた自らその姉妹編と称する本書を発表して、われわれの待望が着々として満たされつつあることを示した。

本書におさめる所は「月と不死」「隠された太陽」「桑原考」「天馬の道」「桃太郎の母」「穀母と穀神」の六編であるが、なかんずく書名として採用された「桃太郎の母」の一編のごときは、一九五二年のウィーンの国際民族学会席上で発表されて、多大の反響を呼んだものである。

著者は柳田民俗学の多くの成果を利用すると共に、世界各国の文献を、ほとんど超人的努力をもってあまねく引用してその論考を進めている。これが当然、逆にわが国内の資料のみをもっては徹底されなかった、わが国内の民俗学的現象を理解する上に貢献する。

著者の民族学者としての基本的素養の深さと、その資料の豊富さと、そこに盛られたあふれるばかりの知識をむさぼりながら、その鋭い思考のあとをたどることは、一般読物としても本書がまれに見る興味深い佳作であることを承認させるであろう。(一九五六年一月、法政大学出版局)

G・S・クーン著『人種』

「従来の人種論は、人種を一応不変なものとしてとらえ、それをくわしく分類記述して系統化する傾向にあった。そして多数の人種分類、系統論がこれまでに発表されてきている。科学の第一歩は記述して分類することであるから、このことは当然であるが、このいわば静的な傾向の次に来るものは、動的な人種形成論である。人種形成について論じた人としては、アイクシュテットをはじめ多くの学者の名があげられるが、しかし、本書ほど大胆にこの問題を展開した著者はないであろうし、また本書よって、人種論は一歩大きく前にふみ出したといえよう。ドブジャンスキー博士によれば、本書は人種研究に新紀元を画するということである。」

これはこの本の訳者の「あとがき」の一部である。本書の性格はこれではっきり言い表わされている。著者は人類の全体を見まわしてその中の集団(ポピュレーション)を生物学的に分けている主として形質的な変化の一つ一つが、いかにして獲得されていったかを、今日利用され得る限りの学問的資料を利用して、たんねんに考察している。事実上にも考え方の上にも、新しく教えられるところが非常に多い。

その一つ一つの考察の当否は、訳者も疑っているように、なお問題にする余地はあると思うが、この仕事は人種形成論という新しい方面を、はじめて開拓したというだけでなく、いわゆる「人種性」の上に新しい照明を加えて、その意味、軽重を明らかにしようとしているところにも、極めて重大な意義があると思う。現に本書の第九章で、著者は従来の人種分類説を一応たなあげにして、独自の考察に基づいた、新しい人種分類の試案を提供している。

この試案では世界の人種が三十種に分けられているが、これを十にも五十にもすることが出来ると著者はいっている。そのフレキシブルな態度にも学ぶべきものがある。かりに今日固定し得たとしても、明日は違ってくるであろう。人類の「歴史は文化的な意味と同じく、生物学的な意味でも、常に動きつつある」からだと、著者は本書を結んでいる。

訳者はいずれにしても信頼できる方々で、安心して読むことができる。この点も大変ありがたい。

(須田昭義・香原志勢訳、現代科学叢書、みすず書房)

鈴木尚著『化石サルから日本人まで』

この本のあとがきで、著者自身、この表題は「いささか大げさ」だといっている。しかし、その「あとがき」をよく読むと、その企画の理由がよくわかる。ことに第二の理由としてあげられたのは、人類は今も進化を停止しているのではない。人類のいわゆる「小進化」は、今も連続しており、それが現代のサピエンス種のなかに日本人なるものを作りあげつつあるのだとの観察から、これを化石サルからサピエンス出現までの過去の大進化に結びつけようとするのである。この企画は結果として成功しているといえる。

なお、著者は、著者自身による、パレスティナの旧石器時代人であるアムッド人骨発掘の詳細な報告に、本書の三分の一のスペースを割いている。この種の冊子としては、これも法外の感じを与えるかもしれない。しかし、この資料そのものが旧人から新人への人類進化の上で、大げさにいえば、一つの重要な転換点に位置するものであることがわかる。その記述には著者の情熱があらわれ、読者の理解を容易にしている。

本書の構成を見ると、ネアンデルタール人骨の発見にはじまる一九世紀中葉以来の、化石人類の発見史（第一章）、第二章の「第三紀人」では、人類発生以前の、その祖型をなした化石サルについて、第三から第五の章では化石人類を猿人、原人、旧人の三部に分けて、その発見史と資料の解説、第六章では上記の化石人類中の最後の旧人（広義のネアンデルタール人）と、化石サピエンスとの間の関連を問題にする。この関連の有無を解く上で、もっとも重要な資料である西アジアの特殊な旧人が第七章に登場し、その大写しとして、アムッド人の記述がはじまる（第八、九章）。

以上の各章を通じ、著者は学界の最新の知識をもらさず採り、よく整理し、ことに自身形質学者である長所をよく発揮して、簡潔ではあるが重点をそらさない、確実な解説を与えている。この方面の著述としては、わが国では最初の良書だということができるであろう。

さて、第十章に入って、著者は自身で手がけた材料にもとづき、日本人の、いわゆる小進化を説いている。社会環境の変動の特に大きかった弥生時代と明治時代との二つの転換期に、日本人の体質に急激の変化があったが、これは進化を語るものであり、日本人は一系の人種である、というのが結論であり、これは著者の持論である。しかし、進化説で解釈できる、ということと、進化説でなければ解釈できない、ということとは別である。

この問題に関しては著者の説に対する多少の意見を、筆者は最近刊行された雄山閣版『考古学講座』に書いておいたのでここでは省略する。

最後の二章は人類進化の要因とその特性にあてられている。要因に関する著者の私見は穏当であるが、なお言及さるべき事項が他にもあったと思われる。特性に関しては、それが極度に加速度的で、他の生物のそれとは非常に異なっていることを、たくみな比喩で説明している。（一九七一年十一月、岩波書店）

白うさぎのシグナル――ゲオルギュウ『二十五時』

仏教的末世思想は平安朝初期に叡山の僧徒によって唱えられ、鎌倉初期になって、日本では花が咲いた。それ以来の日本文学の基調は、みな厭世思想だといっていいだろう。

しかし、仏教徒の末世思想は、その根拠が一すじに仏典の解釈にかかっている。世相が末世的になったという観察が、その材料であるにしても、その思想の根拠づけは、古典の権威に求めたのである。ところが現代が二十五時だというゲオルギュウの末世思想は、その根拠づけが日本の仏教徒のそれよりは、はるかに科学的であるように感ぜられる。ちょうど、この書物の中に引かれているように、浮かび上る能力を失った潜水艦の中で白ウサギがまず窒息すると、それから六時間後には人間の息が止まる。これは絶対的にまちがいのないことであり、現代の世界は、この白ウサギ窒息後の六時間中のある瞬間にすぎないのだという。

日本の仏教徒もゲオルギュウと同様に、白ウサギのシグナルを見たのである。だが、白ウサギ絶滅後の時間の計測が、潜水艦の実験のような科学的な方法で行なわれていないのである。

しかしながら、ここで科学的だとか、非科学的だとかいうのは、元来おかしいのではないか。伝教大師にとっては、今から一千年前に、世界は二十五時に入ったのであり、それ以来、人間の本然の生活は既になかったのである。ゲオルギュウが今後六時間の生命だといっても、その六時間は、今後の世界歴史の何百年にも相当し得るであろう。こうした時間は、もともと主観的な時間であり、主観的であるという理由で、伝教大師も正しければ、ゲオルギュウも正しいといえる。

ただわれわれが客観的に計測出来るのは、伝教時代と現代との歴史のテンポの遅速である。ゲオルギュウの六時間は伝教のそれよりははるかに短いであろう。ここに至ってはじめてわれわれは、この小説――警報――から身のすくむような戦慄をうけとる。しかもそれだけではない。この警報の告げるのは、主観的六時間後の、あるカタストロフではない。現代が二十五時だというのは、現代がもうすでにこの恐るべきカタストロフの中にあるということである。仏教徒の末世の教えも、キリスト教のアポカリプスの幻想も、これほどさしせまった重圧をもってわれわれに迫ってはいないのである。

さらにそれだけではない。宗教の世界に残されていた唯一の救いの道が、今の二十五時の世界にはもはや存在しないのである。というよりは、今のカタストロフは、宗教によって救わるべき、個人の根底を突き砕くのである。個人の生活のないところに、宗教の救いはないのである。われわれの愛情も、善意も、あらゆる知識と意思による生活の設計も、およそ個人に属するものは、一度巨大な「技術」の暴君の要求に遭えば、たちまちに霧散し、われわれは瞬時に一つの機械に還元されてしまうのである。「技術」は宗教の手の及ばないところに、われわれを運び去り、押し流すのである。

ゲオルギュウはわれわれが既にこうしたカタストロフの中にあることを、おし迫る描写でもって、われわれに実証する。われわれはもはや逃れられないことを感ずる。さきに「警報」の書だといったが、ここには解決の道が示されていない。警報でなくて、これは挽歌である。ゲオルギュウはどこか間違っているだろうかと、われわれは無益に探索したくなる。われわれは絶望したくないからである。

ロダンの言葉

僕の友人のSがパリへいった頃、岡本太郎が既にパリにいて、Sの案内役をひきうけた。岡本はSにキャバレーだとか、寄席だとかナイトクラブのようなところばかり見せて、どうやらSの金で自分が楽しむ風だった。そこでおとなしいSがおそるおそる「ルーブルへ連れていってくれないか」と言う。岡本「どうしてルーブルへゆきたいのだ」。「絵が見たいからさ」とSが答えると、「絵だって？　絵なら僕のを見たまえ」と言った。Sはあとで岡本の自信の強さにあきれたと言って笑っていたが、それが一九三五年ころの話で、もうよほど以前からフランスの美術家には、ルーブルは非常な重圧だった。ルーブルが眼の前にあることを彼等は呪ったものだ。「ルーブルなんか焼けてしまえ」と叫ぶ連中もあった。岡本がルーブルを無視したのは、まだ幾分おとなしい方だったかもしれない。分配にあずからなかった次男坊が、長男の享けたぼう大な財産を呪って、「焼けてしまえ」と叫んだとしても、その気持は理解出来る。

ロダンの活動したころには、彫刻の方では特にひろい土地がまだ残っていた。ロダンほど幸福な芸術家は珍らしい。彼は思う存分耕し、思う存分収穫した。あとで生まれたものが、「畜生、やりやがったな」と歯がみをして、「ロダンが何だ」と反抗的になってしまったとしても、その気持は、これも理解出来る。反抗的になった次男坊が、一度は酒や女に走るように、美術家はフォーブを通過し、音楽家はジャズを見出そうとする。彼等は皆不幸なのだ。

ロダンは大きな遺産をうけついで、それをりっぱに処理した、模範的な家長である。いろいろと悪口は言われても、結局はほめられもの長男である。ロダンの芸術にはこの幸福感がみなぎっている。ロダンにも戦いがなかったのではない。しかしそれは世間との戦いである。芸術の上では、彼は一度も迷わなかった。彼は絶望の味を知らなかったのだ。彼が幸福な芸術家だというのはこの意味である。ロダンの芸術がそうであるように、彼の言葉にもその幸福感がある。ここでも彼は模範的な大家の家長である。その言うところは、間違いがなく穏健である。皮肉や逆説、まして反抗というようなひびきはない。と同時に恐しい言葉もない。われわれは安心して、彼の教訓に服し、彼の言葉を楽しむことが出来る。

ポール・グゼルのあつめた「ロダンの言葉」は、以前にも一度読んだことがある。高村光太郎の訳だったと思う。三笠書房のこんどの本の訳者の古川氏は、どんな人だか僕は知らない。しかし以前の本にくらべると装幀も美しく、ことに内容に即して必要な作品が、その頁の付近に洩れなくイラストレートされている。これは望むべくして普通にはなかなか出来ないことである。著者の親切は感謝すべきであり、その良心は賞讃されなければならない。もちろん本文に直接関連のない作品も、豊富にイラストレートされている。その選択も適確である。

この本を開いて、漫然とよみ、漫然と図版をながめていると、僕は十八年前のちょうどこの季節に、パリのロダン美術館で半日をすごした時のことを思い出さずにはいられない。今はもううすれているその日の記憶をこの本はもういちど新たにしてくれる。僕にとってはこの本は二重にありがたい賜物である。(ポール・グゼル編、古川達雄訳、三笠書房)

思い出

大正のはじめ、中学校四年生のころだったが、夏休みを利用して大阪の叔父のところへ遊びにいった。叔父の案内で、当時、千日前の角のところにあった芦辺クラブという映画館にはいった。

映画のうちでおぼえているのはロシア映画で短篇の喜劇だった。題はわすれたが、数人の女房連中がそれぞれの亭主にあいそづかしの書きおきをのこして家出する。それを見た亭主連があつまって悲嘆にくれる。それからやけ酒になり、街の女をひっぱってきて騒いだりするが、女共と喧嘩して追い出してしまう。うさばらしに機械人形をかってくる。ネジをまくとその人形がバレーを踊る。結局夜中になって女房連中は帰宅する。今日は四月一日ですよ、といったような、たわいないはなしだったが、弁士がついていて、そのうちの男の一人を「イワンさん」と呼んでいた。その機械人形になってバレーを踊った美少女が、のちのアンナ・パブロワだというような噂を、その後きいたが、真偽のほどは知らない。明治・大正の映画史を見ても、この映画のことに触れたものがない。しかし私には非常に強い印象を与えた映画だ。演技も優秀で、いま見ても見られる映画だと思う。

しかし、私がこれを書き出したのはこの映画を語るためではない。その時の映画のあいだに、岩井九女八一座の女歌舞伎の実演があった。鈴ヶ森で、九女八はもちろん長兵衛をやっていた。最近博多に市川少女歌舞伎というものがきて、この鈴ヶ森を出した。それでこの時のことを思い出したのである。

九女八の印象は強く、やや小形だが、女団州といわれただけに、顔は写真で見る九代目そっくりで、私はその後あれだけ舞台の大きい長兵衛を見たことがない。しかしその時は九女八よりも、むしろ岩井琴次とかいった若い権八役の美貌の女優に、少年らしいあこがれを感じた。その顔や名を、何十年後の今日まだおぼえているところから見ても、印象は深かったわけだ。

外へ出ると夕立で、道頓堀の各座の大のぼりが風にはためいていた風景も、昨日のことのように眼に見えてくる。

前進座の寺小屋

この正月、前進座の長十郎一派の福岡公演を見た。その「寺小屋」の松王は当代随一だという評判だし、芳三郎の千代は、何とか賞を授けられたと聞いていたので、結構なものであろうと、予想していたところで、見物後の感想は、一口にいえばあまりありがたいものではなかった。まず長十郎の松王であるが、押し出しはなるほど当代随一といえるかも知れない。駕籠から出て「百姓とてゆだんはならぬ」と、玄蕃をおしとめるところで、誰もがやる咳、これは病中になることを説明する仕草だが、これが大そう御丁寧で、見物の中にクスクス笑うものがいた。笑う方がもっとものような感じで、くどいものだった。これは元来なくもがなのもので、病かつらだけでその用はすんでいる。

きまりきまりの型は、どちらかといえば、大げさな方で、これは人の好みにもよろうが、私などは、歌舞伎としてはむしろ歓迎すべきことと思っている。しかし、長十郎のは、型の基本がまだ未熟で、大げさにやればやるほど、からだが割れてくる。「奥でばったり」のところで、よろよろと、戸浪とぶっつかり、「無礼者」ときまるところなど、故人中車の姿が、まだ眼にのこっているが、比較するのが気の毒なようなものだった。型はきまっても、からだが全然きまっていない。いいかえれば、型の表面はきまっても、型の心がだめなのだ。

しかし、前段はとにかく見られる。もっとも、これはどんなへたでも、何とか形のつく場面だが、難しいのは黒で出る後半である。ここでは仕草のない、坐りきりの長丁場をもたせなければならない。歌舞伎をはなれていいなら、むしろこの方が楽だろうが、動きのないところを、即ち表面の型のないところを、心《しん》の型をくずさないで保たせるのは、いいかげんの役者には出来ないことで、後半の長十郎は完全に落第。それにつけても、基礎訓練の必要さと、歌舞伎のむつかしさがわかる。

芳三郎の千代も寺入りは無難だが、やはり後半がいけない。それが最もよくわかるのは、動きが多いために、白装束になってからも、しばしば背中を見せる。前帯のことだから、からだの丸味がむき出しで、遊女の寝衣すがたと少しもちがわない。武家の妻ではない。

いわゆる近代的解釈で、母性愛を表わそうという意図だったと、あとで演者の言葉を見て知ったが、母性愛がありがたければ、母物映画に限るので、何も歌舞伎を見なくてもいいのだ。それが、母性愛も人間愛も問題にしない、いまいましい封建世界の姿であろうと、それには眼をつぶって、われわれは歌舞伎の美しさを享楽しようと願っているのだ。第一、わが子を他人の身代りに殺すなどというのは、実際の封建社会にだってあり得ない狂人沙汰だ。それをさえ、「美」の前には、見物は眼をつぶって黙認しているのではないか。あらわな現実感を出せば出すほど、逆に、物語りのきちがい沙汰は、より救い難くなるのである。一たい歌舞伎の物語りの内容などに、今の見物のだれが同感しようと願っているだろう。これを願っているのは、母物映画の方がもっと泣けてよかったというたぐいの連中だけではないか。型のふるいにかけて、あらわな現実感をぼかしてくれるからこそ、われわれはその物語りの醜悪に対して眼をつむることが出来るのだろう。歌舞伎ではそうした型、たとえば武家の妻でなければならないという、型の上での約束がある。いかに泣いても騒いでも、それが町人の妻になったり、遊女になったりしてはいけないのである。型をくずさない、という所に、歌舞伎の構造がかかっており、その本質がある。母性愛を出すか出さぬかの問題ではない。それを、あらわに出すか型をとおして出すかの問題である。そして、型を通して出すのが歌舞伎だ、といっているのである。

千代が母親だからといって、そんなに騒ぐべきだというなら、わが子のために身代りになってくれた小太郎の死を、若葉の前が、よそごとのように、たった一言「ふびんのものや」といって、坐ったまますましていられるわけはない。立ち上り、千代の手をとって、一緒に泣き騒ぐのが当り前だ。若葉の前が平然と坐っているのは、それが高貴の御方であるからで、その人が騒がないというところが、新派や映画と、歌舞伎との違うところなのだ。

変な解釈は困りものだったが、芳三郎の女形ぶりや、演技力は相当なもので感心した。私はこの人の「合邦」の玉手御前を見たいと思う。

幕切れの伊呂波送りを割りせりふにしないのは、他でもときどきやることだが、なるほど、右にいうように、その場の「歌舞伎」を殺してしまったのでは、割りせりふは何ともやりようがないにちがいない。しかし、これは断然割りせりふの方が美しい。いつもここで「歌舞伎」が盛り上ってくる。太功記十段目や実盛の、幕切れの美しさは、耳から来るので、あの、科白がしだいにノリになってくる「天王山」や、「北国篠原」のくだりを、チョボがやってみたまえ、幕切れの面白味はなくなってしまうだろう。

この一座ではないが、前進座の別流が、この前近松の原作で「冥途の飛脚」をやったときには、はじめの「みほずくし難波にさくや此花の里も三筋の町の名も佐渡と越後の合の手を通り手島の淡路町」という、われわれの愛誦おく能わぬ、あの美しい語り出しを、チョボは省いてしまったので、がっかりした。文章でも、書き出しと終りには力を入れるものだ。舞台でも、そのところは、静やかに或は高らかに、鳴りひびくようにあって欲しい。

観劇後、いろいろと新聞紙上に、劇評の出ているのを読むと、すべてお座なりで、いわゆる花をもたせた書き方だ。この地方は、芝居を見る目の高いところだと聞いていたが、これではだんだん目が低くなるばかりだろう。劇評というものは、劇団に対してはむしろ直接効果は少ないのが例で、大切なのは、世間の目を高めることだ。世間が低くば、劇団だけが高くあるわけにゆかない。ひぼしになっては困るからである。して見ると、世間の目を高めることが、とりも直さず劇を向上させることになるわけである。九州の劇評家は、どうかこの使命を、忠実に果して貰いたい。

実の綾のつづみ――喜多演能を見て

綾のつづみは、元来宝生と金剛のものである。喜多が戦後これを編曲して、自家のレパートリーに取り入れたのは、これが大へんよくまとまった、感銘の深い曲で、実のような演能者の意欲を、強くかき立てるところがあったからであろう。

われわれはじめて見るものには、宝生や金剛とちがって、実はこれをいかに演じるであろうか、という興味があった。

しかし、従来のものと比較するといっても、本文がひどく違っているので、一こま一こまを、いちいち対照して比較することは出来ない。だいたいにおいて、この改作のちがっているところは、初同の終りとロンギとの間にワキの言葉を入れる。つづみが鳴らぬつづみであることをシテに教えて、それまでまだつづみの鳴らぬのを不審がって悲しんでいるだけだったシテに、あざむかれ、嘲弄されたのだということをはっきり知らせる。それで、ロンギに入って、前シテのうちから、もう「悪鬼の形相ものすさまじく」などと、後ジテの筋を割るような、最強度の表現が出てくる。これはたいへんよけいなことで、前ジテはただ疑い悲しんで、哀れに死なすべきである。それをここで早くも怒り狂わすのは何としてもよくない。

この改作に従っての演能だから、他流のものとはひどく違ってきている。たとえば、いまの「悪鬼の形相」のところで、作物から後ずさりして、強く拍子をふみ、二の松まで進んで作物をきっとふりかえり、「底白浪にぞ入りにける」で幕に入る。しかし宝生では中入前は「かくては何のために生けらん」で、常座に、身をなげる形で膝をつくだけである。悲しみのうちに身をなげるのである。哀れはこの方がずっと深く、これでこそ後ジテの執念がひき立ってくる。

こうした不満は感じたが、局部局部の実の演出は非常におもしろく、われわれをたんのうさせた。破の中で「ひとうち打てば」と扇で一つ打ち「葉ごとの露の」で、足をしずかにふむその静かさ、「また打ちて聞き入れば」で右を向いて、あたかもどんなかすかな音でも聞こうとするごとき形を見せるその形の哀れさ、「たより渚のさざれ石に」で右に一足はなれて、茫然とおのれを疑う形のやるせなさ、いずれも簡単な動きで非常な演出力だと感じ入った。

後ジテは他流のように打杖を腰にささない。これは実は他流の方は重複の感じで、この方がいい。後ジテになっての実のはたらきは、息もつかせぬ面白さであった。ことに「打ちしきるしもとのバチに」の足拍子の強さ、「恨みのつづみは憂き人の」で、ツレを及び腰に見すえて、足を一つ強くふむ、その恨みの形相の物すごさ、「鳴るものか鳴るものか」の型も実に強く「打ちて見給え」で二の松にかかる。そこで舞台をふりかえり、杖を右肩にあげ「責め奉れば」でツレをきっと見こんで、美しくきまる。陶然と見とれているうちに、後ジテは幕に入ってしまった。

朝日五流能所感

今年も第二部だけを見た。だからほんとをいえば、三流能所感である。第一部の終りが延びて時間不足になったためか、隅田川の序の三と、紅葉狩の間（アイ）が省かれた。何か能が手軽に扱われたような気がして、愉快ではなかった。手軽といえば、舞台のひさしを省いたのも困りものだし、困りついでにもひとついえば、プログラムの井筒の小書《こがき》の彩色《いろえ》に「さいしき」とカナをふってある。もちろん解説者の三宅さんの仕事ではない。

小言はこれだけにしておいて、道雄氏の景清。松門の出の謡は沈んでいたが「暗暗たる庵室」あたりから多少の変化もあった。作物の引回しをとると、黒の水衣、白の大口、着付は小格子、ネズミ色の角帽子で、景清は腰桶にかけている。面はひげのない、赤味のあるやや柔らかい感じの面である。いったいに型小さく、ひかえ目に見えた。「われ一年尾張の国」なども声を強めない。破の中段の「かしましかしまし」は右手をあげて左に顔をそむけるだけ。「ひとえに盲の杖を」で杖をさぐるような型はもちろんしない。「山は松風」以下の型は、左を向き「すは雪よ」で直り、少し見上げる。「さて」で静かに立って「また浦は荒磯に」で、右手、次に左手で右の柱をにぎり「波の音も」で柱に寄り添う、おだやかなものだった。

こんな風に書いてゆくときりがないから、物語に飛んで、いつも問題になる「とりはずしとりはずし」の型も簡単でよく、「錣《しころ》は切れても」も、よく考えた美しい型だった。切の娘を送るとき、少し左方に寄りすぎたため、左手を娘の右肩にあてる姿が、やや不自然だった。

九郎氏の隅田川。ワキツレに大口をはかせたのは、世阿弥のいい分を通したというもので、賛成である。シテの水色の水衣が美しかった。その水色の鮮やかなカケリ。

主な型をいえば、破の中段「問えども問えども」では、持笹で二度、大きく招くような形をした。「ひなの鳥とや」には型なし。「限りなく遠くも来つる」は、笠をとって一の松に進み、笠を前にひかえて立った。

船中の物語では、しだいに向き直ったりしないのは賛成で、「ついにこと終って候」で、はじめてシオル。

破の後段の「この土返していま一度」は、急にワキにすがろうとするように詰めより、タジタジと退く。その気組みにハッとした。

急のフ鉦はくびに懸ける。キリになって子方の幽霊は常のように出したが、私は出す方がいいと思っている。子方の二度目の出に、双手をあげてバッタ押えをやらなかったのはいいが、常座まで追う姿に、最初の出に見失った折との変化がなく、少し単調な気がした。

実氏の紅葉狩は、昭和五年の十一月に、福日の主催で演じているから、福岡の人には二度目である。装束は前ジテ、唐織着流し、緋の大口、後ジテは赤頭法被、緋大口、着付は鱗箔、かつぎは用いなかった。面はシカミ。

目立った型は破の中段で、「袂にすがりとどむれば」は扇を軽くワキの胸にあてる。序之舞の二段のオロシからの変り目あざやかで、大小のハヤシも変り目の気合、申しぶんなしだった。急になってからのおもしろさは、この人ならではといいたいほどだった。中入前の月の扇も、ぬけるようにあでやか。後ジテの働きも悪かろうはずはなく、切は笛の方から一たん作物の中にかくれた。

最後に、茂山の狂言のりっぱだったことを、つけ加えておかねばならない。

市川少女歌舞伎の「鳴神と沼津」

この劇団の評判はかねてから聞いていたが、見るのははじめてだ。昼の部の「鳴神」は、正午開幕のふれこみが、三十分早くあいたので、中途から見る羽目になった。二年ほど前に同じ舞台で前進座のものを見た印象が、まだ残っている。それでつい比較する眼で見たが、福升の鳴神上人は、どちらかといえば長十郎のよりはうまいくらいだ。それは練習がよく行きとどいているためで、迫力はもちろん劣る。しかし、それにしても、福升はがらも大きく、なかなかいい役者だと思った。沼津の平作でも、その真価は十分わかった。梅香の絶間姫も無難、舞台行儀のいいのが結構だった。

全体として、前進座の荒削りにくらべて、よくととのった舞台だったが、これは一にも二にも練習のおかげだ。ただ下端の所化連中のうちには、まだ声の出し方も足のふみ方もはなはだ怪しいのがいて、やや興をそいだ。大歌舞伎にはないことだ。

中幕の「三人三番叟」では、美寿次がひとり光っていた。

二番目の「沼津」。この劇団には限らぬことだが、院本《まるほん》とちがって、十兵衛のお米に対するプロポーズを、ただの色好みにして、本気だか冗談だかわからないものにしてしまった。院本の方ではちゃんと理由があり、筋が通っている。これなどは院本通りで見たいものだ。

平作は先代仁左衛門のが絶品だといわれたが、軽妙さをねらった悪趣味なふざけ方もあって、私は好きではなかった。福升のはやることもたしかであり、行儀がよくてうれしかった。ただ、だれの工夫かは知らないが、千本松原で十兵衛が「まさかの時刀のきっさきがなまろうぞや」の所で、刀の柄に平作の手をふれさせる型はやり過ぎだろう。平作はつんぼではない。平作に、その刀をうばって切腹させる段取りとしてもまずい。お米はこの幕では、一応娘役だが、前身江戸吉原の太夫という難役で、皮肉な役柄である。これは升代にはまだむりのようだった。女優が歌舞伎の女役をするには、生地の女を一応返上してかからねばならない。この点、女形がやるよりはかえってむずかしい。升代のお米は、生地の愛敬が出すぎて陰影のないただの娘だった。道成寺の蛇体にあやかって、一度脱皮する必要があろう。前途のある人だろうと思うからいうのだ。きれいな人にきらわれるのはつらいから、ちょっとことわっておく。

新作狂言拝見——狂言の会『彦市ばなし』

世間の評判をあまり当てにしない方で、実をいうと、それほど期待をかけないで拝見したが、新作の「彦市ばなし」はおもしろかった。しかしこの「おもしろい」が曲者で、狂言としてはおもしろすぎた。狂言の典型的なものは概ね三コマの短い劇で、取扱う事件は単純な一つの事件だが、「彦市ばなし」はそれより幾コマも多く、事件も連続的に起こる。それだけでもおもしろいのは当たり前で、その上、水中の格闘など、いろいろと目新しい工夫もある。しかし古来の狂言の魅力は、序破急というような整然たる構成と、その展開の簡潔さからくる一種の力強さである。

当夜の「貰聟」の笑いや、うがちは落語でも――あるいは落語の方がもっと「おもしろく」――あらわせる。しかし「貰聟」の簡潔さ、力強さは狂言独特のものだ。

結局当然のことながら「彦市ばなし」にくらべると「貰聟」の方が比較にならぬほど有難かった。これをやるときの千之丞の顔には法悦があったが、彦市の顔にはこれがない。後者はまだ千之丞の顔だが前者はいわば民族の顔、完全な古典の顔だった。ただし従来の狂言のレパートリーも数百年の間に出来たもので、その総ては、つぎつぎに新作として紹介されたはずだ。いま残っているものは、それらに数百年のみがきがかかって木目が光ってきたのだ。「彦市ばなし」ないしは今後つぎつぎにあらわれるだろう新作狂言にしても、昭和の古典として百年後に生き残り得ないとはいえない。

しかしいまのままでは、非常に巧みな翻訳ではあるが、結局、狂言調に翻訳された風変りな新劇だ、ということになりはしないだろうか。

歌舞伎

日本の歌舞伎に登場する人物には、一人も悪人はいない。ただ一人の例外は、八百屋半兵衛の義母のなにがしだけである。

これは三宅周太郎がいつか言ったことである。そして私も同感であった。いうまでもなく、この義母というのは、嫁即ち半兵衛の妻お千代を憎んで、離別を半兵衛に強要する。それが夫婦の悲劇の唯一の原因になるのである。

ところが、近頃京都の場末の西陣劇場という小屋で、市川団四郎という一座の芝居を見た。市川団四郎の名はどこかの田舎では、知った人もあるだろうが、中央では一向に知られぬ名である。田舎まわりの一座が、都の場末で、一時を凌いでいるというほどの劇団であるから、だいたいその内容は想像が出来るであろう。

この一座の出し物の中に、お千代半兵衛の一幕があった。それを見て、私は非常に驚き、そして愉快になった。というのは、この一座の演ずるお千代半兵衛の悲劇は、今の一流の舞台で見るものとは、大分変っていたからである。

ここでは、義母は、今までわれわれの考えていたような、われわれの理解を絶する悪人ではなくて、多分に愛嬌のある、そのへんにいくらも見られそうな色きちがいの婆さんである。半兵衛に横恋慕して千代を邪魔にする筋合が、実にはっきりと見物にのみこめる。超人的悪人だという特殊人物ではなくて、いわばより普遍的な一類型である。

いったい一つの悲劇が、一つの特殊の原因によって起る場合には、われわれの同感の通路は非常に狭くなる。しかしその原因が普遍的であればあるほど、われわれは同感しやすい。私はこの一座の演出を見て、始めてこの悲劇が救われていることをつくづく感じた。

こういう次第であるから、この一座のお千代半兵衛は、一流の大歌舞伎のそれよりもよほど下品である。しかし、実はその下品さがこの劇を救ったのである。考えて見ると、いったい歌舞伎などというものは、下品な民衆の層から起ったのである。文化勲章を貰った芸術家が、おのれの至芸を見せてやるぞといったような、役者と見物とのあいだに、遠いへだたりがあったりしては、もう歌舞伎の本質はないのである。

都会の一流の劇場では、大金をかけて道具をかざり、衣裳をきらびやかにする。甚だ見物人を馬鹿にした話で、民衆はそんなに想像力の乏しいものではない。紙衣でも立派に本物に見るだけの想像力はもっているのだ。民衆を馬鹿にして、役者ひとりいい気もちになっているような今の歌舞伎には、私はもう何の魅力も感じない。

描くとも何でも、私は田舎歌舞伎を礼讃する。そこには歌舞伎があるからだ。

市川団四郎一座のお千代半兵衛は、日本の古典から唯一の悪人を抹殺している。元来民衆の中には、悪人というものはいないのだ。

トンボ返り

中共の統治下でも、北京や上海の戯院では、いまも京劇は盛んに興行されていることだろう。京劇の興味の一つは、ある種のたち回りの場合に見られるトンボ返りの芸当である。例えば「西遊記」の火焰山のくだりなどで、盛んにこれをやる。京劇のトンボ返りは、日本の歌舞伎のそれとは、大分ちがっている。大ぜいのものが一時に、いろいろな方式で、連続的に宙返りするので、大へんめまぐるしい。はでで、変化が多くて、無邪気に見ておれば、これほどおもしろいものはない。

しかし、劇の全体から見ると、これだけが一つのショーになっていて、前後の統一もなにもない、単なるレビューの場面であるに過ぎない。

こうしたレビューは、西洋のショーでも、しばしば見られる。その宙返りの方式も、全然同じやりかたである。

西洋のショーで、トンボ返りをやるのは、たいていイラン系の近東芸人か、少なくとも、その種族に扮した曲芸師（アクロバット）がやる。その源流がイラン系であると考えて間違いないようだ。

中国にも、唐代の長安の教坊には、イラン系のこうしたアクロバットが沢山いて、当時の尖端人士を喜ばしていたようである。京劇はそれをとり入れたまま、いまだに千年前の風を遺しているのであろう。

北京の天橋などでは、トンボ返り専門の大道芸人がいて、それだけで金をあつめたり、また商売の客よせに利用したりしている。近東の芸が東西に分かれて、今も同じように保存されていることは、大変興味が深い。

しかし日本の歌舞伎のトンボ返りは、その源流が京劇にあったかどうかは簡単には言えないが、舞台芸術としてはもはや、独立したレビューの域を脱して、全体の劇の統一のうちに、織りこまれ、ひかえさせられている。それ自身としては、見た目はそれほどはでではないが、舞台芸術としての芸術的醇化は、京劇のそれよりもよほど進んでいる。

歌舞伎ほどに頻繁ではないが、能にもやはりトンボ返りがあって、たとえば土蜘蛛のそれなどは、重重しい立派な衣裳を着けたままで、あざやかに返る。その形の美しさを深く研究しており、その一瞬で全体の活劇がぴたりとしめ括られる、というような有機的な、重要な一瞬をなしている点で、これは世界一のトンボ返り芸術になっている。

世間には、舞台面の単純さと、様式化の進んでいることから、京劇の芸術的醇度を、歌舞伎のそれの上に置くような見方をする人もあるが、単にトンボ返りの一例からいっても、私は歌舞伎の芸術を、京劇よりももっと上に置くのが至当だと思っている。能にいたっては、もちろんの話である。

映画の効用

今の映画批判は、だいたい映画の芸術批評に終始しているようである。監督の手法だとか俳優の演技だとか、カメラの効果だとか、そういうことが第一の問題のようである。

しかし、いうまでもないことだが、一つの映画のもつ問題は、それが芸術作品としてどうであるか、ということだけではない。もっともあまりひどい作品になると、これには戦争鼓吹の意図があるとかないとか、そのモラルが論ぜられることがあるにはあるようだが。

しかし例えばある映画の中に、ずるくて悪がしこい男が出る。いばりやの署長さんとか、貪欲な商人とか、自己満足家の亭主とかいう、おしなべて典型的な俗物が、この男のために翻弄されて、非常な損害を被る。しかし見物人の同情はむしろ、この加害者の方にある。なぜだろう。少なくとも彼は俗物ではない。空想力があり、機智がある。大胆不敵ではあるが、貪欲ではない。やることは不法だが、却って正義派でもある。卑小と同時に王者の心をもっている。

こうしたささやかなモラルが含まれているような場合、そのモラルそのものが批評家にとりあげられるということは、まずないのである。

ところが、われわれの日常生活にとっては、映画の芸術を享受することも必要だが、その内容のモラルによって、われわれの良心なり良識が、たえずみがかれてゆくことがより必要なのである。またそうしたモラルに支えられて、その映画の芸術味も享受されるのであろう。

批評家諸君には、とうていそこまで細かく論じて、世話をやく暇はなさそうだ。とすると、われわれ、ことに若い学生、生徒諸君らは、お互いの間でそうした問題について論じる必要はないか。ただ漫然と、一場の娯楽としてのみ映画を利用しているのは、惜しいことではないか。

いまの日本の国力にとって、国内映画の製作費と外国映画の輸入費とは、恐らく過大な支出の幅を占めているのではないかと思う。それを完全に利用しないですますのは、大変な浪費ではないだろうか。学校や、少なくとも家庭内で、映画の鑑賞のあとでは、その批評会をやるのがいい。話中の人物の言動だとか、精神だとか、そういう身近な問題を論じたらいい。われわれは映画批評家ではないのだから、監督の手法とか、俳優のアクトなどは、第二にしてもよかろう。

眼のおきかえ

近ごろ日本映画の海外進出が目立ってきた。それで、映画を見ながら、これが外人の眼にはどううつるだろうか、と、自分の眼をかりに外国人の眼におきかえて見る、というような見方をする人も、少なくはないだろうと思う。

私もその一人だが、いま一つこれとは逆に、ときどき、外国映画を見ながら、自分の眼をおきかえることがある。だれの眼におきかえるかというと、おかしい話だが、『今昔物語』の本朝部に活写されているような、平安朝末期ごろの庶民の一人になったつもりで見るのである。もちろん、言葉は完全に理解されるものと空想する。

そうした一個の上代人になっている私を、無条件に感動させる映画は、実験の結果によると、あまりたくさんはない。日本映画に対しても、私はときどきこれを試みるが、この場合には、合格するものがほとんどない。全然感動を与えない、というものも多い。

筋の複雑、単純ということとは別であるが、古今東西を通じて、すべての人間の生活の根元に触れてゆくといったていの、単純な、根本的な動因と、まともにとり組んだものが、案外に少ないのではないかと思う。都会人の微妙な感情のトリビアリズムに終始した、感傷的なものが多いようである。それならばまだしも、根元的な問題と取組みながら、一場の感傷に終っているといったようなものが多いと思う。

私の友人で、E君という若いベルギー人がいる。京都で日本文学の勉強をしている男だが、日本の近代短篇小説を数篇、ネーデルランド語に翻訳して、郷里へ送った。その反響について話すのをきくと、最も好評だったのが芥川の「藪の中」そして、何のことか理解出来ないという評判を得たのが、川端康成の作品(題名忘失)だったという。芥川の「藪の中」が好評だった、というのについては、さきの私の考えとはまた別の考えを費さねばならないと思うが、川端の小説が全然理解されなかった、というのは、極めてあり得べきことと思う。

私の映画鑑別法を小説にまで応用すると、川端の小説などよりは、まだしも今の風俗小説の方が面白い。心をゆすられる感動はこれからは得られないにしても、まだしも事実の面白さがある。わけのわからないきれいごとの感傷などは、上代の庶民である私には何の関係もない。

場末の映画館

私の頭にはいま便所の匂いがある。昨夜までは「鼻」にあったが、いまは頭だけになった。

私の住まっている九大医学部の近所に、近ごろ映画館が出来た。西洋もののセカンド・ランをやっている。これが私どもには大変有難い。中央の上等な映画館で、封切の映画を見るに越したことはないが、毎週のようにこれを追っかけているわけにもゆかない。

それに、そうした中央の映画館まで出かけるには、前々からそのことが頭にあって、これが一種の負担になる。それよりも、何げなく、散歩のついでにちょっと覗いて見よう。つまらなかったら出てくるまでだ、というようなやり方のほうが、気持の負担が軽くて快適である。むかしは場末に寄席があって、そうした市民の要求を満たしていた。

それで、場末に映画館の出来るのは歓迎だ。だが、これには、夏冬の暑さ寒さだとか、画面や音響のもつ悪条件の他に、もう二つの悪条件を忍ばなければならない。

その悪条件の第一は、足元から這い上ってくる蚤である。蚤で一ばんひどい目にあったのは琉球八重山の某映画館だった。ここは床一面にサンゴのバラスが敷いてある。サンゴの床といえばすばらしく聞えるが、その床一面の、有孔質のサンゴの無数の孔の一つ一つに、血に飢えた蚤が一匹ずつ眼を光らせている光景を想像すると、今でもぞっとする。福岡市内の、ときには中央の大劇場でも、この難にあうことがある。もちろん場末の館の方がひどい。

悪条件の第二は便所の匂いである。昨夜はいったのは、新しく出来た館であるが、正面舞台の両わきに、便所への通路があって、そこには幕がたれているだけである。二本立てのうちの一つを見終るまでに、幾度中途で立とうとしたかしれない。それほどの悪臭が客席を襲うのである。その便所の入口の幕には、皮肉にもこの館の設計者の「S組」という建築組の名が、れいれいしく書かれていた。私はこの建築家の名と便所臭とを、いつまでも一緒に思い出すことだろう。

場末の映画館のもつ悪条件のうちで、画面や音響の不良なことや、夏冬の暑さ寒さはいたし方がないとして、蚤や便所臭は、いたし方しだいで取り除くことが出来るはずだ。

場末の映画館は私たちには必要である。私はその礼讃者でさえある。蚤と便所臭のないところならば、中央の大映画館と同じ料金をとられても、私はむしろ場末の方へ足をふみ入れるだろうと思う。営利のためというだけでなく、私のような市民の要求をみたしているのだという自覚を、経営者はいま少しもってもらいたいものだ。

映画のタイトル

日本の映画配給者が、外国映画のタイトルを翻訳するやり方を見ていると、まず原名に忠実に、というよりは、いかに日本の、そして都会の観客にアッピールするか、ということに目安をおいているらしい。それで、原名とは恐ろしくかけ離れたものが飛び出す。

もちろん、日本語にぴったりと訳せないものもあるだろうし、原題よりももっと適切なものが見つかる場合もないとは限らないが、一番いいのは、原題どおりに素直に訳すことだろう。原題を見ていると、よく考えられた、ぬきさしならないものが多い。たとえば『ガス・ライト』とか『裏窓』のようなものは、それ以外の題は考えられないほど、ぴったりしたものの例だが、幸いこれはそのまま訳されていた。しかし、この例のように、結果としては忠実な訳に落ちついた場合にも、他に名案がないから、まあこうしておけ、といったような事情がなかった、とはいえない。

中国といっても台湾でのことだが、そこではこの『ガス・ライト』を『郎心如鉄』とやっていた。なるほど中国人の好みにはかなうし、あるていど内容をほのめかしてもいるようだが、これは説明であって『ガス・ライト』の象徴的な味わいは、ぬぐい去られている。

いったい中国では、他にも改題の例は多く、それは日本以上だといってもいい。たとえば日本で『ダニー・ケイの牛乳屋』と訳された『ブルックリンから来たあんちゃん』をなんと『玉堂富貴』とやってすましている。玉堂富貴では、まさに千年前の感覚である。同じくケイの『ワンダーマン（天国と地獄）』が『畸人艶跡』、『アップ・イン・アームズ（新兵さん）』が『軍中春色』、ジーン・ケリーの『碇をあげて』が『翠鳳艶曲』といった類である。みな古い。

『ランダム・ハーベスト』の邦訳『心の旅路』も苦しい限りだが、中国訳は『鴛夢重温』である。うまいにはうまいが、感覚はやはり新しくない。『黒水仙』の邦訳は原名通りでありがたいが、中国では『思凡』とひねっている。尼さんの恋物語だろうということはこれでわかるが、やはり大時代なにおいがする。しかし『ベーシング・ビューティ』の『世紀の女王』（日）と『出水芙蓉』（中）となると、どちらがいいか判らない。『ウォーターロー・ブリッジ』の邦訳『哀愁』はなっていないが、中国訳はその音をもじって『魂断藍橋』とやっている。少しひねりすぎたが哀愁よりはましだろう。『ア・ソング・ツー・リメンバー（楽聖ショパン）』は、中国の方が正しく『一曲難忘』としていた。『ベルリン特急』『聖マリアの鐘』『美女と野獣』『たまごと私』などは、日中ともに、そのまま忠実に訳している。『ライフ・ウィズ・ファザー』の中国語訳『天倫楽』、ディズニーの『メーク・マイン・ミュージック』の『彩虹曲』などはちょっとうまいが、日本では果たしてどう訳するであろうか。

さて、わざと異訳をする場合『シーザーとクレオパトラ』の名は、一般中国人にはまだなじみが少ない。消極的な意味で原名を避けて『旋宮艶后』と改名する。日本ではショパンの名はだれでも知っている。そこで『一曲忘れ難し』よりは『楽聖ショパン』でいこうということになる。だから、中国のは改名しても、そこに統一があり、わくがある。日本の改名は、効果さえあれば、というので、何がとび出してくるかわからない。のんびりしない国に、われわれは生まれついて来たものだ。

日本にこなかった映画

終戦後、台湾に四年間のこっていたお蔭で、私はいろいろ珍らしい映画を見たが、そのうちの大多数は日本にきていない。それを少しばかり紹介しようと思う。

台湾に来て日本に来なかった映画の第一は、中国映画である。これは国府時代のもので、大多数は抗日戦映画だった。戦後そんなものを台湾で盛んに公開したのは、戦争中日本軍が中国人に対してどんな残虐をしたかということを、台湾人に知らせる為だったらしい。しかし、台湾人は日本人や日本の兵隊のことをよく知っている。日本軍に従軍したものも多い。それで、そうした映画をみるとゲラゲラ笑う。ちっとも敵愾心を起さないばかりでなく、日本軍のやっつけられる所を見て、かえって憤慨したりする。笑うのは、そこに描かれた日本軍があまりにも実際とちがった、おかしなものだったからであるし、憤慨するのは、まだその頃彼等の気持が、そうしたところにあったからである。

露わな抗日戦映画では、中国電影公司の、文芸名片と銘うった『天橋』というのが印象にのこっている。全体としてつまらないものだったが、私の大好きな北京の天橋の風物が、ふんだんに出てくるので面白かった。それに、主人公に扮した王元竜はなかなかいい俳優だった。

台湾にきて日本に来なかった映画の第二は、アメリカ映画の或るものである。これに二つの種類がある。その一つは、バカバカしくて、むかしから日本人の御辞退申していたもの。それは日本のチャンバラ映画がアメリカへは行かないのと同じ理由で、日本に入らなかったのである。『隠身大盗』と中国名を付したのは、透明人間の泥棒の活躍する映画。万事この調子で、超人的な主人公が、盛んに撃ち合い殴り合い、追っかけ合いをする。植民地向けの輸出品らしく、日本へは映画としては来なかったが、近頃はこの手のものが漫画や絵本で、日本の少年たちに愛好されるようになってきた。アメリカの会社には金をもうけさせないが、植民地化の方は自分でやります、というのはいい心がけだ。

中国語のタイトルのことが出たから、そのことをここで、ちょっと言っておこう。アメリカ映画のタイトルの翻訳は、日本と中国とでは非常に違う。中国は何といっても文字の国で、なかなかうまい。しかし古くさい。コールマンとガースンの『ランダム・ハーベスト』、これは日本では『心の旅路』だが、あちらでは『鴛夢重温』。テイラーとリーとの『ウォーターロー・ブリッジ』は日本の『哀愁』に対して『魂断藍橋』。デボラ・カーの『ブラック・ナーシサス』は日本ではそのまま『黒水仙』なのを『思凡』としゃれる。これで尼さんの恋の物語だとわかる。エスター・ウイリアムスの『ベーシング・ビューティ』はこちらで『世紀の女王』あちらでは『出水芙蓉』といったあんばいである。だいたいある程度内容に即した、美しい言葉で表わそうとしているようである。日本のように効果万能ではないらしい。しかし、時には滑稽なのもある。『基度山復仇記』というのは『モンテ・クリストの復讐』のことであるが、モンテ・クリストを『キリスト山』と片づけてしまった。ただしこの調子のもので『キング・コング』『金剛大王』などは上出来だ。ターザンは『泰山』。いずれも強そうでいい。ハーディとロウレルは『王哥柳哥』、すなわち『王あにいと柳あにい』。日本でいえば「八っあん熊さん」である。

俳優の名が出たから、ついでにその翻字の例をあげておく。泰隆宝華のタイロン・パワー、費雯麗のビビアン・リーなどはまだよくわかる方だが、賈莱古柏はゲーリー・クーパー、葛麗嘉蓀はグリア・ガースン、伊利沙白泰勒はエリザベス・テイラー、狄娜竇萍はディアナ・ダービンである。小范朋のフェアバンクス・ジュニアー、瑪琳黛的のマリーネ・ディトリヒなどはむつかしい。

俳優ではないが、華笹狄斯耐がウォルト・ディズニー、好莱塢がハリウッド、華納公司はワーナー会社である。米高梅はメトロ・ゴールドウィン・メイヤーの頭字MGMである。

ここで諸君に問題を出しておく。何分間以内にわかったら何級位の実力、というわけではない。わからなかったら末尾の種あかし（？）を見たまえ。

(1)平克労斯貝、(2)殷格麗褒曼、(3)瓊芳姐、(4)約翰韋恩、(5)却麗早別霊、(6)但尼凱、(7)金凱利、(8)伊漱恵蓮絲、(9)費雷亜坦、(10)却爾斯鮑育

日本に来なかった——或いは未だ来ないといった方がいいかも知れないが——アメリカ映画のいま一種は、チャンバラ映画とは反対に、優秀な映画である。しかし、その数は少ない。そのうちとくに私の印象に深くのこっているものが三つある。

第一はワーナー製作の『Life with Father』。これを『天倫楽』と訳したのは相変らずうまいものだが、主役はウイリアム・ボウエル、アイリーン・ダン、それに娘役に扮する十代のエリザベス・テイラーが出演する。クレアランス・デイの Life with Father, Life with Mother, God and my Father の三作を脚色してまとめたもの。元来舞台劇に出来たもので、ニューヨークで数年のロング・ランをつづけて、評判のよかったものだが、これを映画にまとめた。

色彩もその当時として画期的に美しかった。いかにも室内劇風なもので、主役のボウエルもダンも実に好演技で楽しめた。永いあいだくだらない映画ばかり見ていたので、二回もつづけて見にいったのに、監督の名を覚えていないのは不覚だった。ストーリーというストーリーのほとんどない、純粋の家庭劇であるが、ほんとうのユーモアというものはこんなものだ、ということを教える、その見本のようなものであった。

第二はMGM製作の『Ziegfeld Follies』訳して『錦繡天堂』。ウイリアム・ボウエルの扮したレビュー王のジークフェルドが一日天国に空想の大レビューを展開する。名優雲の如く出場し、色彩、音楽、場面、構成、間然するところのないものである。旺盛な豊かな空前の大娯楽だった。中に映画史上はじめてのシュールレアリスム手法の構成があった。この手法はのちに『赤い靴』などにも現われたが、『赤い靴』のは地獄の沙汰であるだけに、何かうす汚ない感じだった。天国のレビューの方が明るくて美しかった。全部で十七場。プログラムを見ると一九四六年の製本である。これにも監督の名がない。私の頭にもないので処置ない。あやまっておく。

第三はウォルト・ディズニーの『Make mine music』。訳名は『彩虹曲』。もちろんカルトン（漫画）で、めずらしくこれは短篇集である。しかし全体としては統一されたもので、全部で十景。その色彩と音楽、画面の変化のリズムがすばらしいものだった。子供向きの漫画ではなく、しゃれた、大人向きのコント集である。例えば百貨店に陳列された女帽子が、向うにならんでいる男帽子に恋する。二つとも客に買われて、女帽子は悲しむのだが、ふと或る街上で人混の中に、恋しい男帽子を見つける。と思うと、それも束の間の邂逅で、たちまち見失ってしまう。といったような気のきいたストーリーである。女帽子の清楚可憐な様子が今も眼にのこっている。最後の『鯨のオペラ』なども奇想天外なもので、南氷洋上で歌う鯨を捕獲する。これをテナー歌手にしたてて興行する。燕尾服をきた鯨が、途方もない声量で満堂をゆるがす、といったもの。一種の諷刺とも見られるが、もちろん、オペラの名曲がつぎつぎにきかれる。この鯨の歌手は、「約爾遜埃第」とある。ヨヘルソン・エディと読めるが、声楽家のことは私はよく知らない。

これらの映画は日本へ来そうな噂が立っては、いつともなく立ち消えになっているものである。恐らく権利金が高すぎて、採算がとれないからであろう。台湾の方が日本より経済力が大きいわけではないが、少なくとも上海人や香港人は東京人よりも金をつかうらしい。上海や香港に入れば、台湾にもまわして、かせげるだけかせごうというわけである。ディズニーの『白雪姫』などは、もう二十何年も前に上海では上映されたが、日本へは戦後はじめて入ってきた。

そうしたわけで、これらの第一流の優秀映画が、まだ足ぶみしながら日本人の財布の口のゆるむのを待っているのであろう。

日本に来なかった外国映画で、私の見たものは、中国映画とアメリカ映画の他に、ソビエト映画がいくつかあった。一つは、原名を忘れたが、『勝利英雄』と訳された、帝政時代を舞台にした、オペレッタ風の喜劇。ソビエトでも、こんなものを作っているのか、と思ったほどの、純然たる娯楽映画だった。天然色だったが、色は平凡だった。

色彩の面白かったのは、『ペテルブルグへの旅』というので、ゴーゴリの「ディカーニカ夜話」の中の、失われた公文書を地獄までおっかけて行ってとり返す、一人の豪胆な官吏を主人公にした、或る民話を脚色したカルトンで、これは全体としても相当面白かった。これなどが日本に来ないのは、どうしたわけであろうかと不思議に思っている。
(1)ビング・クロスビー、(2)イングリッド・バーグマン、(3)ジョーン・フォンテン、(4)ジョン・ウエイン、(5)チャーリー・チャップリン、(6)ダニー・ケイ、(7)ジーン・ケリー、(8)エスター・ウィリアムス、(9)フレッド・アステア、(10)シャルル・ボワイエ

ミス・キャスト

近ごろの映画ファンは知らないだろうが、われわれの若い頃にはアメリカの女優で、アナ・ナジモワというのが人気があった。男ではそのころはワレンティノだ。ナジモワの人気の絶頂は、このワレンティノを相手に椿姫を演じたころだったろう。すると、そのあとですぐ、ナジモワは街の女か何か、下品を売りもののフラッパー役を、いい気持そうに演じた。いうまでもなく大失敗で、見てはいられないものだ。明らかなミス・キャストだった。

数年前、ディアナ・ダービンが、人気をとった。「オーケストラの少女」が絶頂で、それで人気が確定したと見ると、ダービンは今度は酒場の歌姫のようなものを演じる。芸も肉体もない「お嬢さん」の気まぐれ役の酒場の女には苦笑する他はなかった。

こんどはバーグマンが人気女優だ。今はもうゆるぎなしと見ると、「サラトガ・トランク」のはでなところを見せる。聖マリア寺のあまさんは柄だが、バーグマンには手管女の柄はない。

人気がゆるがぬと見ると、資本の擁護に眼のない企業家も、ミス・キャストを知りながら、失敗を見こして、女優の気まぐれを容れる。そこで必ず柄はずれのフラッパーが現われる。あらゆる女優は、一

度は必ずフラッパーをやってみたいのだ。これはあらゆる「女」に、そうした内心の要求があるからだろう。

男にもこれがないのではない。ロバート・テイラーと、キャスリーン・ヘップバーンとが、新婚夫婦を演じる、近ごろ見たある映画で、テイラーはひどい悪人をやる。しかしこれにはちっともすご味がないのだ。『ガス・ライト』のシャルル・ボワイエは立派な悪人だったが、比較するのが可哀そうなほどテイラーは芸なしだ。ヘップバーンが熱演して、こわがればこわがるほど滑稽になって見ていられない。テイラーも一度は悪人をやってみたかった。彼の人気が、この高くつく道楽を企業家に承知させたのだろう。

しかしこれらは、最上の人気役者のみに見られる恒例的の例外だ。勘定外の遊び銭なのだ。昔と違って、金のかかる今のアメリカ映画には、もうどんな役にも、ミス・キャストは見られなくなっている。これはアメリカの資本主義の緊密さを物語るもので、一つの映画に大金をかける企業家は、万全の計画を立てねばならない。資本がそれを要求するのだ。そこでもう個人の気まぐれや「顔」では通らない。多数の頭であらゆる細部が検討されるまでは事は決しないのだ。資本が討議を要求するので、これが資本主義国アメリカのデモクラシーの本態なのだ。「デモクラシーは資本主義の嫡子だ」と、もう先ごろヒットラーさんもいっている。

だから、民主主義は、国民がちっとやそこら精神を入れかえたり、講演や書物で勉強したりしておいそれと達せられるわけのものでもなく、しかしまた、資本主義が発達すれば、いやでもそうならざるをえないので、騒ぎなさんなといいたくなるようなものだ。

きくところによると、日本はまだワンマン政治だということだが、すると、赤の諸君が騒ぎたてるほどの資本主義は、日本にはまだ生まれていないのではないか。見たまえ、ワンマン氏の選んだ閣僚諸君の、旺盛極まるミス・キャストを。

映画に現われた女性

『女囚と共に』

映画『女囚と共に』のなかで、久我美子の扮する南せん子という女が、特異の性格を見せている。しかしこれはいつの世にもあった型で、現代の産物とは限られない。したがって、現代という観点からは、彼女自身にはたいした問題点もない。

課長だけに反抗するというのは課長に対する愛情を、逆の形で表現しているというだけの話で、むしろありふれた型でもある。

刑務所が「愛の花園」であり、看守者が「天使」であることは結構なことにちがいないが、そこに少しでも愛の押売りが感ぜられれば、相手は反抗する。おとなしい女でも、多かれ少なかれ、また自覚のあるなしにかかわらず、反抗は必然だ。現に、少数のお人好しをのぞけば、みなそれぞれの形で反抗している。

せん子の場合は、相手を「天使」から引きずりおろそうとして必死なのだ。それは愛に飢えたものの必死の愛情なので、博愛などというものとは、たちの違ったものなのだろう。

なさけをかけるということは、それが個人を通して表わされると、相手にとっては侮辱にもなる。こうした世界での「なさけ」は制度化され、個人はその陰にかくれなければならない。この映画はむしろそれを感じさせる。せん子の反抗が、この点にたいするはっきりとした批判になっていなかったのは残念である。

もしこの映画のなかの女性で、現代としての問題をもつものがあるとすると、それは原節子の扮する杉山保安課長であろう。職業と結婚の、いずれを選ぶか、あるいはいかに両立させるかの問題である。私どもの周囲にも、たくさんの女医がいて、このことにみななやんでいる。この映画の含む現代の女性問題はこれだと思うが、製作者は問題を提供しかけたままで逃げている。

『上流社会』

父親が情婦をもっているのが許せない。母がそれを許しているのが許せない。肉親であるとはいえ、彼らは向こう側の人種だ。妹のカロリンもそうだ。カロリンなど、修道院へ入れるべきだ。

自分は、清い、高いところから一歩もおりてはならない。自分の良人たるべき人もそうでなくてはならない。

トレーシーがデクスターと離婚した理由はそれである。デクスターは大作曲家になりうる才能をもちながら、卑俗な「ジャズ」の作曲に血道をあげる。上流社会の生まれでありながら、町の楽隊屋を友人とする。どうやら彼も向こう側の人種であるらしい。少なくとも、トレーシーはそう考えた。彼女は新しい良人を選ぶ。こんどはまちがってはならない。こんどの良人は高潔な紳士だ、理想的だ。ところで、結婚式前夜に、こんどは彼女自身がふとしたあやまちをする。しかも相手は、スキャンダル新聞の探訪記者だ。許婚者はこれを許さない——彼を選んだ彼女の目はあやまっていなかった。しかし、このあやまらなかった選択自身が、大きなまちがいだったことを彼女ははっきりと知る。

人間は元来卑小に出来ているのだ。それを認めていたわり合い、許し合うのが高貴な精神なのだ。つまり、これだけのことを、箱入娘のトレーシーは、社交界のどぎもをぬくような大騒ぎをひき起した結果にさとったわけだが、これはお仕合わせともいえようし、お気の毒ともいえそうな話で、娘を箱入りにさせておくわけにはゆかない、こちとら貧乏人には、あまりご縁のない女性であるようだ。

しかし、世間には、あまり箱入りでもないくせに、頭のわるさから、なにが高貴であるかを、とりちがえている気の毒な女性も少なくない。そうした連中と、それから、私のような品行方正なパパは別だが、少しうしろめいたことをしている連中はこの映画を見て勉強したり、ほっとため息をついたりしたらいいだろう。

『わたしは夜を憎む』

若くて輝くような健康をもっているオリヴィアが、自分から進んで、廃疾者を夫にえらぶ。オリヴィアのからだが夫を呼ぶときには、夫はいない。しかし夫は生きていて、オリヴィアをしばる。

オリヴィアは、勝気なフランス娘の侠気と、若い娘のユニバーサルな感傷とから、希望を過大視して、われからその立場に身をおくのであるが、みずからのぞまないでその立場におちいった多くの若い未亡人が、世界いたるところにいる。

東洋の社会ではつい近ごろまで、いや、日本ではいまでも、都会地以外の大部分では、未亡人の亡夫への貞節は、厳重に監視されている。彼女の望む夫は亡く、望まない夫のきずなは生きている。

オリヴィアの夫を見る目が、しだいに恋人の目から怨家のそれに変わってゆく。位牌の前にかしずく未亡人の目にも、それと同じ変化はおこるであろう。

オリヴィアの問題は、オリヴィアひとりの問題ではない。生きているオリヴィアの亡夫は、離れゆく妻を、猟銃で制裁しようとする。東洋の、生きていない亡夫は社会の因襲を動かして、自由を望む未亡人に苛酷な復讐を加える。

若気のあやまちから、その立場をえらんだオリヴィアが、同情さるべきならば、自分に何の責任もなくして、その境におちいった世の多くの未亡人は、それ以上に同情さるべきである。しかし考えてみると、問題はひとり未亡人の問題にとどまらない。未亡人の問題を、性の問題として筆にする以上は、さらに進んで同じ面で満たされない生活をおくっているこの不幸な女性をとりあげなければ片手落ちになる。

男性の場合とちがって、未婚の女性が、手軽にこの問題を解決することにたいして、今の社会はまだ決して寛容ではない。禁断を破る男性には、何のレッテルもはられないが、女性は札つきになる。猟銃は見舞わないが、ホースの水をあびるくらいは、覚悟しなければならない。

しかし、不幸なオリヴィアが、満たされない肉体を、ベッドの上でもてあまして、反転する姿態に、ストリップを見る以上の魅力があるなどと、おおっぴらに宣言の出来る社会までには、どうやらなっているのだ。矯風会員が劇場にホースを向けたという話もきかない。

人々がさらに十分に賢明になり得たら、あるいは単に賢明でさえあれば、性の解放ということは、悪徳ではなくなる。すると、賢明を欠くということが、実は唯一の悪徳なのだ。

考えてみると、われわれの主人公オリヴィアも、その相手のジョルジュも、あまり賢明ではなかった。この善良な一対の男女の悪徳は、これ以外にない。不幸な女性に向けられる、ジョルジュの猟銃は、いまの社会のあらゆる猟銃を表徴する、この悪徳のシンボルなのだ。


『夜の乗合自動車』


子供が父親に反抗するのは、宿命的なものかもしれない。父親がりっぱ過ぎると、娘はつまらない男に心をひかれる。

エリーは父親に誘拐される。エリーは逃げ出す。そして失踪する。失踪は父親への宣戦布告である。

エリーは自分ひとりで戦おうとするのだが、なぜだろう。エリーが逃げ出したとき、夫のもとにはせ帰って、夫とともに戦おうとは考えなかった。彼女は、夫がそうした男らしい勇気のある夫でないことを知っていた。——指摘されれば否定しただろうが——行動ではそれを認めたのだ。

この映画では、エリーをうまく操縦して、過失から救ったのは、父親の叡知だということになっている。しかし、こうした、娘自身に備わって、意識下で働く叡知というものが、これにマッチしなければ、こうはゆかなかった。そして、この叡知は、普通の娘ならば、その女らしさの下に、みな自然に身につけているはずのものなのだ。——ただ、意地とか世間態とか、そんなつまらないもので、くもらされているにすぎない。

失踪中のエリーは、そうした叡知に導かれて、一人のほんとうの男、まだよくはわからないが、この男ならば、父親とでも対抗できる、というほどの男を見つける。あらゆる先入主が、そのジャマをするが、娘らしい叡知が、それにうちかつ。ここでも、父親はその先入主をうちこわして、叡知のくもりをぬぐってくれたにすぎない。

結婚式場から、結婚衣裳のままでエリーはまたもや遁走する。——こんどは、ほんとうのコースの上を、ほんとうのゴールに向かって。

「エリーよ走れ」われわれもいつのまにか応援している。

この映画は、モノクロームで一度見た。監督も俳優もみな忘れているのに、ストーリーだけはよく記憶している。すぐれたストーリーだからであろう。

『嵐の前に立つ女』

小舟で沖に出た夫を気づかって、あらしの一夜を、まんじりともせずに、待ち明かした二人の女の前に、翌朝、海から吐き出された男が一人浜を上がってくる。

二人の女は、その男の両脇にそうて歩きながら、不安な目で、ときどきその顔をのぞきこむ。男は、二人のうちどちらかの女の夫であるはずだが、そのどちらをも抱擁しようとはしない。かれの顔もなにか不安そうである。三人とも気がちがったのか。——たしかに、女二人は気がちがいそうになっている。——男はわからない。

二人の女の夫が双生児であることから、こんな奇妙なことが起ったのだが、それにしても、男はなぜその妻の抱擁をうけようとはしないのか。

マリアは簡単にこう思うべきだった。男が波打ちぎわで自分を抱きしめなかった。だからこれはロサの亭主だと。

男はマリアを抱きしめなかった。だからこれは自分の夫だと、ロサにはわかった。自分を夫が抱きしめなかったのには、思いあたることがある。前をみて黙って歩いている夫の腹のなかが、ロサにはようやくわかってきた。ロサの顔は、いまは恐怖の顔で、ロサの恐怖はマリアの不安とはぜんぜん違う。

夫は果たしてマリアの部屋に入った。夜もマリアと一緒にいた。女のなめうる最大の不幸と、屈辱を、ロサは味わった。

翌日、死んだとばかり思っていたラファエル——マリアの夫——が帰ってくる。ロサはラファエル夫婦を島から離れさせる。二人の危機は救われ、そして自分は、夫をとりもどす。——とりもどせると思ったのだ。

しかし、夫はなおもマリアのあとを追う。そして最後の破局がくる。ロサは夫を殺して、マリア夫妻の破滅を救う。だが、それは結果である。あらしにさいなまれてこなごなに砕かれた愛の、最後のかけらを、ロサはにぎりしめた。それが短銃であったまでのことである。夫を、他の女にわたしてはならなかったのだ。

単なる不幸は悲劇ではない。相手を殺しうるほどの大きな熱情の上に落ちかかる不幸、それが悲劇である。ロサは、悲劇に値した女だともいえるであろう。そして栄光もまた、こうした女の上にのみ落ちかかるのであろう。

『ノートルダムのせむし男』

だれもが自分自身の洞察、自分自身の判断だけにたよって、自分自身の力だけで生きてゆかねばならないような世界、それがエスメラルダの環境である。彼女の連れているヤギより上等な人間は、彼女の周囲には一人もいない。

十五世紀のパリには、ルイ十一世を頭にいただかない一つの王国——浮浪者王国があった。彼女はここで踊り、食い、眠り、死ぬ。そうした運命の女である。人生は美しいとはいわれない。

しかし、ある日、彼女の運命は狂いはじめる。夢にだけ見ていた男に、彼女はめぐり会う。ヤギより美しい人間に、はじめて肩を抱かれたのだ。人生は美しい、と彼女は思いはじめる。

その、さいしょの美しい夢は、しかし、はじまったばかりで、もう彼女を裏切る。彼女の洞察、彼女の判断は、まだまだ人生そのもののように厚い人間のいつわりのベールを、つき破るまでには育っていなかったのか。彼女はただの、夢多い少女にすぎなかったのか。

だが、人生の経験の少ない、ただの少女にすぎなかったとしても、いつわられ、さいなまれた果てにも、彼女の生き生きとした心は、まだそこなわれていなかった。こんどは、人間の中でもっともみにくい男、鐘つき男のカシモドに、彼女は真の美しい心を見出す。みにくい男の中にある真実を窓にして、彼女は人生の奥行き深いパノラマを初めて見る。そこに窓のあることを、彼女以外に気づいたものはたれもなかったその窓から。人生はやはり美しい。死ぬとき、この一言をさけんだ彼女が、絶望していたはずはない。

少女らしいすなおさで、人生の美しさに信頼を失わず、いつもいきいきした心で、これを求めて、短い生涯を生きた女、これがジプシー娘の、エスメラルダである。

展覧会の見かた——日本国際美術展所感

「絵の見かた」というような本は世の中にいくつもあるようだが「展覧会の見かた」という本は、あまりないようだ。もっとも、どの展覧会の案内書にもその趣意書や解説があって、一通りは「見かた」を教えているようだが、その程度のものであまり効果がないようである。現にこの「日本国際美術展」の目録にも、富永惣一氏の解説があって、例えば「二十世紀的性格を直視」せよと教えている。しかし会場を見渡すところ、二十世紀的性格の方からこちらが直視されているような、何だかまぶしそうな顔つきをして、落ちつかないでキョロキョロしている人が多いようである。

これが個人展とか、一党一派の人々の展覧会だと、そんなことも少ないのだが、何しろ世界中の国々から、突然目新しい作品が眼前に目白押しに出現して、われもわれもと自己を主張しているのだから、これは落ちつかない方がほんとうなので、これをすうっと見渡して、一度で分ったような顔が出来る人があったら、大した人物にちがいない。

ところで、ぼくもそのキョロキョロ党の一人だが、一度では覚束なくとも、二度目くらいからは、この「大した人物」らしく見える秘伝はないものかと考えた。

一番簡単なのは、自分の好ききらいを標準にして割切ってしまう方法である。もっと具体的にいえば、万一この中でどれか一点を進呈しようといわれたら、どれをもらおうか、という眼で見ることだ。しかし、この標準で見ていると、ぼくのような謙遜家は、自分の貧弱なアパートメントの壁面などを考えるから、結局フリードランデルのエッチングの一枚がもらいたいというようなことになり、これでは割切れはするものの、何となくつまらない。試みに高校一年生のぼくの末子に「おまえならどれをもらう」とたずねたら、即座に「ルオーをもらって売るね」と、これはチャッカリした返事だった。

さて、日本人の画廊の中に、裸女のシリの上にカーネーションのような色の花かなにかをのせた絵があった。見たことのある絵だと思って思い出したのは、最近の週刊誌の表紙である。多分同一画家の作品であろうが、ほとんど同じ絵であった。そこで、ぼくは展覧会を割切る第二のうまい方法を発明した。

いったい近ごろの週刊誌は、表紙の絵にこり出して、一流の画家の力作がケンを競っている有様である。これは百万の読者の審美眼が向上したのであろうか、それとも現代の芸術が一週間で忘れられるという所に目安を置きだしたのであろうか、と、そんなことを近ごろ考えていた。そこで、仮にこの全会場の絵を、週刊誌なり月刊誌の表紙として採用出来るものと、出来ないものとに分けて見てはどうであろうか、と考えついたのである。

この標準で改めて見渡すと、驚いたことには、ほとんどその全部が表紙に採用出来る。決して難解な絵ではない。皆それぞれ適当な利きどころを具えていて、その利きどころははっきりと、素人にも理解される。例えば、分りやすい方では東郷青児の化粧品屋の月報誌、小磯良平の厚生省保健雑誌、里見勝蔵のこれは仏画とはあるが、カストリのエロ雑誌向きといったようなあんばいである。難解な例でいっても、ルオーのごときは既に週刊誌の表紙に採用されている。

しかし、中には少数の、どう考えても表紙に向きそうもない絵がある。坂本繁二郎の「猩々面」のごときが、その一つである。

「二十世紀的性格」はいわば「流行」であるが、これはこの時代には理解され易いのが当然である。坂本の絵にある「不易」なものは、百万人が理解するというものではないようだ。

表紙向きであるかないかという、ぼくの編み出した新標準が、全会場の中から、坂本の絵を一つ掘り出すのに役立ったとしたら、これはまんざらな方法ではなかったかもしれぬと、ぼくはうぬぼれている。

美術展

東京へ出たついでに、上野の国立博物館で開催中の「フランス美術展」をのぞいてきた。「のぞいてきた」というのは、文字通りの表現のつもりだが、ゆっくり見ることが出来なかった、ということである。

日曜日でもなかったが、修学旅行の地方生徒だけとも思えない、たくさんの学生生徒、それに一般市民で、館内は埋まっている。入場者の頭数で成績を評価するなら、この展覧会は正に大成功という所であるが、あの混雑のなかで、何ものかをつかんで帰ることは非常な困難だと思う。私などはあきらめて、怱々にとび出した一人だ。

本場のルーブルでは日曜日を無料にしている。わんさ連中、といっても、地方から出た学校生徒などが、十四、五人ぐらいの団体で、美術の先生らしい引率者のていねいな説明を聞きながら、静粛に見ている。

フランス人は一体にケチで、パリ市中の主婦連中が、菓子屋で菓子を買っているのを見ると、そこにありたけの同種の菓子を、両手にのせ、こもごも重みを量って、一ばん重いと感じたのを選ってゆく。そんな風だから、日曜日の無料入場なども、ひどく有効で、従って日曜日以外の日は、かなりゆっくりと見物が出来る。

日本では、ウィーク・デイでもさきのていたらくだから、とうてい日曜無料くらいの手で、調節は出来ないだろうが、主催者は何とか有効な手を考えてもらえないものか、と、そんなことを考えた。帰りに京都に寄ると、ここの国立博物館では、先般なくなった守屋孝蔵氏のコレクションが展観されている。その先秦記銘鏡や、古代の写経の類は、世界的の大収集であるが、ここはひっそり閑としたものであった。

館長室で、館長のK博士と話していると、外をひっきりなしに、修学旅行の連中をのせたバスが通る。K博士はそれをさして、「あの連中がここへは一向はいってくれません。はいられて混雑しても困るので、痛しかゆしですが、ちっとは入場者の頭をふやさないと、予算をとるのにさし障りがありましてね」という。

K博士はパリの国立図書館の敦煌写経の複写をとってきた中国学者だ。私はいう。「こんどは、パリの国立図書館の写経を借り出してくることですよ。パリと名がつけば、きっと人がはいります」

ルーブルの思い出

私がルーブルにかよったのは一九三四年の秋から、翌年の初夏までの約十ヵ月である。ひまがあって金がなくなるとルーブルへ行ったものである。

たいてい朝からゆく。秋から冬にかけて日が短く、午後三時にはもう絵が見えないからである。

ラテン区を出て、河岸の古本屋をひやかしながら、ポン・ヌフに出る。これを北に渡るともうルーブル河岸は近い。

右に折れてルーブル街に出る。サンジェルマン・ローセロワ楼の中門をくぐって、四角なカレーの中庭に入る。石だたみの上をきたない鳩が歩いている。

つきあたりのアンリー二世門を入ると、そこに切符売場がある。そのころの入場料は二フラン。円価が安くて、これが邦貨の八十銭あまりについた。

さて第一室のラカーズ室。最初の日は、この室と次の第二、第三室の第一帝政時代の絵を見ているうちに日が暮れてしまう。

十六室のダリウ室を、閲兵式のように大急ぎで通りぬけ、十九世紀初頭の巨匠、アングルやドラクロワの大作が、場を圧している第八室に入ると、もう閉館のベルが鳴り出す。

第二回目も、この第八室で日が暮れる。第三回目も、この室から出ることが出来ない。これでは、いつまでたってもルーブルを見つくせそうにもない。方針をかえて、一通り通り抜けてみようと思い立つ。名だたる「大画廊」にはじめて到達したのは、第四回目か第五回目の訪問の時だったと憶えている。その後数回は、この画廊から出ることができない。また方針が逆戻りしたわけだ。

そんなことで何十回となくルーブルを訪問したが、最初のパリ滞在中には、まだ見残した室がいくつかある。ドガやセザンヌ、ことにモネの「ルーアンの伽藍」などを含むド・カモンドのコレクションを見たのは、第二回目のパリ訪問の時であった。

見くたびれて、リボリ街に出る。ふらふらとパレ・ロワイヤルのあたりをぶらついて、カフェーのテラスに腰をおろす。と、脚の疲れが一時に発する。ルーブル見物は大変な労働だな、と思いながら、ミルクを注ぐガルソンの手元を、ぼんやりと見ている。

こんなときに喫った「ウィークエンド」という煙草のにおいを、ときどき思い出すことがある。

サロン・ド・メ

世界は悲しむべき売淫時代に入ったようだ。先人が寸土も残さず開墾しつくした後に生まれきて、働く土地がない時に、恩恵を拒む精神を保持しようとすれば、飢死するのが最も純粋な道であろうが、筆を投げる所からは、むろん作品は生まれてこない。なおも生きようとする者に残された道は、女には売淫、男には強盗である。売淫の動機は、断じて浮気や気紛れではない。彼らの純粋に彼らが好んで求めたのではなく、彼らはそこまで追いつめられ、苦悶しているのだ。いつこの境がいをつきぬけて、確固たる生活に入れるだろうと。これは他人ごとではない。

ケバケバしいなまな色彩、ガソリンスタンドやネオン燈のような、商業街の装いが、この「サロン・ド・メ」をねり歩いている。彼らは娼婦のすがたを恥じはしない。恥じる余裕はないのだ。

自然の外象というものは、いわば「世間体」だ。ドランなどが、懸命にふみはずすまいと苦しいやり繰りをしている時に、前進者ピカソは、もう世間体の最後の一線を勇敢に突破していた。女の生きる道があることを示したようなものだ。いまの世界では、これ以外に生きる道はないというその道を、彼らは敢然とふみ出した。世間への挑戦である。

彼らの作品を見て、気の弱いものは眼をおおうだろう。その「趣味」に閉口して逃げ出すものもあるだろう。またその中の新奇な何物かを、にやにやと、あごをなでながらひそかに楽しむものもあるだろう。だが、彼女らはこつこつと金を貯めているのだ。その決意と計画の手固さを見たまえ。

彼らが不幸であるのは、現代が不幸な時代であるからだ。芸術家に要求される「現代」を、彼らは実に深刻に身につけて、我々の前に現われている。これをもし遠い世界のものとでも思う人があれば、その人はよほどおめでたい。

こころの富――フランス美術展雑感

ステンドグラスの「エサイの樹」、まるで宝玉のような美しさ。この種のものが日本に紹介されたのは、これが初めてであり、しかも、そのうちでの最大傑作の一つである。人が混んでいなかったら私は一日この前に立ってながめていたい。

同じクリュニー博物館の「聖骨箱」も、これに劣らぬ宝玉の一つである。所有欲をおこさせる危険物。目録一二七以下の数々の中世の石造彫刻に見られる健全な、無邪気な工人精神と、材料を仕こなしたその見事な腕前。庶民の美意識の高さを示すものであり、後世の美の源泉をなすものである。現在一般の評価よりはもっともっと高くあげられるべきものであろう。この種のものも、日本では初めて紹介されたものであり、これを数多く陳列品中に加えられた当事者の選択に感謝と敬意を表したい。

驚いたのは鉄釜、酢入れのバリコ、塩漬ガメなどの民芸品である。私もかつてのフランスの民芸陶器を少しばかり集めたことがある。しかし、これほどの力強いものがあろうとは思わなかった。フランスの農民のあの強い生活力の如実な具現である。これを見ていると、彼らの生活への執着力の強さに圧倒されそうだ。これほどの力をもった民芸品は、日本にはもとより、中国にすらかつてなかった。これらの壺の一つが、フランス国民の基底層の、いわば国民の底力を代表しているのである。

絵の方では、フランス絵画の始祖であり、単にフランス的ではなく、復興期の全ヨーロッパ的巨匠であるジャン・フーケやクルエーの作品のないのが残念である。これとワットーの油画を、小品でもいいから一つだけ加えてもらいたかった。しかし、これは望む方が無理かもしれない。ただ、実物の出品が不可能ならば、複製品でもよかったのではないかと思う。現に壁画などは模写も出ている。これは日本側の主催者が、先方の選択を一応事前に検討して、例えばフーケとワットーとは、複製品でもいいからぜひ、と希望することが出来たのではないかと思う。フランス美術の理解のうえにはこうしたことも必要の措置ではなかったか。今後のこともあろうかと思うから、一言しておきたい。

出品された絵画のうちに、シャッセリオーの肖像画の一つがあったのはうれしかった。シャッセリオーはギュスターヴ・モローからシャバンヌに系統をひく、ネオ・クラシズムを理解する上に非常に必要な画家であり、その代表作エステルのごときは、全フランス美術中でも、最大傑作の一つであるにかかわらず、日本ではいままでこの画家は適当に紹介、評価されていなかった。フランス人がシャッセリオーを敬愛することは、われわれの想像以上のものがある。

ダヴィド、アングル、ジェリコーなどの作品もりっぱなものである。いずれも日本でははじめての紹介である。十八世紀の宮廷画家の諸作品も、その趣味において、われわれのセンスに遠いものがあるとはいえ、彼ら自身の環境と趣味に従って、その理想とする美の追求を完全に果し、世界のどこの国にも達せられなかった、一種の美の頂点をきわめている点で、いずれも尊敬すべき画家である。

これらの諸作に接する前と後とでは、我々の心の富が非常に違ってくる。数百万の日本人の一人一人が、心の富をそれだけ蓄積するということは、これは大変なことである。この展覧会のために費した費用は膨大なものであろうが、それを完全に償ってあまりある富が、日本にもたらされたのである。

新しい恋人——法隆寺国宝仏像展をみて

何回法隆寺へいっても、先ず金堂の内陣外除を一通り見ると、ぐったりと疲れてしまう。それから宝物館に入る。ここで百済観音を見て——もっとも、今の宝物館の完成以前には、この像は奈良博物館にあったが——も一度気合をいれられる。それでもう最後の余力をつかい果して、館内の夢違観音をはじめとして、数々の小像の傑作群を見るのが、何としてもおろそかになる。こんなことを繰りかえして、中には、第一流の傑作でありながら、十分印象にのこっていないものがある。

こんどの福岡の展覧会では、この点で、つまり、第一流の大作は多くは模造品であるところから、わりあい気易く見られる。そのためか、これまで十分に見きわめていなかった小像を、はじめてゆっくりと観ることが出来る。これはこの展覧会の、ありがたいことの第一だった。

金堂の中で壁画を拝観するときに、光線の不足の他に、その前の立地に余裕がないため、いつも全体をひろく見渡すことが出来ない。局部局部に眼をこらすより他はなく、全体のイメージは、小さい写真版などから得るより他はなかった。こんどの会場で、たとえ模写とはいえ――入江波光の模写などは、原画以上ともいうべき美しさだが――これを離れたところからゆっくりとながめられる。これはこんどの展覧会の第二のよろこびであった。

会場の一部の参考館に、奈良付近の諸寺のめずらしい仏像が多数出品されている。白毫寺の伝文珠菩薩の座像などは、藤原仏の中でも傑作の一つであるが、白毫寺などは、ふだん足を向けたこともなく、私としては初めて見るもので、大へんありがたかった。この参考館の諸仏が、ありがたいことの第三だった。

この前のルーブル展などとちがって、この展覧会は、若い人々の心を浮きたたせるような、はでな性質のものではないためか、見る人の足も比較的少なく、会場は割合い静かで、ゆっくりと拝観することが出来た。ありがたいことの第四である。

私はこのような幸福感を味わいながら、あちらこちらと、会場の中を漫歩した。そして、金銅の数々の小仏や、ことに木彫の日光月光の二菩薩などに、あかずながめ入った。その美しいお姿を心に抱いて、このごろの日を送っているが、私には新しい恋人が出来たという思いである。

日本芸術

私は日頃、自分でも少しは集め、また他家の所蔵のものにも注意をはらって、古来の名家の書状などを見ているが、書の方では寛永ころまでのものは、気もちがいい。何か闊達な気分があって、筋金が通っている。上手下手は別としてこうした共通の気分があるように思う。

絵の方でも寛永ころまでのものを「桃山時代」に入れているようだが、やはりこれに共通した気分があり、その後の、元禄以後のものに比べると、一段まさっているように思う。

ところが、その書状の文章を見ると、この時代までのものは、概ねなっていない。日本語がこれほど下手だったかとあきれるようなものが多い。

ところが文学の方で見てもわかる通り、元禄以後には急に人々の心情が細やかになり、文学に精彩が出てくる。

絵の方の感覚も、もちろん元禄からのちになると、細やかになり、ゆきとどいてはくるが、バックボーンが一つぬけてつまらなくなる。

それで、こんなことを言ってみたくなる。彫刻は鎌倉初期で終り、絵や書は江戸初期で終り、その後は文学の時代になった、これが日本芸術の時期分けだと。

乱暴だが、少しもののわかる人はだいたい賛成してくれるに違いない。

元禄以後に、日本国民のバックボーンがぬけてきたとすると、そうした時代の文学もやはりつまらない文学ではないか、と問われるかもしれない。

不幸にして、その通りだと思っている。国民のバックボーンの通っているうちには、まだ日本の文章や、それを駆使する技術が出来あがって来なかったのだ。日本に大文学が出なかったのは、そのせいだと思っている。

竹田をみる

「山陽讃山水屏風」


壬午の年記があるから竹田四十六歳の作である。八曲半双の大作で、私にとってはこの種のものは初見であり、これを見得たのは幸いであった。

私はかねてから、竹田にこの種の大作のあることを期していなかった。尺余の画面にあれほどの精魂を傾ける画家に、六曲、八曲の屏風のごときは、ほとんど作り得ないのではないかと予想していた。

しかし、この屏風を見ると、竹田は何の破綻もなくこれをなしとげている。但し、決して楽々と、とはいえない。見るも痛々しいほどの努力がにじみ出ている。画面の大小にかかわらず、画の大きさはひっきょう画家の胸中の領域の大きさに相応するものである。寸余の小画面も、時によって丈大に見えることがある。しかし竹田のこの山水は画面の大きさにもかかわらず、むしろ小さい。八曲の屛風はあたかも尺余の横幅のごとくに見える。四十六歳の竹田はまだ刻苦中の画学生であり、この点がまた竹田の真骨頂であったともいえる。

「考槃図双幅」

年記はないが、竹田晩年の作の一つであろうと思う。

場中陳列の「清涼無垢帖」に題した長三洲の評言にもいう通り、竹田は壮年、決して完成された画家ではなかった。晩年にも例えば馬のごとき新しい画材に遭遇すると、まだ稚拙を免れない。いつまでも新たに刻苦して勉強する必要があり、才分はむしろ少ない画家だった。しかし、常に謹厳を保ち、軽薄たり得ないという資性が、芸術家の天分の第一だといい得るならば、竹田はまれに見る天分の厚い芸術家だった。但しこの種の芸術家が、五十九歳で世を終えるのは悲劇である。私は竹田に鉄斎ほどの年齢を仮したかった。

正直にいうと、私は竹田の壮年の作はあまり好きでない。その謹直さに尊敬は感ずるが、書画共に窮屈で楽しめない。

この点で晩年の作品の前に立つと、ほっと息をついてくつろぐことが出来る。そしてこれまでの刻苦を画中から汲みとって、はじめて脱帽したくなる。考槃図は、そうした作品の一つである。

「高客喫茶図」

深山幽谷、渓流のほとり、今しも主人のために茶をわかす侍童をしたがえた一人の老高士が、床に座して静かに煎茶を喫しつつ、こうべを傾けて亭々たる老松の声を聞き、春のごとき空行く白雲を眺めて、こうこうたる詩情をわきたたせている様が、自讃とともに描かれている。

この絵の中の人物は、もちろん筆者竹田自身の姿なのであろうが、彼は大雅、蕪村につづく文人画（南画）家であると同時に、詩人、論士でもあり、性すこぶる謹直謙虚で、生来多病の故をもって、致仕後は詩書画、風月茶香の清事を友として浮世を終っただけに、その絵ははなはだ風格高逸、筆致勁細温雅で、彼のすがすがしい性格がこの画中のすみずみにまで行きわたり、また彼が一生をかけて傾倒した元の王蒙（黄鶴山樵、王叔明）の影響を十分にうかがえる雄品でもある。

識語により、天保四年（一八三三年）の冬五十七歳の折の作であることが知られる。（裏辻憲道筆）

現代絵画

現代の絵画はシュールとアブストラクトの時代だという。岡本太郎はもはやそんなところを超えてしまったそうだが、当人の意識はどうであろうと、出来上ったものは、ジャンルからいえば、やはりこの範疇に入るもののようである。

ところで、シュール、アブストラクトと、一口にいっても、この二つのものはだいぶ異なっているようだ。私の経験では、アブストラクトの方には好感がもてるが、シュールの方には、むしろ反感の方が強い。シュールは何かおもしろそうだが、われわれを警戒させる。アブストラクトは、何かよくわからないが、うなずき合えるような気がする。同感を誘うものが後者にはあるが、前者にはこれが少ない。

その理由を、私は近ごろ、次のように考えている。近代絵画の歴史をふりかえって見ると、それは、画面からいろいろと非絵画的なものをふり棄ててきた歴史だ、ともいえる。神話だとか物語りだとか教訓だとか、そういうものをふり棄てて、やっとクールベなどのレアリストにまでたどりついた。その現実派からさらに、残りの説明性を次第に放棄していったのが、印象派であり、セザンヌの「浴女」のシリーズになると、それがさらに強度になってくる。

その後につづくものは、立体派やカンジンスキーの運動で、彼らは絵画における最後の説明性、即ち自然の外象を完全に放棄する。現代のアブストラクトの祖は、これらの人々であり、近代絵画の発展の歴史からいえば、これが正統派だと、私は思う。

ところが、後期印象派からは、まだ外象を完全に放棄し得ないで、その一部のみを否定する野獣派とか表現派というものが現われ、これが現代のシュール（超現実派）に受けつがれる。彼らは自然の外象の関連性だけを遮断する。近代の絵画の発展史の上では、不徹底であり、道草をくっているのである。

アブストラクトは説明性を放棄して、すでにその外部の自由な世界に出ている。シュールは説明の世界にのこりながら、説明を拒む。理屈から言えば、前者が真のシュールで、後者は単なるデフォルメの一種にすぎない。

これは非人情と不人情の差のようなものであろう。われわれは非人情の世界を許容するが、不人情には反感をもつ。あるいはまた貞操を問題にしない自由な女と、貞操を裏切る女との差のようだともいえるかもしれない。

第十三回日展見物記

久しく近代美術展を見ていないので、だいぶ時代おくれになって、まごつくのではないかと思っていたら、そうでもなかった。このことを横にいたO君にいったら「そこが日展ですたい」といった。変な安心感をそそるものがある。保守政党に対する世人の支持の底にも、これに似たものがありはしないか。これはいけないぞと思った。

総数四百五十点ばかりを二時間で見た。一点平均十六秒である。休憩設備のない会場なので、それ以上見ることは苦痛だ。すると、こうした大展覧会というものは、美術品に対する無関心を養成するものだ、といえないこともない。考えるべきことがあるようだ。

見た順に感想を書く。美術工芸部。その大部分が全然心に訴えるところのないものだ。これはどうしたわけだろう。いくら技巧がさえていても、心に訴えなければ、結局われわれと無関係のものだということになる。どこかのお屋敷でお買上げになる。それからお下賜になる。やがてお払物になる。贈物用として店頭を出る。一種の有価証券なのだ。それ自体としては何人にも愛せられることなく、はれ物にさわるような扱いをうけて、転々として贈物にされるのが、こうした品物の運命のようだ。品物だからいいようなものの、作品がわが子だったら、親たる作者は悲しくはないだろうか。

書道の部は楽しませる。みなうますぎるくらいうまい。しかしエリを正させるようなものは少ない。彫刻では伊藤芳雄の「若い駱駝」が快作で、それから吉田三郎の「K画伯」などが好きだった。これには見てくれがなくていい。

日本画では、もろもろの画の印象は希薄で、一つ三輪晃勢の「桂松琴亭」が、へんな絵として頭に残っている。純写生でアブストラクトの味を出してやろうという悪戯が動機になったのではないかと想像した。元来建築というものが、造形としてはアブストラクトなので、これは書道なども同じだ。人の書いた字を懸命に写生して絵にしてごらんなさい。複製のアブストラクト画が出来ますよ。つまらない話でさ。

洋画は割合ていねいに見た。そのせいか妙なことに気がついた。特選画を数点見て、それからさきは、画風だけでこれは特選だぞ、と見当をつけて下の札を見ると、大ていは当たっている。特選画風というものが何かあるように思えた。もちろん、みながそうだというのではない。

中沢弘光老が、半世紀以上もかかって、いまだに紫色の光をたのしんでいる。その頑固さに敬意を表したい。石井柏亭の度しがたい軽俗さにも、人のおもわくを一さい気にしないその度しがたさに敬意を表す。石川寅治が健在で、絵が変に枯れていないのもいい。これにも脱帽。

寺内万治郎の「髪」。この四分の一の画面でこれだけ描き込めたら、随分たのしいものになったろうと、ふと思った。そして絵の大きさということを、一般問題として考えた。大きい部屋に大きい裸婦の絵を一つかける。人々は無関心にその前を行ったり来たりする。これは余りにも芸術的な、変な風俗ではなかろうか。

この部は、ほかよりはていねいに見たはずだのに、若い人々の作品がいっこう印象にのこっていないのは不思議である。あるいは見直す必要があるのかもしれない。

梅原と安井

近ごろは、梅原安井という名前が、合言葉のようになり、この二人の名を口にしないと美術は語れないという風である。

しかし、人々はこの二人をどういう風に対比しようとするのであろうか。ひと昔まえには、大雅蕪村と一口にいわれたものだが、今では大雅と蕪村を、同列におく美術史家はないであろう。梅原安井は現代の人であるから、まだ真価が決定したわけではないが、少なくともこれまでの成績から見ると、この二人の運命も、将来或いは大雅蕪村のような、結末になるのではないだろうか。

面白いことには、これはもうだれかがいったかも知れないが、梅原と大雅、安井と蕪村には、それぞれ何となく共通したものがある。梅原の近ごろの絵には、その画風そのものが大雅のそれに似たものさえあって、この二人の絵には、たくまずとも、自然な芸術的感情が、いつもにじみ出ている。その芸が、いわば肉体的になっている。どうころんでも、まちがいのないものになっている。

蕪村と安井の芸術はそうではない。もっとも、安井は蕪村などより、よほどたくみではあるが、これら二人の絵は、画面でコツコツと作り上げていったもので、内心の芸術感情のにじみ出たところがない。「ない」といって悪ければ、「殆どない」といい直してもいい。彼等の作品は肉体の絵でなくて、筆先の絵であり、どちらも第一流の絵とはいわれない。

なるほど、安井の絵は美しい。いわゆる「美しさ」の点では梅原以上かもしれない。しかしその美しさは、だれにでも判る美しさであり、通俗的ともいえる美しさだ。徹頭徹尾計算され、計量されつくしたメカニズムの絵であって、そのメカニズムが工芸的な染織品のそれよりも、はるかに複雑であるというだけのものだ。その美しさは狙われたものであり、作り上げられたものだ。梅原や大雅の絵のように、おのずから成ったものではないのだ。

も一つ面白いことがある。顔料を自由に重ねてゆくことが出来るポスターカラーで絵をかくと、時々、その効果がどことなく安井式になってくる。それよりも不自由な材料である油絵具を使う安井は、無駄なつみ重ねはしないが、その代りに、時間と計量とによって、同様の効果を出す。いいかえれば、ポスターカラーの自在性が、安井式メカニズムを容易にして、簡単に同様の効果を生むのである。

極言すれば、梅原や大雅の絵は画家の絵だが、蕪村や安井の絵は工匠の絵だ。安井の肖像画の下絵のデッサンはほんとの工匠の下絵で、そのものに何の芸術味もない。渡辺崋山の佐藤一斎の像などは下絵の方がはるかに生気があって、見事な芸術品になっている。

梅原にはそう目立たないが一かばちかのタッチがある。安井には「一かばちか」らしいタッチはあるが、これは「一かばちか」らしい効果をねらって、計算され考慮されつくしたタッチだ。だから、同じように見えていて、しかもその真の効果は梅原のとは比較にならぬほど鈍である。竹田は蕪村の絵を「譎」なりと評したが、安井の絵もそういっていい。

梅原には自然をつかみとる爪があり、爪の下からにじみ出た血さえも混っているが、安井にはこの爪はない。その代りに複雑な機械がある。安井の絵の自然は、ただの影であって、そこに在るものは徹頭徹尾「絵」である。

しかし、安井の絵は、こういう意味の絵としては世界一美しい。彼は決して第一流画家ではないが、最も偉大な第二流画家とはいえる。

坂本繁二郎個展を見る

こんどの展覧会には、坂本繁二郎氏の、十八歳から昨年の七十一歳までの作品が四十四点出品されている。きわめて初期のものから、最近までのものが、一堂に見られるわけで、たいへんありがたい。ところで、この五十数年間の作品を通じて、坂本氏の態度は少しも変っていない。のみならず、のちになるほどひき緊っている。坂本氏は七十一歳の今も、画学生のような態度で仕事をしている。このことが坂本氏の作品を内部から支持している最も厳粛な、根本的な要素である。これは技術の問題でなく、倫理の問題であり、いわば坂本氏の「人」の問題である。

描きなれた材料を技術に頼ってやすやすと仕上げてゆく、といった画家とは、坂本氏は根本的に違っている。たえず新しい、困難な材料を求めて、技術を深めてゆくそのことに芸術家としての、最も本質的な悦びを感じている。今の世の多くの芸術家に忘れられている悦びである。そうした作品は観るものを厳粛にする一面、その深いよろこびが法悦となって伝わってくる。そういう悦びが、この会場にあふれている。坂本繁二郎と共にある悦び。これは宗教的ともいえる。深い芸術が宗教的であるという事例が、ここにある。

坂本氏の作品を特徴づけるものは、氏が色よりも光の追求により熱情を有しているということであろう。技術の方からいえば、坂本氏はヴァリュール（色度）をマスターすることに熱情を傾ける。顔料を一つの色塊として画面に落すのではない。小さなタッチを、色度がマッチするまで、飽きずに重ねてゆくのである。色はその結果としてはじめて成り立つ単なる効果の一つにすぎない。これははじめに有効な色を選び、一定の効果を予定して画面を作り上げる、安井曽太郎式のやりかたとは非常な違いである。だから、一面にぬりつぶされている坂本氏の静物のバックは、たんねんに無数の小さいタッチを重ねあげ、決定的な色度に達するまで描きつくされているのである。空間はこうして充実する。

坂本氏の材料が、石膏像であったり、土器であったり、トイシであったり、モートルであったり、さらに奇怪な能面であったりするのも、この画家の追求するところが、いまいったような色よりも光の追求にあるからのことであり、能面の複雑な光を征服するのに、六年間の熱情が燃やされているのである。ただセザンヌは色度を処理する上にも、一定の法則をあみ出して、その結果きわめて明快な画面を作りあげている。坂本氏は色度に関しては、自然に対して絶対的忠誠を誓っている。悪くいえば、そこに一抹の晦渋さが画面にのこるのだ、とはいえないであろうか。

坂本繁二郎覚書

「柿」(32号)ジュクシの中の種が見える。「ばれいしょ」(30号、31号)紫色の核が見える。表面はあって、それがすき透っている。

「林檎」(31号)向う側の色か、こちら側の色か分らない。「梨」(40号)を包んだ紙などは、難なく透視されている。

「烏瓜」(34号)はその枝も蔓も、透明だ。会場をあともどりして見ると、牛も馬も人も、みなすき透っている。

坂本繁二郎は、かつて他人の絵を評して、物の裏側が描けていないと、いったそうだ。

「砥石」(36号)は氷塊だ。「ザボン」(42号)も氷塊だ。みな表面はある。しかし表面には色という色はない。色は否定されている。あるのは色のない表面と、すき透らない、ごくわずかな不透明色だけだ。ザボンにはそれさえほとんどない。坂本の「机」(43号)もガラス製だ。坂本繁二郎は色そのものを否定する。物には質量はあるが、色はないようだ。ない色を、色で表わさなければならない。その色は一度否定された色で、ザボンのハダのように、色でない色だが、しかしやはりリアルな色だ。否定に濾過されたリアルな色だ。

彼の否定は、不自然な観念的否定ではない。だから、否定を通った色がリアルにのこるのだ。彼の否定はきわめて自然な、高度の「視」による否定だ。写実をおしすすめて到達された、ノッピキならぬ否定なのだ。

坂本繁二郎は初めから物を透明なものとして見るのではない。見ていると、どうしても透明になるのだ。それは彼の眼には、物には色のない表面の多いということが、正直にとらえられるからだ。

その表面はあらゆる全反射を「視」でとらえている。きわめて正直な、徹底的な、執念深い「視」でとらえている。写実をおしすすめた結果の、物の否定なのだ。だからその表面は、光をもっているだけで成立する面だ。これにくらべると、あらゆるこれまでの画家の表面は、はるかに観念的な表面だ。ここまで正直に「視」をすすめた人は、まだこれまでには、ないようだ。

坂本繁二郎の静物には、普通のバックはない。しかしこれは、梅原龍三郎の最近の静物画のような、視野の整理から生れたきりすてではない。東洋画の余白とも大変なちがいだ。何もないバックは、たんねんに視られ、描かれたバックだ。そこでは、すぐうしろの物も、その奥のものも、その奥も、みな透明になって重なり合っている。あらゆる背景が透明になり、重なり合って、渾一な空間を作っている。奥の深い無限の空間なのだ。

坂本繁二郎が心眼でなしに、きたえにきたえた肉眼で物を見ると、その表面は、色はなくなり、透明になる。物の中や、裏が見えてくる。そういう眼は正直さに徹しようとした画家の努力から獲られたのである。ただ精神をこらすというようなことで、だれにでも追従の出来るものではない。その色は淡いが、非常なエネルギーをもっている。淡いが強い。その色が一応にも二応にも否定された上で生きのこっているからだ。

砥石——古風の美しさがある。古画では、大部分の色がはげ落ちて、一部の色がのこる。その色は歳月によって、偶然に主張性が否定されている。結果においては、坂本繁二郎の色である。

人は坂本繁二郎の絵を、日本的という。その否定的面を見るからであろう。しかし、その写実のたくましさにおいて、彼はまれに見る本格な西洋画家である。

棟方志功の陶画

棟方志功はいまのところ、恐らく将来も、作陶家ではない。だから自分でロクロをまわしたりはしない。湯町の福間定義さんのカマで出来たありふれたキ地を、版を刷るときに白紙をえらぶようにえらんだ。福間さんのキ地はそれにふさわしい無心なもので、彼がそれをえらんだのは当然だった。

志功は元来が白と黒とを基調とする版画の人だ。布志名の鉄釉と鉛釉の、あの何の疑いもない黒と黄を、主としてえらんだのも、また当然である。

陶工家でない陶画家としての志功は、初めてスポイトを握った。して見ると、こんどの作品は今まで日本になかった、新しいものだ。かつてのバーナード・リーチが幾分それであったが、日本の作品としても初めてのものだから、志功としてもはじめてのものだ。平常の版をほる仕事とはちがって、多少のためらいはあったであろうか。ところが、それがなかった。大はち、小ばち、あの多数の作品を、一瞬も手を休めずに半日で仕あげてしまった彼は、これが新しい材料であることを知らないもののように描いた。おどろいたことには、一つの失敗作もなかったのである。

最近に出版された志功の随筆集『板龗神』の中に、彼は九谷の陶器のことを書いている。これを読むと、彼は陶器のほんとうの美を知っている人だ。陶器のほんとうの美を知っている人は世の中には多い。しかしそれと同時に創造力をもっている人は極めてまれである。河井、浜田等のほんの少数者しかないようである。だが、棟方志功がここに出現した。別に不思議はない。彼は陶器の美を深く知り、同時に創造力をもつ点で、既にその資格はあったのだ。手なれぬ作品に成功したといっても、別に驚くことはなかったのだ。

たとえば彼が書の美を知り、同時に旺盛な表現力をもっている限り、習字に精進したとは思われない彼の字が、みごとな美しさを帯びてくるのと同様であろう。かつて一度の臨模をしたことがなくて、彼はたちまちにみごとな水墨画も作る。

棟方志功が河井、浜田と名をならべるといっても、彼は陶工ではないから、河井、浜田のような陶器のあらゆる変化は創造し得ない。彼の作品は今のところ布志名の、主としてスリップであり、当分はそうであろう。範囲は限られている。

しかし、布志名のスリップとしても、日本のスリップとしても、彼は第一作で世紀を作ってしまったようだ。これらのものは、今までのスリップになかったもので、引き合いに出しては恐縮だが、この奔放な力からくる異常な美は、河井、浜田といえども、恐らく作り得ないものである。これに匹敵する旺盛さを時として見せたのは、スリップではないが明末から清初めの、ゲテな呉須赤絵しかないのではないか。

ぼくは志功が布志名を征服したのち、赤絵づけをも試みることに期待をよせたい。今の世界で、あの美しさを再現してくれそうな人は、彼より他にはないと思う。

亡くなった子供を、も一度眼の前に呼び出してもらいたいと思う。新しい着物をきて、元気一ぱいにはねまわるやつを。

雲道人とその芸術

一本の喬木が枝を張ってどこまでも伸びようとします。伸びるに従って風あたりが強くなります。しかし、枝を折られたり、葉を吹きとばされたりしながら、喬木は伸びてゆきます。大きく伸び、枝を張るにつれて、彼は日光を独占し、地水を壟断します。周囲の樹木はその犠牲になります。しかし喬木はそれに遠慮するということはありません。どこまでも自分を高く伸ばそうとします。憎まれようが恨まれようが、喬木と生まれたかぎりは、それをやめることはできません。自分を生かすためには、他をかえりみるということはありません。

古来多くの偉大な道者が、自己を生かすために歩んだ道は、そのようなものでした。世間普通の眼から見ると、狂人とも、極悪無残な人間とも見られることがありました。俳人芭蕉の導師であった仏頂という禅師がいます。その修業中に、郷里の母が病あつく、一度わが子の顔を見て死にたいとて、これを呼び迎えます。仏頂は馳せかえって、いま息をひき取ろうとする母に、末期の引導をわたしました。「母上よ、わたしの敵はあなたです。あなたのその愛情によって、わたしの修業の妨げばかりしてきました。食い殺して路傍にうち棄ててもあき足らないと思ったことが、幾たびあったことでしょう」

母は黙して再びものを言いませんでした。周囲のものは、もちろん彼を狂人なりと見ました。

一休禅師が放逸無頼な言動によって人々のど胆をぬいているのもこれです。面白半分のしわざどころではありません。出家の門出に、すがりつくわが子をえんがわから蹴落した西行。みなこれによって自分を世間から遮断したのです。自分をまっすぐに立たせるためには、この孤立が絶対に必要だったのです。喬木と生まれた限りは、こうするより他はなかったのです。

キリストは母に向って「女よ、われ汝となにの係わりあらんや」といいます。既に世上の人間ではありません。石をなげられ、はりつけにかけられる。イバラの道とはこのことです。道者の道とはすべてこれです。石とはりつけとは覚悟の前です。この道者が、結果としていわゆる宗教家になろうと、芸術家になろうと、それは単に偶然にすぎません。そのどちらにもならないことも、あり得るでしょう。

私の畏敬して止まない雲道人は、こうした、真の意味での出世間の道者です。それが宗教家であるか、芸術家であるか、はたまたその他の何者であるかは、私の問うところではありません。雲道人が処世の便法を一瞬でも考えたことがありましょうか。道人はおのれを憎ませることに汲々としている人です。

人々の憎しみの中から栄養をとって、自己の精神の食物としている人です。古来の道者はみなこのような人々でした。道人は世間の評価の必要な人ではありません。かえってその悪罵を栄養として、地を抜き天空に聳える大樹の枝を張る人です。私ごときが、その人を云々する必要は毫もありません。日没して世上が暗くなるとき、あらゆる矮小が影を没し去るとき、ひとり最後の残光を栄冠として梢上に飾る、喬木の運命に生まれついた人です。

雲道人の芸術が、今日の世上の芸術家どもの作品から、自らをひきはなしているのは当然であります。往古の偉大な禅僧たちの墨蹟は、その文字が姿態をもって人の眼にこびるというようなものではありません。このことは人々はよく知っているはずです。彼らは字を書き、書をのこすために生まれたのでも修業したのでもありません。しかしその養いぬかれ、鍛えぬかれた精神が、その文字に表われないということはありません。これによって人々が時としては鉄槌をもってするがごとくに、心を打たれるのは、また当然のことといわなければなりません。

雲道人は絵を描き、書をかくために生まれたのでもなく、そのために生きているのでもありません。「そんなものは屁のようなものだ」と、道人は自ら称しています。生理的必要から放出しているにすぎない、というわけでしょう。今日人々の随喜渇仰する禅僧の墨蹟の多くは、日常の必要から、何の心構えもなく書かれ、普通ならば反故になって消滅すべき運命にあったはずの物でした。多少の心構えをもって書かれたものにしても、彼らにとっては一場の戯筆であったに過ぎません。書道家などといって、人々の評価を気にするようなわけのものではありません。

既にして屁であって見れば、人々が雲道人の産物を何と見ようと、御本人にとっては毫も意に介する必要はありません。世評を気にし、世間のおもわくを勘定に入れて絵をかく、今日のいわゆる芸術家連中の絵とは、全然別のところで成立しているのです。感覚がどうの、機智があるのと、批評家めあての、そんなところで成立している作品とは根本から異なっているわけです。元来このようなことは、まず道人の作品を見て、それによって感得、理解さるべきことなのです。このような説明をきいて、それからその作品を見るというのは、順序が逆なのです。私の解説は全然蛇足なのです。みずから感得するより他に、理解の方法はありません。どうぞ雲道人の書画を見て下さい。

雲道人礼讃——書画・篆刻「雲道人」展をみて

雲道人小林全鼎の絵の秘密を、私はまだことごとく解き得たとは思っていない。それから受ける強い感動は事実だが、これは口で語り得るものではない。その感動がどこから来るか、語るとすればそれより他はないが、それがどこから来るかを、私はまだ解き得ていない。今までだれも描いたことのない、不思議な絵だといっても、それだけでは絵を語ったことにならない。

しかし、はじめて見て、不思議な絵だと思えない絵は、およそ意味がないだろう。はじめて会って、おやこの人は、と思えないような人間が、大した人間でないのと同じだろう。会うたびに不思議だと思うような、底の知れないものがあれば、それはたいした人にちがいない。雲道人の絵がそれで、その底をのぞき得た自信は、私にはない。

わずかに解し得たところは、それがことごとく胸中の絵であって、自然は美人の形骸のように、相手にされていない。外形を止揚した抽象だ、というような、割り切りの浅いものではない。外象からはいっていったものではない。外象はそこに偶然にあるもので、雲門が仏とは露だといい、糞かきべらだといった、その露や糞べらが、他の何物であってもいい偶然であるのと、同じように取りあつかわれている。それは仮象にすぎない。これを禅だとか、東洋精神だとかいえばカビくさくなるが、口頭禅ではなくて、その真実を実際に表現し得た芸術家が、いったい何人あるだろう。まだよくわからないが、雲道人はそうした芸術家の一人であるように思われる。

ここ数年の作品を拝見したが、道人の絵の昇華の速度は非常に早い。道人には時間も仮象で、その精神には歳月のサビをよせつけないように見える。会って話をきくと、実に若い。長寿にめぐまれた晩年に、その絵がどんなものになるか、それを思うと恐ろしいような気がする。

楽しい未成品

潘麗星女士の絵は、一目見れば童画、二目見て漫画、三たび見ればそのいずれでもないことがわかる。

女士の絵はいつも何かの物語を説明させられている。これが漫画に似たところだが、漫画家は邪魔になるあらゆるリアリティを排除する。説明に必要な誇張もするし、デフォルメもする。その排除、誇張、デフォルメが意図的である点で、女士の絵と異なっている。女士の説明はしばしば独り合点で、聞かないとわからない。犬かと思えば鳥だという。これでは説明にはならない。説明したつもりだが、画面ではその説明要素はほとんど無視される。結果は無意識の抽象になってくる。

女士の絵には技術の伝統がない。天真らんまんに描かれている。これが童画に似るところだが、しかしその絵には童画に見られない圧力がある。見ているうちに、なにくそ、といってやりたくなる何かの力がとび出してくる。これは童画にはないものだ。この力は女士の鍛えられた強靱な人間性からきているのだが、ここには詳説しない。

ある面でシャガール、またある面でピカソといえば大げさになる。洗練の点ではもちろん比較にならない。これらの大家の得意とする構成力は女士には全然ない。しかしこれらの巨匠の描く巨大な円周の周辺に、何かの拍子に女士の顔が、ものいいたげに浮んでくる。小さい小さい姿で。

この比較はしかし、あくまでも要素の問題である。こうした要素をもつ女士の絵が、今後どんなものに発展するか、期待させるという点でひどく人を楽しませる。潘麗星女士はそうした未成品だと、いえるのではないか。

渦まく力

佐藤勝彦君が、また個展をやるという。泉から水がわくように作品ができてくる。とめることが出来ないのだからしかたがない。年中、毎日新しい作品ととり替えて、個展をやってもできないことはなさそうである。肉眼の印象を心眼に焼きつけ、それを丹念に復元するというような絵ではない。自然は外にあるのではなく、というよりは、自然美を成立させている根元の美が、佐藤君の内部に渦を巻いていてそれが走り出る。とめようがない。時には筆が追っつかない。筆なんかくそくらえ。そこにある雑巾でもいい。自分の腕でもいい。墨壺につき込んで、紙が間にあわなければ、眼前の壁、襖、壺の腹—佐藤夫人は用心しなさい——着ている着物にでもぶっつけかねない。佐藤君の作品はこうしてできる。時には絵とも字ともいえない、墨塊というより他のないものができる。そのなかに絵や字を見出して楽しむくらいのことは許してくれ、と頼みたくなるようなものだが、そんな見方をすると、そこやここに、造形の欠点が見えてきもする。もしそれを言えば、それは仏の見方ではなく、凡俗の見方だと佐藤君は一喝するだろう。そうだとも、その元気でまだまだあばれたまえ、といって私は握手しよう。

佐藤勝彦君とその作品

佐藤勝彦君とその作品を紹介するのは、私には非常に楽しい。佐藤君は私の若い友人で、彼のいうことは私にはよくわかり、私のいうことも彼にはよくわかってもらえる。

最近こんな話がある。宇治の茶業が近代化されて、もう信楽窯の大きい茶壺が無用になり、なにしろ人間一人そのままはいれるくらいの大壺なので、他に流用の途もなく、従って引きとり手もない。それを見つけた佐藤君は何回ともなく友人のトラックを動かして、その全部を自宅へ運びこんだ。その自宅がいくら広くても、もちろん家の中には置き場もない。なんと二百個あまりの大壺を、家のまわりの空き地へならべてよろこんでいるのが佐藤君である。こうした佐藤君のすることも私にはよくわかる。

民芸品の愛好家としての彼のやり方を見ると、外にあらわれた美しさというよりもその骨組を作っている強い力に魅せられるようである。魅せられるというよりも、闘志をそそられ、こいつらに負けてたまるかというのだ。それに挑戦しようとするのである。圧倒されてへたへたと参ってしまうのではない。

彼の仕事部屋では大箪笥、大壺が主人をとり囲んで、まだ参らぬかと、からだを圧しつけてくるような感じである。力にあふれた空気が充満している。こんな部屋で仕事していてひょろひょろしたものは出来っこない。

佐藤君は絵が本職だが、彼の絵と彼の字とは離すことができない。事実、絵でも字でもないものが出来ることがある。彼は作品の効果など考えたことなど一度もないという。その通りだということは、その作品でわかる。力が躍りくるっている。

ところが、その作品に、何ともいえぬ魅力がある。彼の意図し予期したものではない。これは彼が生来の芸術家であるからで、素質があれば意識はしなくても、自然に練磨はされるのである。それは彼にとって、今後いつまでも続く長い道である。

佐藤君の作品が、どの方向に、どの高さに、導かれ向上するかは、私にもわからない。彼自身にもわからぬだろう。しかし私は彼を心から敬愛し、彼に期待している。彼を紹介するのを非常なよろこびとしている。

名茶ぎらい

私は甘党で、チョコレートなども好きである。到来物があると、子供と競争でたべる。たいていの大きい箱でも、かならずその場で空けてしまう。

おいしいには違いないが、しかし、これをちょっぴりと、一つ二つ皿にのせて出されたとしたら、たべる気にならない。それが変だというなら、甘納豆を一粒二粒うやうやしく出された場合を考えてもらえばわかると思う。いくら上等の品でも、そんなミミッチイものがたべられるわけはない。甘納豆なども私は好きだが、一粒ずつたべることはない。ロ一ぱいホオばってたべないと、おいしいとは思わない。

よく、文人気取りの好事家などを訪問して、玉露とかあるいはこれに類した上茶をよばれることがある。これが実に閉口で、それは私だとて玉露のおいしいことはわかる。味としてはあらゆる茶のうちの女王かも知れないと思う。しかし、これをほんの一なめ、ちょっぴりと出される。舌のおもてをうるおしただけで、ノドへ通る分はほとんどない。というようなことで、いわば、味はあるが実質のない、もう一ついえば、一種のアブストラクトみたようなものである。それならば別に手数をかけて飲まないでも、頭の中でその味を想像するだけでもいいのではないか、などと妙な考えを起したりする。

ものを飲んだ気がしないから、矢つぎ早に次を催促すると、二はい目からはぐっと味がおちる。味のおちたのを、やはり小さいサカズキで、薬をのむようにちょっぴりと飲むなどは、ますます愚劣な気がする。つまり、極上の茶をよばれても、私はかつて満足したことがない。のみならず、たいていの場合、変にシャラクサイ器物を使っているので嫌悪を催す。味がわからないとはいわないが、私などは、多分趣味を解しない下等人種なのであろう。

私は酒をたしなまない。それで酒のことはよくわからないが、おいしい酒を、小さい、しゃれたサカズキで、チビチビとやるのは、やはり酒の方でも趣味家で、ほんとうの酒好きというのは、やはり湯呑か何かで、グイグイと引っかけないと、飲んだ気にならないのではないかと思う。そして、趣味家の方からいえば、実質家の方は、恐らく一段下等にみえ、角うちなどという手あいに至っては、話にもならない連中だ、と思うのであろう。

だが私は、もったいぶった趣味は好きな方ではない。酒の方ではそんなものがあるかどうか知らないが、セン茶になると出し方にも名人というような人があるらしい。うるさいことではないか。つまり趣味の道は名人の道に通じる。趣味小説の作者の某が、小説の名人だなどといわれているのは、その間の消息を伝えているのかも知れない。

名所ぎらい

遊覧バスがとまり、団体客がぞろぞろ訪れるようになると、そこはもう名所である。大ぜいの人が訪うようになると、それだけで景色は一変して、すなわち名所風景になってくる。名所になったとたんに、その本体はなくなっている。

そうした所を訪れてよろこぶのは、自分の転ばした尼さんのお経を、ありがたがって聴いているようなもので、それはもう尼さんでもなく、従ってそのお経がありがたいわけはないのである。

ありがたいお経が聴きたければ、尼さんは尼さんとして、そっとしておく方がいい。今の名所見物客は、尼さんを手ごめにする手合いで、あれで戦闘帽をかぶって、ラッパを吹いて歩かないところが、まだしもご時勢のありがたさだ、といいたいくらいのものである。

一度いわくが出来ると、女の方からもいろいろと要求が出るのは当然で、こんどは、名所の方が逆に見物を選ぶようになる。一笠一杖の客はよせつけなくなり、なるべくは芸者でもつれて、二階座敷で炭坑節でもうたう客の方を歓迎する。

京都の苔寺や龍安寺は、十年前まではまだ名所ではなかった。ひっそりとして、苔はただ青々と深い色をたたえ、砂は白々と清浄な光を放っていた。しかしいまは違う。さすがに炭坑節はまだ入りこまないが、それでもお茶会でもして、たっぷりと御利益のあがる客でないと、見向きもされなくなってしまった。私はもう苔寺へも、竜安寺へも、足をむけようとは思わない。

内田百閒は永い間の東京住いで、まだ日光も箱根も知らないといっていた。同感出来る。私も実は、まだ伊勢神宮も、日光もしらない。箱根はつい昨年、箱根美術館を見るために、はじめて足を運んだ。仙台へはいったが、松島は見なかった。山陽線は数しれぬほど通ったが、厳島へは下車したことがない。

台湾に十四年いたが、日月潭はとうとう見なかった。別に自慢するわけではないが、自然にそうなってきたものである。

私の友人にMという動物学者がある。これは戦前ベルリンに二年いたが、ベルリン以外にはほとんどどこへも行かなかった。フランスの人類学者で、わざわざ日本へやってきてアイヌを調べたモンタンドンという人があった。パリで近づきになって話をきくと、日本では京都も奈良も見なかった。日光も鎌倉もしらないという。世の中には私と同じような傾向の人もあるものだと思って、気強くなった。もっともモンタンドンは、レジスタンスの連中に、サン・ジェルマンの街上で、パリ回復の当時射殺された。

私もあまり大口をたたくと、どこから闇うちされないとも限らない。ここらで筆をおくことにする。

名人ぎらい

私の知人に、本職は小児科の医者だが、妙な趣味をもった人がいる。いわゆる細字かきで、この人は一センチ平方の紙に、普通の筆をつかって、眼鏡なしに、百人一首の歌はもちろん、作者の名からその絵まで書きこむ。虫めがねで見ないとわからないが、蟬丸のもっている琵琶には、ちゃんと三つの弦が描かれている。自分で自分の指や腕を実験材料にして、細字かきの生理学を調べた。それで学位をもらった人である。一時は世界での細字のレコード・ホルダーであった。

この人の描いた百人一首をもらいたいという物好きがたくさんいたが、なかなかもらえなかった。一枚書くのに非常な苦労がいるらしい。やすくは評価できない芸当である。だが一センチ平方の百人一首は、もらったにしても、どうにも仕様がないではないか。珍品をもっている、という満足以外には何もない。かりに庖丁の名人がいて、メダカを三枚におろして、刺身に作って見せたところで、なるほど腕前はたいしたものだ、というだけで、その刺身が御馳走だとは誰も思うまい。

名人というものは、だいたいにおいて、こんなものだと思えばいい。非常な苦労をして、つまらないものを作って見せる。他人には絶対に出来ないものを作れば、これが名人の骨頂だが、しかしその作品には、何の意味もない、というのが名人である。

たとえば、古くからＫＫという「高級」な美術雑誌が出ている。その口絵の色刷の複製画は明治以来、いまでも木版である。これが名人芸で、どんなものでも木版で片づけることが出来る。こんな芸当は、世界のどこにもない。しかし、ありがたいものかというと、これがありがたくないのである。木版の独自の美しさを出しては原画には迫らない。木版でありながら、木版であることをかくさなければならない。そんなつまらない苦労をしている。それでいて、木版としての技術の制約は免かれない。

むかしから珍重された器物に建窯の白磁というものがある。これも当時としては名人でないと出来ない品物だったに違いない。ところで、その品物は、今の安物の電灯の笠の、あの乳白ガラスと変りないものである。もし今の世に建窯の名工を招いて、一枚何十万円という電灯の笠を作らせるといったら人は正気の沙汰とは思うまい。そんなことを、ＫＫという雑誌では、名人保護のためにやっているわけである。

細字だって、メダカの刺身だって、名画の複製だって、機械をつかえばわけなく出来る。そのものがありがたいのではない、名人がありがたいのに、という理屈は、つまらない物好き沙汰にすぎない。趣味としても高級なものではない。はっきりいえば、愚の骨頂である。

名品ぎらい

名品というのは、多くの人の鑑賞を経て、折紙のついたものである。ただもう感心して見ておれば、間違いない、といったものである。

こういうものを持ってよろこんでいるのは、新田義貞が天皇のお古の勾当の内侍という上﨟をもらって、うつつを抜かしたのと同じたぐいのものである。そのうち足利勢に盛りかえされて、哀れな最期をとげてしまった。

名品をもったからといって、越前金崎で討死するとは限らないが、しかし、ことによると鑑賞家のいのちとりにならないとも限らない。他人の眼で物を見るくせがつくと、自分の眼は死んでしまう、ということである。

他人のお古ではなくて、まだだれも気のつかない田舎娘を見出す。これを自分の生涯の女房ときめる。田舎娘のもっていたものは、いわば美の素材である。これを美人に仕立てるのは、自分の一生の仕事である。顔かたちだけの問題ではない。美人にはその他もろもろの資格が必要だ。自分の女房を美人にするのも醜女にするのも、自分しだいである。ということになって、はじめて女房と自分とは別のものではなくなる。

器物や美術品の鑑賞にも、これがなくてはならないと思う。二重箱三重箱に入って、折紙が何枚もつき、すでに世間に喧伝されている美術品は、金さえあればメシヤ教のオッサンでも買うことが出来る。先生方が頭を下げて拝観にきたところで、その持主の観賞眼を尊敬したことにはならない。

しかし、たとえば、反古の中から一枚のよれよれの絵を見つける。見所ありとみて、これを洗い、補い、適当な表具をする。つまり田舎娘に衣物を着せるのである。それでこの絵が世間に出たとすると、——出なくてもいいが——それを世間に出したのは自分である。その絵は、もとのままの姿で変らないとしても、それに価値を与えたのは自分だ。つまり、その美術品はある意味で自分の作品である。女房がある意味で自分の作品であるのと少しも変らない。絵にしても、女房にしても、真の愛情の源泉というものは、そこにあるのだと思う。

名品というと騒ぎたてる。名所ブームで、名所を紙クズだらけにしている手合いと少しも変らない。借物のような美人女房をコンクールに出して、うちで冷飯食っているようなものだ。だれにも問題にされなくていい、うちで一緒に温かい飯を食べたいとは思わないだろうか。

少しおちついて、静かにしたいものだ。静かにして自分は自分なりの、自分とはもはや別物ではない、愛情のこもった作品をそだてていってもいいではないか。自分がその作品のあらゆるすみずみを知っているように、自分の作品も自分の内心のあらゆる歴史を知っている、というような。

名物なで斬り

私はいなかまわりの歌舞伎がすきで、博多では大博劇場のトクイ客の一人だ。彼らはいったいに、芝居することが、自分自身、すきでたまらん、というような連中だから、芸術院会員なにがしが、おれの至芸がお前らにわかるかい、といったような顔して、高いおあしはとった上で、お慈悲で拝観させてくれるのとは、舞台の空気がまるでちがう。近ごろは古典芸術だなどと、もちあげられたり、もちあがったりしているが、いつの間にそんなものに成りあがったのだ。元来は卑俗、卑猥な、あくどい民衆芸術なのだ。泥くさい、やにっこいところが身上なので、そこに気安さ、おもしろさがあるはずのものだ。料理でいえば、おでんかん酒級のものだ。それをいかにも有職料理らしくもってゆこうとする。洗練洗練、都会芸術、高級技芸員、といったようなことで、田舎者をけいべつしようとする。味もそっけもないところが、即ち都会だという。

故人をわるくいうのも、いかがなものだが、六代目の舞台など、なるほど至芸だ。至芸至芸。それは判るが、おもしろくない。いつ見ても糞くらえ、と思っていた。

砂糖も精練すると白砂糖になる。真白いほど味は純粋で、即ち上等品だ。それにはちがいない。メリケン粉はまぜものだ。菓子も純粋の玉子の黄味だけでゆこう。即ちケイランソーメン。上等純粋。これ以上のものはあるまい。田舎者にはこの味はわかるまい。作る当人がそう感ちがいしているなら、それはお愛嬌だが、なるほどなるほど、いやケイランソーメンに限りやす、などいって、高い金をはらっている連中が、阿呆に見えてしかたがない。煮つめることが出来ないと見えて、砂糖の味と玉子の味とが、別々に分れている。なま玉子と白砂糖とを、べつべつに口に入れたような味だ。こんなものより、黒砂糖をまぶしたカリン糖の方が、何層倍うまいかしれない。

だいいち、あの、おりの底にこびりついて、ミミズの干からびたようなケイランソーメン、鶏のくちばしをもって生れた人間でもないかぎり、とうていたべられたものではない。高い金はらったものをと、あごを撫でながら、ためつすがめつ、底を気にする。——上品ぶりたいばっかりにさ。いや、ちえのない話じゃありませんか、作る方も、買う方も。

まだある。人形つくりの何のなにがし。至芸、名人、生ける文化財。それにまちがいはなかろう。しかし、その作った人形の、どこが面白く、それがいったいどう美しいのだ。ぞっとするような冷たさ。しらじらしさ。白昼の妖怪味。正視されたものではない。至芸、純粋とは、まずこんなものだ。君らは、いったい、毎日蒸溜水をのんでいるのかい。それとも、靴つくりの名人があらわれたら、その作品を、諸君は足にはかないで、頭にでものせて歩くつもりかね。博多人形なんてものは、もともと、どこのうちにも、カマドの上の荒神棚にまつるための泥人形として、実用の意味で作られたものだ。それからオマジナイの意味で、子供の玩具にもなった。せいぜい泥くさい田舎人形だ。それでこそ、おもしろ味もあったものなのだ。高級ぶり、上品ぶりたい奴だけが、面白くもないものに数千金を払ってよろこんでいるのだ。

正調博多ぶし、というやつが、まさにこれで、ほんとうはあの民謡調の、アラドッコイショというのが、なんぼう面白いかしれない。へんな、ひねくれた、味もしゃしゃらもない奴をありがたがって、今ではどこへ出ても、これだけしかやらない。きいていてアクビの出るようなやつだ。オテモヤンだって下品じゃないか。なぜあそばせことばでやらないのだ。何でも上品ぶりたい、というのが、実は田舎者の一つの特質なのだ。

博多では水だきだ、という。まずい、とはいわないでおこう。しかし、一夕のテーブルを、この一品だけで、というのは、だいたい親しいなかまの、くつろいだ晩めしだろう。鶏をつぶして、下宿の二階でやっても、同じくらいのものは出来るだろうが、またそれくらいの軽便な、げて料理だったはずだ。むかしは、書生くらいの人間が、本式の宴会に手がとどかないところから、これを利用して、ああ今夜は大宴会だ、愉快愉快、などと悦に入ったようなところだろう。このごろは、正式の賓客をよぶのに、こうした席を平気で用いる。高い料金を払った手前、めずらしいだろう、うまいだろうで、呼んだ方は得意のていだ。ばかばかしい。はじめからしまいまで、ひとばん中ニワトリの土左衛門なんて正餐が、どこの国にあるものだ。ちと物ごとをわきまえたがいい。

ついでだから、博多っ児の礼讃するフグ料理の悪口をいう――ほんとは悪口でもないのだが。いいですか。フグは味がありませんよ。フグでだしをとってみたまえ、すぐわかることだ。味がなくてもおいしい。そういうこともある。クラゲ、ナマコ、フカノヒレ。つまり、フグはそうしたたぐいのもので、魚ばなれがしている。そこが珍で、おつだとおっしゃる。それならば別に反対はしない。だが、そのうち李ラインが玄海島あたりまで進出してくる。イワシの代用品はむつかしいが、フグなら、ニカワとカンテンとで、何とか代用品が出来ましょう。しびれ薬もちょっぴり入れてね。

はけついでのはけが走りすぎて、フグでは少しむちゃをいったようだ。口直しに、むちゃでない、ほんとの悪口いっておく。その一つは博多織。デザインは、むかし通りやっておれば、まず無難だが、がまん出来ないのは染料だ。どこのでもいい、日本の第一流の織物を、とりよせて見たまえ。いまの博多織のような、いやな染料はないよ。ちと勉強したまえ。それから菓子。博多には、ろくな菓子がない。一つもない。いい菓子のないところに、むかしからろくな文化のあったためしがない。しっかりしろ。

郷土史料収集への提案

私のような貧書生のところへも、毎月二十種くらいの、古書目録がくる。各都市の古本屋の在庫品のカタログである。

私は福岡という、かたよった所に住んでいるお蔭で、中央の都市から発送される、こうした古書目録を見て、ほしい本をマークして注文状を発すると、十中八九は、既に売切れました、という返事がきて、手に入らない。

かねて、沖縄の友人から、沖縄関係の本を買っておいてくれと頼まれているので、古書目録中にそうしたものがあった場合、自分のふところで立てかえの出来る程度のものであれば、注文を発することがある。しかし、右のような事情で、これまで一度も入手出来なかった。まして、沖縄関係の書目を、沖縄へ送って、沖縄の友人の決裁をまって注文を発する、というようなことでは絶対に入手出来ないことはたしかである。

昨年の暮、兵庫県の田舎の、或る本屋から出ている、粗末な目録に、『質問本草』の完本が八千円という値で出ていた。これは非常な珍本で、しかも沖縄としては、是非一本所蔵すべき筋合のものである。都合よく、その時はそのくらいのたてかえは出来る懐具合だったので、すぐ電報で注文した。ところが、二、三日たって「先生の電報は、第五着で、残念ながら先客に買われました」という返事がきた。

私は、沖縄政府や、沖縄の図書館が沖縄関係の古書をあつめるのに、どの位熱心であるかを知らない。しかし、万一不熱心であるなら、是非熱心になって貰いたいと思う。そして熱心に集めようとするには、手をこまねいていては、到底あつまるものではない、ということを、私の事例をあげて、暗示したわけである。

そこで、沖縄政府なり、沖縄図書館なりが、熱心に沖縄関係の書物をあつめるためには、どうすれば一ばん有効かということを、考えてみた。そして、それにはまず第一に現在沖縄に所蔵されている、関係文献の、完全なカタログを作る（印刷しないでもいい）ことが、必要である。第二にこれを東京在住の沖縄文献に関心と素養をもつ何人かに託しておく。そして、カタログ未載の古書が出た場合には、一々沖縄側の決裁をまたないで、即座に買い集める権限を与えておく。もちろん、権限だけでなく、購入費も必要である。しかし、これは沖縄政府嘱託ということになれば、後日の清算で事がすむと思う。細かいことをいえば、嘱託された者は沖縄政府に代って注文するだけの役目である。発送は書店より直接沖縄へ送り、代金は沖縄より直接書店に送る。そうしておけば、つまらない間違いはおこらない。

右の方法は不可能ではないと思う。また、こうでもしなければ本はあつまらない。

いま京都の某書店に沖縄関係の文庫が一口出ているようだが、主人がズボラでなかなか目録を作らない。これは大口らしく、一個人ではちょっと手の出ないものではないかと思う。こうしたものは、中に多少の重複品があっても、沖縄としては買っておいてもいいものだと思うが、しかし、カタログを見ないうちに、こんなことをいうのは、少々早すぎるかもしれない。

要するに、沖縄としては、手をこまねいていないで、何とかして関係本をあつめておくべきだと思う、ことに明治以前の古書古写本のたぐいは、だんだんと得難くなるのではないかと心配している。その心配のあまりに、一つの提案を試みたわけである。

沖縄古文化財の保護についての私見

必要性については、くどくどと述べる必要はない。具体的のことを二、三申しのべたい。

無形文化財として、紅型やかすりや花織などの技術を保護すること。琉球舞踊や組踊りなどの芸能を保護すること。一度組踊りの完全な演出を内地で公開するといい。内地人は驚いて賞讃するだろう。アメリカへもっていって驚かしてもいい。そうすると沖縄の人々はそんなりっぱなものかと、初めて関心をもつようになるだろう。これが保護の機運を作ることになる。ただしあくまでも本格なものでなくてはいけない。

一方で名人の現存しているうちに、カラー映画やレコードにとって保存を計る必要があろう。琉大あたりで、その芸能史、美学を専攻する人士も出てほしい。未開拓の興味深い領域で、ユニークな研究が出来る。もし今まで誰もやっていないなら、欲のないことだと、少しあきれる。りっぱな図版を入れて、世界的な研究を出版してやろうという野心家はないか。

有形文化財では、やはり染織品の蒐集保護が急務である。戦災をうけた沖縄よりも、日本内地に求むべきもので、第一流品は内地にある。早くしないと、所蔵者そのものが代替りになり売出され、商人の手にうつるとこまぎれにされて、ハンドバッグやたばこ入れになって消えてゆくおそれがある。大きい資金を作って、内地のこれと思うコレクションに片はしから当って、回収をはかる必要がある。沖縄にはいま第一流品はのこっていないといってもいい。いいものはみな内地にある。

次に、建造物がひどく戦禍をうけている。写真や見取図などがあるはずだから、復原は可能である。京都では金閣寺を数年ならずして復原している。守礼門や園比屋武御嶽や、玉御どんがいつまでもあのままになっていては、沖縄の恥になろう。

戦禍をうけなかった、八重山地方の旧建築には、記念すべきものが多い。普通の民家でも、旧士族屋敷などは、よく保護してもらいたい。

人々のあまり気づかない文化財として、やはり八重山の旧士族家にのこっている古文書などを大切にしてもらいたい。旧藩時代の史料として価値あるものが多いと思う。

しかし、保護保護といってばかりいては、少々こまることもある。この点はよく注意してもらいたい。内地で、山口県の日本海中の見島という孤島に、純系の日本牛がのこっている。これは天然記念物に指定されて保護されているが、住民は改良牛の能率のいいのに切り替えたい。ところが指定があるため改良することが出来ない。時代に順応するために亡ぶべきものは亡びるよりいたしかたない。その前に完全に研究調査するのが大切であろう。保護以前に、完全な調査、これを忘れてはいけないと思う。物によっては、調査が完全に出来れば、物そのものは亡ぶにまかせた方が、むしろ民衆の利益だ、というものもあろう。ハブは沖縄の名物だから、これを大切に保護せよ、といわれては、大迷惑だろう。しかし、ハブというものが亡びてしまう前に、われわれはハブについての完全な記録をとどめておく必要がある。

ハブは極端な例だが、考古学的遺跡などは、指定してのこしておく必要があるものはむしろ少なく、早く開墾して食糧増産に資した方がいい、という場合が多い。ただ、むやみに破壊するのは困るので、その前に完全な学術調査がぜひ必要である。そして遺跡が見つかったら、住民の迷惑にならぬように、出来るだけ早く調査すべきである。調査開始までの保護指定の期間が長いのは、民衆には迷惑となるであろう。

保護指定をするということは、そのものについての出来るだけ完全な調査報告を出版するという、指定者にとって責任を自覚してもらわないと困る。これは考古学的遺跡の場合だけでなく、どの場合にもあてはまることである。指定委員会はこの自覚を改めて確持してもらいたい。

私の提唱

波照間（はてるま）という島は、琉球列島の中でも、最南端に位して、今でも交通の極度に不便なところだが、先年この島の調査にいって驚いたのは、島の墓地に、琉球陶器や中国陶器とともに、伊万里のゴス絵の徳利や茶碗が、いたるところにころがっていることだった。東は京阪地方から、北は対馬、南は琉球最南端までが、江戸時代における、伊万里の雑器の販途であった。これは古代の中国青磁が、エジプトやトルコで発見されるのにくらべると、驚くにはあたらないことかもしれないが、これを知ることでも、昔の人間のいとなみの一端はつかめる。波照間の貧乏漁師が、伊万里の茶碗に、一たいどれだけの代価をはらったろう。知れたものだと思う。それだけの代償を目あてに、波濤万里のかなたへ、危険をおかして、これを運んだものがある。その原価がいかに安く、その工人の賃金、即ちその生活費が、どんなに軽少であったかがわかるのではなかろうか。山には脂ぎった松材が無尽蔵にあった。――それでも一つの斜面を伐りつくすと、工人たちは窯を転々として移動している――しかしとにかく材料は豊富だった。船脚を重くするには陶器はもってこいの荷物だ。材料と運賃の安さから、こうした販途の拡張は可能だったので、陸上を牛馬の背中で運んだのでは、こうはゆかない。その証拠は手近いところにもある。

大分県の国東半島から、その属島の姫島などの、漁家や農家の台所の用品は、ほとんど山口県の堀越窯のものだ。私は壱岐の農家でもこれを見た。しかし同じ山口県で、海岸から一歩奥に入ると、もうそうはゆかない。陸つづきではひろがらないのだ。

佐賀の二川とか弓野のような、いわゆる武雄系の陶器は、かなり大型のハンド甕やこね鉢などが、やはり壱岐や裏日本の海岸にゆきついている。武雄地方が有明海に近いというだけで、島原半島を迂回することには、苦労を感じなかったのだ。これに反して、いまは牛馬の背にたよらなくても、トラックもあり汽車もある時代だのに、小石原のものは、筑後川沿岸の村々から、久留米や甘木の市中の荒物屋の店先に出るだけで、もう福岡までは入ってこない。この地方では明治大正のころまでの台所用品は、ほとんど高取にかぎられていた。同様に小鹿田の販途は日田から大分方面、上野は遠賀川流域から北九州方面の小さい地域をけんめいに守っていたにちがいない。松山と港湾との二つがそろっていなくては、陶器の販路はひろがらない。エジプトやトルコに入った越州青瓷も、寧波付近の上林湖のもので、寧波という港の存在が近くにあったからのことである。元明の時代に浙江省の処州の瓷器が、琉球から南洋の島々までおびただしく販売されたのも、処州の位置が海辺だったからである。その後に広東の石湾や、揚子江に通じる景徳鎮の陶磁が、世界を風靡したのもそれと同じ事情からである。

このようなことは、私がいまさら説くまでもないことだが、北九州の民芸愛好家にお願いしたいことがあって、実はこんなことをいい出した。それは、さきに例に引いた、上野や小鹿田や小石原、高取、武雄、その他たくさんの北九州の陶器の販路の分布図を、もっと本格にしらべておいていただきたい。これは今やらないと、もうやれなくなる。あるいはもうおそすぎるかもしれない。田舎を歩いたついでに、農家の台所や椽の下、あるいは庭の隅のごみためをのぞいて、どの窯の水甕、塩壺、味噌壺、あるいはその破片がころがっているか、また畠の上にいたるところに散布している破片、それをノートしておいていただきたい。大ぜいの人々の協力で、北九州の窯の販路の地図を、一つ明確につくり上げる。このことによって、北九州の埋もれようとしている過去の、生活経済圏をつきとめることも出来るのではないか、と、こういう提唱をいたしたいのである。これはそうしたものに平常愛好の眼をもって臨んでいる民芸愛好家以外には、ちょっと出来ないことと思うからである。

申しにくいことだが「北九州民芸」の創刊号を拝見して、心強く思うと同時に、少々心細くも感じたのは、やはり趣味家の息吹きが巻をおおっている。これで何かを生み出してゆけるだろうか、と危ぶまれるふしが大いにある。私の提唱などは、なにも民芸運動の本筋でも何でもないが、なにか一つの仕事をと思って、私らしいおもいつきを述べたにすぎない。実をいうと、北九州民芸協会が、社会的に権威をもって、現代の風俗批判、デパートの商品退治もやるべきだと思うし、あるいはまたいわゆる民芸品ではないデパートの商品のうちから、いいものを択り出して推奨する、というような、本筋の使命の方へ進んでもらいたい。こういうことをまっ先に強調すべきであったであろう。そうは思いながら、私らしい横筋をさきにいってしまったのです。何だか大そうなもののいい方をしたようで、少々きまりが悪い。読みかえすといやになりそうだから、このまま出すことにする。

田舎に京あり

旧藩時代の田能村竹田だとか、いまの坂本繁二郎のような人は、特別の例外であるが、元来中央をはなれた地方の作家には、第一流の人はあまりないのが通例である。九州に美術館を建てるという場合、古画ならば竹田、新画ならば繁二郎、というようなことになるのは当然であろうが、しかしそれも、そうした人々の第一級の作品は、やはり中央にとどまって、地方には帰らないのではあるまいか。

しかし、中央で保存してくれるような、第一流作者の第一級品なら、しいて地方で保護する必要はないのであって、これは時々借り出してならべるだけで沢山だ。どうせ地方では第一級品がそうザラに集まるものでもなく、またしいて集めて保護する必要もないとなると、一体地方の美術館の存在意義はどうなるか。

むかし黒田藩には、狩野探幽の門人で衣笠守昌だとか尾形幽元だとか、全体的に見れば、まず第二流画家であろうが、しかしこの土地の画家がいた。守昌の作品などは「狩野派大観」などにも掲載されていて、それを見ると決して凡庸画家ではない。こうした人々の作品は、福岡人が保存し保留しなければ、どこでも大切にはしてもらえない、といったようなものだ。

こうした作者は他にもあろうと思うが、一体今のこの地方の収集家で、こうした郷土のかくれた芸術家の作品に、気をつけているものが果して幾人あるだろうか。

民芸の美

東京、大阪、倉敷、また近いところでは鳥取などの都市に民芸館（大阪のは工芸館）があって、いわゆる民芸品を常設的に展示しており、一度これを訪れた人は、みな深い感銘をうけている。そうした常設の民芸館がわが松江市にはまだできていない。島根博物館のこんどの催しは、この欠点をいくらか補うということになるわけで、その成功が期待される。

さて、民芸とか、民芸品ということばは、古いことばではない。昭和のはじめのころに、柳宗悦（以下敬称を略す）の創作したことばである。柳によると、これは「民衆の生活に必要な工芸」あるいは工芸品の要約である。すなわち民芸品は、民衆の日常の生活用具なのである。

こうしたものに宿る、深い美しさは、初期の茶人たちにも、半ば無意識的に感得されてはいたが、それを意識的に的確にとらえ、宣揚し、理論づけて、深い美の世界を開拓したのも、柳宗悦その人であった。われわれは直接間接に、みな柳の弟子である。柳は実にあくことなく求め、残すことなく述べ尽している。それで、ものをいえばみな柳のエピゴーネンになる。こうした意外な運命をわれわれは背おってしまった。ここに民芸品の何であるかについて、解説めいたことを書く段になって、いまさらにそのことを感じる。それでは、柳のことばをそのまま借りて、解説の責めをふさぐのが賢明だということになる。

柳によると、民芸品の特色の第一は「実用性」である。「用いられるため」に作られたものであって、単に「見られるため」に作られた美術品ではない。用途をはなれて民芸品はない。用途に沿った必然の形をとり、用にたえ得るじょうぶさをもっている。

その二は「無銘性」である。民芸品の作者は、無名の工人である。その作品は個性的なものではない。これを使用する人が、その作者を問題にしないものである。のみならず、多くの場合、後にもいうごとく、一個人の作品でなくて、分業による共同作品でさえある。

その三は「複数性」である。民芸品が大衆の用にこたえるものである限り、多量に作られるのは当然である。くりかえし同じものが多量に作られることによって、民芸品のみに見られる独自の美が発生する。どれ一つとっても悪いというもののないという安心感がある。

その四は「廉価性」である。民衆の日常必需品であるためには、これも当然のことであろう。茶人がとりあげて、非常な高値にのしあがったものでさえ、もともと多量生産の安もの以外ではなかった。たとえば、今では国宝となっている大名物（おおめいぶつ）の井戸茶碗や天目茶碗も、もとは朝鮮や中国の日用雑器として、露店の市にならべられたものと同類であった。

その五は「労働性」である。有閑芸術家の、感興による、遊戯（ゆうげ）のいとなみとして生まれたものではなく、これは貧しい工人の、はげしい労働の生産物である。健康さがそこから生まれる。

その六は「地方性」である。その発生が土地の材料に依存し、それに依存する限りは、地方の伝統に従わざるを得ないからである。

その七は「分業性」である。陶器の例はよくこのことを示している。絵つけするものは、同じ絵、あるいはその一部のみを描く。ほとんどそれだけを一生えがく。目をつぶっていても描けるから、その作品にはあぶな気がなく、悪いものの出来ようがない。この分業は製品を安価にする必要から生まれる。

その八は「伝統性」である。分業が同時的な共同作業だとすると、伝統は異時的な共同作業である。過去に蓄積された知恵を利用することによって、疑いも迷いもない、安心しきった作品がここに生まれる。

その九は「他力性」である。個人の創意が問題にならぬままに、りっぱな作品が生まれるのは、自力を越えた、他力が背後にあるからである。これは一には伝統の力であり、二にはその伝統をささえる材料のめぐみによるのである。

民芸品を特徴づける以上の九つの特性は、それぞれの間に、きりはなすことの出来ない関連性がある。そして、そのどれをとっても実用以外の「美」を目的として作られた、いわゆる美術工芸品の特徴とは、するどく対立している。

こうした背景と特性をもって生まれた民芸品に宿る美とは、それではどのような美であろうか。いいかえれば「民芸美」とは何かということが、次の問題になる。

柳はこれを、七つの箇条にわけて説明する。

その一は「無事の美」である。個人的な趣味に堕した、奇抜な、波乱に富むというようなものではなく、素直な、尋常な、寂かな美がそこにある。禅家のいう平常道に通ずる美である。

その二は「自然さの美」である。美をねらって、外から付け加えた、いわゆる造作の美しさではなく、内から自然に、おのずから生まれた美である。作為を加えず、素直に、正しく作った結果、必然に生じた美だという意味である。

その三は「健康の美」である。無事であり、自然であり、実用にかなっているというところから、この美が生まれる。繁雑な、刺激的な病的な面はここには見られない。多くの場合非常な力強さがそこに見られる。

その四は「無我の美」である。個性的でなく無銘のものだということは「私」のないものだ、ということになる。いわば非個人性の美である。だから、一地方、一時代の製品は、ならしてみな美しい。そこには醜い、自我の出しゃばった、したり顔は見えない。

その五は「単純の美」である。用途にかなうというところから、無用な、無意味な、過剰な装飾性は、ことごとく放下される。廉価であるということからも、必然そうしたものになる。その単純さゆえにすっきりとさえた美しさが生まれる。

その六は「親しさの美」である。民芸品はわれわれを反発させる性質をもっていない。素直な、簡素な性質から、この気やすさが生まれる。彼らがわれわれの日常の生活の友であることから思えば、この親しさこそは、不可欠的に必要な要素でもある。

その七は「自由さの美」である。以上の諸性質からのびのびとこだわらぬ美しさがそこに生まれる。

あくまで完全な、整然とした、硬い冷たい感じのものはない。時にはいびつになり、不完全でさえある。しかしそのいびつ、不完全さも、それをねらったものではない。そんなことにこだわらないのである。その自由さから、また限りない魅力も生まれる。

民芸品にそなわる以上のような美も、またそれぞれの間に、必然的なつながりがある。そして、そのいずれもが、いわゆる高級美術品のもつ美とは、対象的である。華麗さ、繊細さ、巧緻と完全を誇る名人芸というものでなく、素朴な、剛直な、粗野な、時には不完全なものでさえある。しかし、われわれが日常の友とするものは、必ずこうしたものでなくてはならない。それは工芸品であろうと、人であろうと同じことである。われわれは友人以上に日常用具との接触が多いはずである。一つの硯、一つのナイフは、時に一生涯の友である。その性質は、友人がわれわれの性質を作りあげると同じように、われわれの性質を作りあげるのである。

この二十七日から県立博物館で開かれている民芸展の展示品には多かれ少なかれ以上のような美が含まれているはずである。その代表的な品々については、会期中にまたその一つ一つについての具体的な見どころが解説されることと思うから、今はこの総説をもってひとまず筆をおくことにする。

最後にひとこと、去る五月に物故された、われわれの大先達柳宗悦氏に対する追慕の情を、この機会に表わしておきたい。

松江の観光開発によせて——一市民の立場から

1

市民税の通告をうけて驚いている。昨年、先住地福岡市に納めた額のちょうど倍だ。それでいま、ちょっと気が立っている。私のようなしがない月給とりから、これだけの市民税をとり立てなければならないとすると、松江はよほどの貧乏市にちがいない。大事業をおこして、観光施設を増強したとたんに、私の鼻の下の交通が杜絶しては一大事だから、そういう案には、とりあえず反対する。

いったい、何であれ、観光の施設をするというのが、生やさしい事業だと考えるのは大まちがいで、風景を悪い方に変えるのは容易なことだが、よい方に変えるのは決してやさしいことではない。パリ市が今日あるのは、数世紀の努力と、はかりしれない金がかかっている。それを生やさしい金や時間で、と考えるから嫁ケ島へ橋をかけたり、ちょいちょいと湖岸道路をつくったりすることを、すぐもち出す。嫁ケ島は、沖にうかんでいる島の風情がいいので、遠くからながめていれば、それでよろしい。そこへ行って見てなにがおもしろい。大むかしは蚊島といったが、今は蚊がいないから、夏のひる寝にはいいだろう。しかし、観光客はひる寝しにはこない。

湖岸道路にいたっては、これまでのは皆だめだ。大橋から新大橋の間の大橋川の北岸は、かつては美しい家々の水にうつる姿が、松江の美しさに大きいプラスになっていた。それをこわして、道路にして、柳をうえて、それで風情はどうなったか。あの道をいま、だれが楽しんで歩いている。河岸の風景はこわれ、つまらない道が一つふえただけだ。大橋南詰めから天神裏に通じる湖岸の道はどうだ。何年たったら人の歩ける道になるのか。お世辞にも美しい道とはいわれない。ここもかつては水にうつる家々の姿がよかったものだ。防火用道路が必要だというなら、水上に消火ボートを持てばいい。ベニスなどはそうしている。道を作るよりその方が安くつく。

なるほど、家をこわしたり、ちょっとした道らしいものを作るには、大した金はかからないだろう。しかし、これを「美しい」道路にするには金もかかり、根気もいる。役人の任期中の仕事というわけにはゆくまい。早くやろうとすれば、そのくらいのことをやるにも、私の市民税にさしひびくほどの金がかかるのは必定だ。自己保存の本能上から健全な市民として反対する。また、それにひびかないほどのケチな施設なら、やらない方がいい。効果はきっと逆になる。と結局、これも市民の金をむだ使いしたことになる。

あの天神裏の埋立地はどうか。埋め立てられて半世紀以上たったが、ますますきたなくなっている。天神様に寄進して、一めんに松でも植えておくくらいの知恵があれば、いまごろ松江市は一つの景観を得たことになっている。その当時、こんなことをいえばむだ金を捨てると思われたにちがいないが、そうしなかったことが、むだ金を捨てることになった。観光事業はケチなことをすればむだ金だ。日本中いたるところそれをやっている。これを一つおぼえておいてもらいたい。

つまらない施設を考えるよりも、既にもっている観光資源を大切にすることだ。それを大切にしないで柄にもない施設をするのはものごとが逆だ。賢明ではないくらいではいい足りない。愚の骨頂だ。みすみす愚であることがわかっていることをやる場合、われわれ納税者は、すぐこれはだれかの点数かせぎか、金もうけのための仕事ではないかと、疑うくせがついている。

2

皇居の濠に白鳥がうかんでいるのは美しい。松江城の濠に白鳥がいるのは、白鳥がいるというだけで、少しも美しくない。へんなとまり台が浮かんでいたりしてかえって見苦しくさえある。白鳥が美しいのは、水が美しいからで、皇居でもレマン湖でも、美しいのはそれだ。水が美しければ、実は白鳥などはいなくてもいい。駅の便所に花をいけたところでしかたがない。とってつけたようなことをするのが、大まちがいの骨頂だ。

松江の美しさは水にある。まずこれをいかに美しくたもつかに、この市の観光事業の中心をおくがいい。たとえば、刑務所の裏の塀の外の濠端には、豚小屋が一列にたちならび、汚物はなが年みな濠に流されている。観光課の諸君は、これに抗議したことが、一度でもありますか。官庁がこれだから、一般市民にいたっては、川や堀をゴミ捨て場と心得ている。よほど見かねるような状態がつづいていても、いっこう警告をうけて改めた形跡がない。こうして、天神川や京町堀は、ドブ川になり終った。見るたびに、観光課の役人にタダ月給をはらっているのが惜しいと思う。

市内の水を美しくするには、農地用水との関係もあって、困難のあることも聞いてはいるが、これを解決するのは頭と努力だ。市政者の頭や努力に対しても、われわれは、税金をはらっているつもりだ。

ここで、も一つ銘記していてもらいたいのは、市を美しくするのは、観光客めあてのためだけと思ってはならないことだ。市民が鼻をつまむような町を、どこの観光客がよろこぶものか。市民自身の楽しめる町であってこそ、客をよろこばせることも出来るわけだろう。

しかし、私は現状でもって松江市を見くびって、こんな消極的なことばかり、いっていていいとは思っていない。もし松江市が、さしづめいまの市民をいくらか犠牲にしても、今後百年の大観光事業案を樹てようというなら、自分たちの子孫のために、それに賛成するくらいの心意気は、ないでもない。そして、私も一つの夢をもっている。

まず、大橋川のしもの、中洲のあいだの水路を埋めたてることは、とりやめにしてもらいたい。松江の観光の最大資源は水だ。南田町から朝酌のあいだのあの四通八達のあらゆる水路を確保する。その水路をはさむ田園をことごとく買いあげて、いまから植樹しここに将来大森林をつくる。ベニスほどの殷賑さは望めないとしても、ゆくゆくはベルリン郊外のシュプレーワルトなどよりは、ずっといい観光地にする。彩られたゴンドラは佳人をのせ、橋をくぐり、森を縫ってさまよう。美しい水辺の楼上からは水上を呼び売る舟を招いて、人々は楽しみにあふれ、あれこれと食物を籠で吊りあげる。夜ともなれば、灯は波にゆれ、舟歌にまじって、はるかかなたのキャンプ地から、フォークダンスの楽の音がきこえる。月光に白い半円形の、黒い森を背景の野外劇場。この森と島根大学との間の地は、文化センターの施設をして、俗化させないようにしよう。実現性があるか、適切であるか、ということは別として、やるならまずこのくらいの計画をたててもらいたい。金がかかるといっても、百年分割払いならば、少しは楽だろう。

日本には他にない、というものを作らなければ、それは観光地ではない。いまの人々は、日本中どこにでもあるような所にしようとして、折角の独特の大切な資源をなくすることに努力している。ケチな目に見える仕事を計画して、あとはどうとも、という古い役人の点数かせぎ根性をすてて、目に見えないドブ掃除を忠実にやるか、大きくやるなら、自分の死後百年の計画をたてることだ。国作りも町作りも、これが要諦だ。それがほんとの政治というものだろうと思っている。

III　出雲美人

出雲美人

出雲に美人が多いのは、事実かもしれない。しかし、それだけのことからは、「出雲美人」という言葉は出てこない。出雲美人、秋田美人というようないい方は、出雲や秋田に、一種の美人タイプがある、ということを暗に示しているにちがいない。

出雲や秋田は、他国から人の集まる国ではない。その土地の固有のタイプが保たれている度合が比較的大きい地方であろう。すると、この言葉がその地の美人のタイプを指すということは、大いにあり得ることである。

同じような言葉でも「京おんな」となると、そうはゆかない。京おんなの名で呼ばれるのは、多くは花柳界の女である。そうした女どもは、土地の痩せた江州あたりから出たものが多い。「京おんな」が一種のタイプの名だとしても、それは京風のことばづかいだとか、みやびた風だとか、後天的にも獲得しうる一種の特徴のあることを示すものであって、必ずしも顔やからだのタイプを表わすものではない。これは現実的に見ればよくわかる。こうした世界の京おんなに、美人というのはほとんどない。都おどりの華やかな雰囲気に陶酔しようとする眼を、一つこすって、あらわな姿にピントを合せば、その踊子たちに、いわゆる美人を見出すことは滅多とない。

四国へゆくと「阿波美人」という称がある。わたしも四国生まれだが、残念ながら阿波は美人国ではない。この名の生まれたのは、これも土地の少ないこの出かせぎ国から、大阪の新地や飛田に進出した阿波女を、ただ阿波おんなと呼ぶ代りに、阿波美人とたてまつったまでで、この「美人」はただの「おんな」ということと同じである。「阿波美人」は阿波の本国でなくて、大阪の一部で生まれた名称である。阿波人がこの名称を自慢したら、それはおかしなことになる。

ところで、出雲美人という呼び方に一つの美人タイプを予想したが、しかし、も一つ考えてみると、このタイプを顔かたちのタイプとだけに限るのも、まちがいかも知れない。というのは、この地方のことわざで、「石見男と出雲女」というとき、その石見男の実態を考えてみると、どうも石見に好男子が多いというのが、顔かたちの方からは、あまり納得できないからである。

しかし気性の方からいえば、一般ににえきらない出雲男に比べて、石見男の方は、さっぱりして、いいところがある。出雲も西へいって、出雲市あたりへゆくと、同じ出雲でも、もう男の気風がさっぱりしている。いわゆる出西（にしいずも）地方は、半分は石見化しているのだろう。男が男らしい所では、女にも男らしいところがよけいに出てくる。関東女や九州女のことを考えるとよくわかる。これに反して、男が女らしい所では、女には一層女らしいところが多いにちがいない。石見男と出雲女とは、一方は男らしさ、他方は女らしさで、それぞれ勝れたところがあるにちがいない。そうしたところを捉えて、石見男と出雲女という諺も生まれたのであろう。

さて、出雲女のことだが、近松の「槍の権三」のサイというヒロインは、人妻でありながら娘の許婚の男への嫉妬から、これと共に破滅するという女である。その過失は別として、そこに描かれた女の魅力は、全江戸文学中でも、他に比肩するもののないほど、あざやかに打ち出されている。戒律のきびしい武家の女の、内に抑えられた熱情が、ぱっと花咲いてたちまちに散った感じである。近松はこれを出雲藩の出来事として設定したが、事実そのネタは出雲藩の実話である。享保二年七月十七日夜、松江藩の茶道役正井宗味が、大阪の高麗橋の上で、同藩の近習中小姓池田文次と、姦婦とよとを討ちとった。この妻敵討（めがたきうち）の事件を材料にした作品は、「槍の権三」以外にも多数ある。近松に「出雲女」という意識があったかどうかは別として、わたしはいつからとなく、出雲女をこのヒロインのうちに感じ、出雲女のうちに、このヒロインのイメージを見る習わしを作ってしまった。

女がつつましく、女らしくあるのは、まことに結構だ。しかし、それだけで終っては、生き身の男としては、つまらない。そうした女にこそ、見ぬ玉だれの内ぞゆかしきで、うちに秘めた奔放な激情への期待が動く。それを引き出してみたいという、男のアバンチュールをそそる女、それが真の美人ではないか。古くさい見方だというかも知れんが、出雲女が美人の名に値いするのは、こうした古くさい面にあろう。後進性美人といってもいい。そういうものを、わたしは出雲の女性に感じる。

ところが、この論法でゆくと、美人の重要な要素である顔かたちの評判が、棚あげになる。顔かたちから出た出雲美人の存在なり、その特徴を申しのべなければ、注文にはずれる。

昭和二十五年から四年間にわたって、われわれがやった全国的の人類学的調査の結果では、鳥取県は日本一身長の大きい地方である。その隣りの出雲人にも、長身の傾向は強い。しかし、大まかに見ると、この地方には身長の点で二つのタイプがある。高いのと低いのとである。恵曇浦から松江市内に魚を手車で押してくるオバサン連中の中には、低い方のタイプが多い。顔も小さくて丸い。ただし、日本海側の漁村の人たちがみなそうだというわけでもない。日御碕や八束郡野波などはみな大きい。その大きさは鳥取県に負けない。

これらの二つのタイプのうちで、いわゆる美人型は何としても大きい方に属している。松江あたりの上層階級の夫人方には、このタイプの美人が多い。身長が大きいということは、骨の端々が、よく伸びている、ということである。だから、顔にしても出るところはよく出ている。鼻も出ており、頤（おとがい）も出ている。出雲人とはいえないが、近いところで、その出るところが少し出すぎた美人の代表者は、弓ヶ浜出身の司葉子であろう。わたしはこういうのは余りすぎではないが、出雲の美人はそれほど出すぎてはいない。頬骨などは、ちょうどいいころかげんに出ている。

この長身のタイプは、いつごろ出雲に発生したか。祖形の問題となれば、これを確かめなくてはなるまい。

この地方の住民として遺物をのこしているのは、縄文時代からあるが、この人たちのからだつきを示す材料すなわち遺骨は、まだ発見されていない。発見されていないが、しかし、全国的の例から見て、身長の小さい方であったことは、ほぼ確かである。次の弥生時代人となると、幸いその遺骨がたくさん出ている。恵曇の古浦砂丘から出た弥生人は、みな身長が大きい。同じ前期時代の北九州や山口県の日本海側の弥生人に変らない。その文化の様相も共通しており、西から東へ、海岸つたいに出雲の浦に移動してきた連中であることがわかる。この地方に、二千数百年前に稲作と共に、新しい大陸文化をもちこんだこの長身の弥生人、これが今日の出雲美人の祖先だということは、ほぼ間違いないであろう。

美人の生物学

金魚よりフナの方が美しい、というと不思議に思う人が多いかも知れないが、チンより土佐犬が美しいというと、少しは賛成する人があるであろう。飼育によって人間の作り出した、あと出来の変種は、珍らしい形はしているが、幼若性から来る滑稽味があって、偉容はなくその原種よりは美しくないのが普通である。

キジ、ニワトリのたぐいを見ると雌よりも雄の方が美しい。このことはだれでも承認するだろう。ところが、人間の場合、女よりも男が美しい、というと、また首をかしげる人が出てくるに違いない。しかし、変り者の平賀源内は、すでに男が女よりも美しいということをいっている。私もそれに賛成で、その証拠を挙げることもできる。というのは、男装の女はだいたい見られたものではないが、男が女装すると、たいていの醜男でも何とか見られる。男の方が形をなしている証拠であろう。

日本人に比べると白人の方が美しい。これはどうひいきしても認めざるを得ない。しかし、その白人をも含めて、人間よりも馬の方が美しい、といったら怒られるだろうか。馬に乗っている将軍よりも馬の方がいつでも美しく、シェパードを連れている令嬢よりも、シェパードの方が常に美しい。これはまげることの出来ない私の実感である。

つまり、雄は雌よりも、男は女よりも、原種は変種よりも美しい。美しいというのは、身体が進行的であることから来るので、一つの方向へ早く進みついて、より完成しているからである。これに反して、雌は雄よりも、女は男よりも、変種は原種よりも幼若的である。いいかえれば未完成的で、そういうのは可愛らしくはあっても完成美は乏しく、偉容というようなものはないのである。

マッカーサーは日本人は十二歳の子供だといったが、身体の上からはある程度そのようである。白人と日本人をくらべるのは、大人と子供とをくらべるのと大した違いはなく、それはまた男と女とをくらべるのにも似ている。日本人の洋服姿は、女の男装、子供に大人服を着せたようなもので、少し滑稽味があり、美しいと申されないのが普通である。

ニワトリの雄が雌よりも美しく、男が女よりも美しく、馬が人間よりも美しいのと同じ意味で、白人はたしかに日本人より美しい。

さて、これだけの前提を承認してもらえると、私の美人論はやりやすい。美人というのは、右の生物学上の事実に照して考えると、結局女の中の比較的進行的な体質をもったものだということが出来る。そこで、定義して、美人とは普通の女よりもより進行的体質を有するものなり、といいたいのである。この「進行的」というのは「幼若的」の対語だが、ある意味で「人間的」にたいする「動物的」というのと同じである。美人がひとを引きつけると同時に、常にひとを反発させる半面をもっているのは、こうした生物学上の必然性から来ているのであろう。

美女と般若

私は多年台湾の山を歩いて、いわゆる蕃地の調査をしたことがある。蕃地の娘たちは大へん美しい。それも十四、五くらいの少女が美しい。

私の助手のW君は、そのころまだ独身の青年だったが、ボクは蕃人の娘と結婚しようかしら、といい出した。私はW君に、君、あの少女たちが大人になったらどうなるか、おとなになった女たちを見てごらん、といった。W君はしばらく考えていたが、やっぱりやめときますといった。

蕃地の少女たちは、非常に美しい。しかしおとなの婦人の中には、美人は一人もいなかった。みな骨ばった、ごつい顔をしている。

これはいったい、どうしたわけだろう。

私たちが、小さい女の子の顔貌をほめる場合、かわいらしい、というのがふつうである。しかし中には、かわいらしいというよりも、きれいだとか、美しい、といいたくなるような少女もいる。かわいらしいというよりも美しいといいたくなるような少女は頬のふくれた、まる顔の、子供らしい顔をしているのでなくて、子供でありながら、顔が長めで、もうどことなくおとなびたような顔をしている。いいかえると、年齢に比して、早くも大人の方へ進みすぎた、といったような顔である。小さいときから、美人のほまれを得たような少女は、だいたいこのような顔をしている。そして、そうした特徴は一つの体質からきているのである。

その体質というのは、発育がいわば進行的なので、幼い特徴が早くもなくなり、おとなの方へ早く進んでゆく。だから大人になってからも、その進行はやまないで、ふつうの女性より骨が出ばって、ゴツくなってくる。さきの蓄地の女の特徴は、そうしたところからきているのである。

幸田露伴は、ある座談会のときに、美人の究極は般若だといっている。般若というのは、鬼女の面のことだが、頬骨やあごや鼻や眼びさしの骨が、ひどく突出して、凄い顔つきをしている。いわゆる美人タイプの女性の顔のなれのはては、そういう所までゆきつくといっているわけだが、これは、右にいったような消息をよく道破した言葉だといえる。露伴のこの言葉も、やはり若くして美人のほまれのあった名妓たちの、老後の顔を観察して得られた結論であるらしい。

こうした体質は、個人的にも、もちろんちがっている。種族的にもそれがある。日本人にくらべると、男も女も、白人やアイヌなどの方が、より進行的である。男の例をいえば、日本ならば大将軍にでもしたいというような、男らしいりっぱな顔をしたのが、西洋ではいたるところで、門番や小使いをしている。女の方でも、向うには、骨ぐみのがっしりした、われわれなどは圧倒されそうな女がいる。ひげを生やした女などもめずらしくない。彫りの深い西洋の男の顔にくらべると、日本人の男はどことなく子供っぽい顔をしている。女の方でもそうである。

進行的な体質は、男の方だと、男らしい偉容のある男を作りあげる。女の方だと、女らしい、可愛らしい女を作る、というわけにはゆかない。子供のときから美人のほまれを得た女の美しさは、せいぜい二十代で終る。それからさきになると、なるほど顔立ちは悪くないが、ちょっと近づきにくい、冷たい顔になってくる。いつまでも可愛がられるようにはなっていない。

こうした体質が、生物学的にどういう意味をもっているか、ということについても、いろいろおもしろいことがあるが、それは別の機会にゆずることにする。

色気

六代目菊五郎の芸談の一節に、名女形尾上菊次郎の死を惜しむ一条があって、その中でこういうことをいっている。濡れ場などで、相手役の女形の手を握る場面がある。相手役が菊次郎である場合は、いつでもその手が冷たくて、これでぐっと色気が出て、芸がやりやすい。これは菊次郎が出場まぎわまで、掌に氷塊を握っていたためだとわかって、故人の用意のよさに感心したと言っている。

日本人の趣味生活が、いつの頃からか、否定を仲介として肯定に達する、まわりくどい方向に進んでいる。女の手を握って、それが冷たいよりは、自然に暖い方が、より肉感的、挑発的である筈だが、こういうナマなエロ気では、日本人は満足しない。一度これを冷たくして、自然を否定し、それから、その身だしなみに感じて、改めて愛着をよびさます、これが色気なのである。生まれつき冷たい手は、色気でもなんでもない。

曲線美を露《あら》わにして腰を前につき出し、大股に、外曲に歩けば、最も自然な肉感が出る筈だが、日本の女はながいあいだ、曲線をかくし、腰をひき、小股に、内曲に歩いていた。近頃はこうしたやり方から解放されて、若い女はだれでも自然の姿勢にかえっている。いわゆるおいろけがなくなって面白くないという人があるかもしれないが、私はこの解放に賛成である。

変に自然を歪めた趣味は、たとえそれにいくらかの特殊な味があったとしても、決して健全なものとはいえない。趣味の悪いのは困るが、よい趣味につつまれた、自然な、健全なエロ気は、女が人生の花ならば、その花の香気だ。

ところで、スミレの花で気がつくのは、日当りのいいところに育ったスミレは、香気が少なく、日蔭の花には香気が多い。これは誰も知っている。日蔭の花は、自分の存在を否定の立場において、その代りに、眼に見えぬ匂いで蝶を誘うのだ。ちょうど、昔の日本の女が、なるべく自分の肉体を主張しないようにして、そして、えもいわれぬ色気を発散したというのと、同じ理屈になっている。

するといったいどういうことになるか。スミレの場合は不幸にしてその種が日蔭に落ちたところから、姿体の否定が起り、代償的に香気を獲得したのだ。日本の女も、誰かがこれを日蔭においやったのであろうか。

日本の封建社会では、女は人前に目立つことを許されなかった。彼女等はすべて日蔭の花だったのだ。否定された存在に近かったのだ。なるべく目立たぬように注意し、身だしなみよくしなければならなかった。男性の色気趣味はそれに馴化されて、変化したのだ。

ささいな趣味生活も、社会の規定を受けて成立する。社会が解放されると、日本人の趣味がたちまちに変化しようとしている目前の事実が、何よりの証拠である。昔の趣味の喪失を嘆く人々は、この関係を無視して、甲斐なきことを嘆く人々である。

八頭身漫談

近ごろやかましい八頭身などというものは、ヤマタのオロチのような一身八頭の化物のことかと思っていたら、からだのプロポーションのことだそうである。それならば、竹久夢二や、その後にもミーハー連中をよろこばせた蕗谷虹児の挿画の女か、島津製作所のマネキン人形や博多人形にだけ出現する、空想的のキ形児のことかと思いの他、実際にもそうした化物――オット失礼――人物が現われたそうで、こうした人々はそのからだだけで商売になるらしく、方々のファッション・ショウ等に引き出されて巡業し、現代の日本婦女子の羨望の的になっているとのことである。

しかし、第一におかしいのは、死んだマネキンにしろ生きたのにしろ、からだのプロポーションで衣裳を引き立たせようというのは、何だか話が逆のようである。

五等身、六等身のマネキンが、衣裳によって八頭身にも見えるという所を実演して見せるのならば判っているが、はじめから八等身を連れてきたのでは話がおかしい。これをおかしいと思わないのが世間一般だとすると、よほど心細い話のようで、この辺の所がどうしても私共には判らない。誰かよく判った人から説明してもらいたいものだ。

さて、家の女房がたまに新しい着物を作ると、着て見せて「どう」と尋ねる。私はいつも「服はよくできているが、からだの方がどうもねえ」と批評する。問題はドレスメーカーの問題から人種改造論者のそれに移ることになる。

人種を改造するといっても、文部省お気に入りの教育家ならばいざしらず、ヘラクレスに退治られた何とかいう化物のように、寝台のサイズに合せて、むやみに人間を引きのばすわけにはゆかない。牛の脳下垂体移植を試みたり、自分はあきらめようがせめて子孫はと、アメリカさんの妻君になるのもいいかも知れないが、これは危道というもので、やたらに奨励も出来ないであろう。

もっと穏かな改造を計画するとして、いったい普通の日本人は、現在何頭身だろう。福岡県の志賀島と宗像の大島の住民でわれわれが調べた結果では、男は志賀の六・八一、宗像の六・八九、女は前者の六・七五、後者の六・八三という平均値が出ている。昭和二十六年の成績である。いずれも女の方が少し小さい。

しかし日本人も昔はそんなにはなかったようである。日本でからだのプロポーションを最初にしらべたのは、写生画家の祖の円山応挙だが、彼の割り出した人物描写図法（小姶氏蔵）によると、男女を同様に見たらしく、はっきりと六頭身にわり切っている。また彼の描いた人物の寸法をはかると、寿老人などは別として、五・八というところが多い。すると、ここ一七〇年ばかりの間に、日本人はこれだけ変ってきているのだ。

このことは西洋でも同様で、やはり画家のアルブレヒト・デューラーが、人体の割合を精密に調べた最初の人であったが、エルスホルツという人がこれをさらに完成して、ドイツ人の男の平均を七頭身と見ている（一六五四年）。応挙より約一三〇年ほど古い。ところが一九五二年のマルチンの調査では、同じドイツ人の男の平均値は七・三〇頭身で、ここにも時代による変化が、日本同様に見られる。

こんな風に時代によって変化し、だんだん数字が増してくるとなると、だまって待っていても、いつかは大抵の人が八頭身になるかというと、そうはゆかない。たまたま今でも日本人の平均をぬいて、八頭身の人が出るというのは、これは近代の日本人の人口増加の盛んなことに関係する変化性の増加現象の一結果であって、日本人が将来子供をあまり殖やしてはいけませんという国民道徳を守って、人口増加を抑えてゆくと、気まぐれの八頭身や、また気まぐれの五頭身などという例外はあまり出てこないことになる。

だいぶ話がむずかしくなってきた。要するに八頭身などと愚にもつかないことを騒ぎたてるのはいいかげんやめにしましょう、とでも結論しておこう。

近くて遠きは男女の仲

私は人種学などというものを研究していますが、人種の分け方がむずかしいので、いいかげんさじを投げようかと思っているところです。だいいち、そんなものを分ける必要があるでしょうか。世界中、どこの病院へでもいってごらんなさい。日本人科とか、朝鮮人科とかいう科のあるところはありません。

人間の種類によって別の科があるのは、婦人科と小児科だけです。ところが、小児はやがておとなになります。しかし婦人はいつまでたっても婦人です。どこをさがしても男と女というような、こんなはっきりした区別は、人間と人間のあいだにはありません。むずかしい人種区分論などで青筋をたてるより、人間には男と女との二種類あり、といっておいたほうが、楽でもあり、より理論的であって、しかもより実際的です。そのうえ、人間以外の動物にも、りっぱに通用する、より普遍的な分け方です。

たとえば、動物園のゴリラやチンパンジーが、自分たちの権利をもっと主張する時代が、やがて来るかもしれません。われわれは、人間と同じ霊長類だから、人間の病院へ入れろ、という彼らの主張が通ったとします。そうなれば、ゴリラの子供は小児科へゆくでしょうし、チンパンジー夫人は、婦人科へゆくでしょう。そして、引きちぎって捨てるために、なるべく部厚い婦人雑誌を備えつけておくようにと要求されるでしょう。

女のからだには、男になくて、動物のメスとだけ共通した部分があり、男のからだにも、女にはなくて、動物のオスとだけ共通した部分があります。これと同じようなことは、からだだけではなくて、男と女との、心のはたらきのほうにもあることはたしかのようです。

同じ人間どうしであるのに、男には理解できないが、動物のメスには理解されそうだというような、女だけの心理があります。自分の生んだ赤ん坊にたいする愛情などは、どうやらこの部類の心理に属しているようです。乳の張る気分などというものは、男にはわかりようはありません。同じように、人間の女には理解されそうもないが、ゴリラのオスならわかってくれるだろう、という男の気持もあるわけです。

男と女との間の、ある接触の場合に、どちらの快感が、より大きいかという議論は、神々ですら解くことができませんでした。そこで、以前にはメスであり、のちオスに変性した、なにがしという一匹のヘビが、証人に呼び出されて、はじめて問題が解決された、という有名な話があります。

このように、男には女はわからない、また女には男はわからない、というのが正直なところです。私に女性観を書け、という注文を、私はこんなふうにごまかして、責任のがれをしようとしているわけですが、実をいうと、近ごろの生物学では、どの男も何パーセントかは女であり、どの女も何パーセントかは男である、ということが、だんだん明らかになってきたようで、やがては、男は好きなとき女になれ、女は好きなときに男になれるときが来るかもしれません。そのころまで生きていられたら、さっきのヘビの話ではありませんが、私はまちがいのない私の女性観を、私自身を証人として、申し述べることができるでしょう。どうかそれまでお待ちください。

九州の顔――二つの特質

どの地方へいっても、その地方の人が、ことごとく同じ顔をしているわけではない。これはいうまでもないことだが、しかし、その地方では特によく眼につく、という顔がある。

東京などは、全国から集まった地方人のより合いのようなものだが、それでも、東京へゆくと、これはこの地方の人だな、という顔によく出会う。そんな風に、山陽線から、関門海峡をわたって、北九州に入ると、なるほどこれは九州人（北部）だな、という顔を、しばしば見うける。どんな顔かというと、男も女も背が高くて、顔や鼻が長い。鼻はよく出ている方で、男ぶりも女ぶりもあまり悪くはない。男だとあごひげが割合に濃いといったような顔である。

志賀島や宗像の大島の住民を調査したときにも、そんな顔によく出会った。しかし、大ぜいの人々を計測して平均値を出してみるとこれがあまり眼立たない。これは方法の不備のせいだと、かねてから思っている。

志賀島や大島では、眼の色の黒くなくて茶目のものが多く、中には青や緑の色調を混えたものがしばしばあった。皮膚の色も白いのが多い。

身長や顔の長いのは大陸系と思うが、毛の濃いのは南方系の体質の一部が優勢に出た結果だと思う。しかし同じ九州でもサツマやオオスミにゆくと、印象はがらりと変ってくる。ここで眼立つのは、島津家の磯御殿でかつて見た新納忠元の像が代表するような、身長も小さく、顔の低い、北九州とは違ったタイプのものである。中にはひどく毛の縮れたものもいる。もちろん皆が皆までそうではない。

九州には少なくとも二つの違った体質があるようである。

社長さんたちの顔

にくまれ口を一つ書く。先般福岡市内のあるデパートメントで、坂本繁二郎画伯の門下某氏の個展があった。出品された作品の多くは肖像画だった。それらの作品の美術品としての価値についても、にくまれ口をいえばいえるのだが、その方は遠慮しておく。

多くの肖像画の中に、坂本画伯と、作家の火野葦平氏の像があった。他の作品と同様、画品は上等ではないが、この二人の顔は、見られる顔である。人間として上等な顔をしている。

ところが、他の、多くは会社の社長連中のだったが、その顔はいずれも見られたものではない。実生活上では、百戦の闘士で、それぞれ一城のあるじなのだから、それだけ年季のはいった顔をしていていいわけである。清楚な、弱々しい顔などは無いのが当然であろうが、たとえ脂ぎった、闘魂に満ちた、現実家のやにっこい顔であるのが当然だとはいえ、これらの顔々は、あまりにも獣的であった。いわば、肉のかたまりで、そこに人間としての美しさが少しも出ていない。

坂本氏や火野氏の顔には、とにかくそれが出ているところから見ると、これは決して画家の眼や腕のせいではない。素材、即ち社長さんたちの顔そのもののせいである。

自分の隅に一歩ひきさがった謙虚な、内省の生活が欠けている。そこから生まれる美しさが顔に現われていないのである。

顔は生まれつきだと考えるかしらんが、決してそうではない。顔も自分の作品なのだ。顔を美しくするには、美しい精神が養われなければならない。

わが愛する北九州の社長さんたちよ。こんなことは御自分では気がつかないだろうし、ぼくのように無遠慮にいってくれる者もないだろう。ぼくのいうことを、ただの悪口だと考えないで、ありがたがってきいて下さい。

あなたがたは、いずれ日本を代表する国際人となるべき人たちだろう。国際場裡でひけをとらない、美しい顔を、どうぞ作り上げて下さい。

自分のことはタナあげにした議論で、ちょっと恥かしいが、どうぞあしからず。

医者の顔

役者とか芸者とか医者とか、シャのつくものを——三業とはいわなかったが——むかしは賤しんだものである。のみならず、今から二千二百年ほど前に書かれた『韓非子』という本には、人を欺いて巨利を占めようとするものを「医匠之心」をもつものだ、と評した言葉がある。そのころには、医者はそんな悪人だと考えられていたのである。

三つのシャのうちで、明治以後に、医者が最初に社会的地位を獲得し、みな「先生」になってしまった。その次は役者で、近ごろは芸術家になり、文化勲章をもらうようになった。芸者の文化勲章もいまに実現するかもしれない。

つぎつぎと浮かび上ってきたこれらの三者のうちでも、医者は仁術を行なうものであり、先生であるから、尊敬され、大切にされた。だから、それに相応して仁者の風を保ち、普通の社会人の上に立つ人品が、いつしらず出来てきた。

ところが、戦後は少し事情が変ってきた。医者の仕事も一般の職業と同じところに引き下げられ、仁術は点数で切り売りしなくてはならない。先生とはいわれていても、先生らしくもなく医療費の点数計算に眼の色をかえて、いかに収入をあげるかに頭をしぼらなければ、食って行けない時代になった。

先日大分市で九州医師会の総会があり、九州各地から沢山の医者が集まったが、中老以上の年齢の医者には、まだ過去において身につけた「先生」の残骸の遺っているような人が多かった。しかし、それよりも若い、いわば戦後派的年齢の人々には、おおむねそれが見えない。年齢の差ではなくて、時代の差だと、私は見た。中にはひどく下品で、普通の社会人に伍しても、ひけをとりそうな人品の方々も少なくなかった。

「医薬分業法案反対」のプラカードをかついで、市街をデモらなければならないような御時勢なのだから、医者だけがいつまでもお上品であり得ようはずはない。

金の勘定も知らないような、おっとりした役者衆は、いまはもうなくなっているだろう。それに相応して、芸の風格も変ってきただろう。——芸者のことはよく知らない——しかし、役者にしても芸者にしても、いまの医者ほど顔つきが険悪に変りつつあるようには見えない。出世もいちばん早かったが、没落も医者が一番がけするのであろうか。

仁　術

医は仁術なり、というのは、医者の体験から出た言葉でなくて、医者に押しつけられた道徳であるらしい。なぜ医者にしょっちゅうこれを言ってきかせなければならないか、というと、医者ほど仁に遠いものはないからである。

「仁」というのは、手っとり早く言えば、二つの人が一つになる、つまり他人の喜びをわが喜びとし、他人の不幸をわが不幸と感ずる、いわば、シンパシィー（共に病む）というようなことであろう。しかし、医者が患者と一緒に一々病気になっていた日には、それこそ命がつづくまい。それほどでなくても、患者の不幸を、一々わが不幸と感じていては、医者はたまらないのである。医は仁たる能わず、仁なれば医たる能わないのである。

早い話が、他人のことにどんなに冷淡な人間でも、自分の子供に対してはだれしも仁者であるに違いない。ところが自分の子供の開腹術の出来る医者はまずないだろう。医は不仁ならでは、出来ない仕事なのである。つまり医は仁術にあらずである。

だからこそ、医は仁術なり、ということをやかましく医者にいってきかせる必要も、出来てくるのだ。途方もなく他人の不幸に接しなければならないような国民も、医者と同様、仁の生活は出来ないわけだ。

そこで聖人というものが出て、「人生は仁術なり」ということを、耳にたこの出来るほど説く必要があったのであろう。むかし日本の先生方が、中国という国を聖賢君子の国のように崇めたのは、ちょうど医者を仁者だと思うと同様の誤りだったにちがいない。

してみると、今では日本にも、もうそろそろ、聖人が現われてもいいような気がする。聖人が現われる時にはキリンというものが出るそうだが、酒を聖（ひじり）というから、キリンもビールでいいだろうなんて、まぜかえしてはいけない。

ガン研究所

大学病院に入院して、難病を治してもらったり、もらいそこなったりした人々や、その遺族たちが、感謝のため、あるいは記念のために、医学研究費を大学に寄付する、ということはよくあることで、私が以前に奉職していた京都大学の医学部でも、土橋奨学資金というものがあり、研究室の経費の一部が、それでまかなわれていた。土橋というのは、先年なくなった栄昌堂のおやじで、有名な骨董屋であったが、ケチだという定評のある京都人でもこれだから、と思って、その後台湾の大学へ赴任すると、ここでは製糖会社が製糖科学の研究費を、大学の一研究室に提供しているくらいのことで、他には何もない。製糖会社が製糖研究費を出して、大学の先生にただ働きさせるのは、植民地的搾取の一種かも知れないと思って、これにはちっとも感心しなかった。

戦後、私はいまいる九大の医学部に勤めることになったが、今から五、六十年も前に、森鷗外が小倉在職中「われをして九州の富人たらしめば」という一文を「福日」に発表して、当時の炭鉱成金共を大いに啓蒙しておいたはずだから、大学の奨学資金なども相当なものだろうと予想して来たら、そんなものは何もない。文豪の筆も案外力のないものだと思った。

ところが、最近になって面白い現象がおこりつつある。というのは、我々の医学部で、ガン研究所を建てたいと計画し、その運動をはじめているのだが、病院で世話になった人が多いかと思うが、何かの公共事業のために寄付して、香典返しをすませたい、という人々が、この計画をもれ聞いて、ガン研究設立費の一部に役立ててもらいたいと、申出るものが多くなってきたことである。ガンや結核で、大切な肉親を失った人々が、多くの場合どこに寄付しようかと迷いがちな、香典返しの寄付金を、その大切な人を奪った病気への研究費として提供するということは、極めて自然でもあり、意義も深いことと思われる。こうしたことこそ、良識ある行動といい得るのだろうと思う。少々宣伝めいてきたが、そう思われてもさしつかえない。

トラコーマ

琉球医学会の会長をしている、医学博士のHさんが、この月の中ごろ、別府市で行なわれる九州医学会の来賓としてやってくる。そのHさんに、この春沖縄で会ったとき、彼はこんなことをいっていた。

米軍の占領後まもないころ、琉米医学懇話会というようなものが、アメリカ側から発起されて、一夕双方から集まった。その席上で、まだ二十代くらいの若い米軍軍医が、琉球側のソウソウたる博士連中に向って、「トラコーマというものは伝染するものだから、これを防止しなければいけない」という講義をした。

「バカバカしくって、懇話会はそれ一度きりでおしまいさ」とHさんはいう。もっともな話で、日本医学のレベルに対する彼等の無知は、憫笑しておくより他はなかったであろう。

しかし、米軍の軍医にしてみれば、国内を歩いて、多くの小学生が眼を赤くしている。悪くすれば失明もしかねないのだ。それを見て、こうした警告を発する気持になった、という点には、何の不自然さもない。当然のことと思われる。

どちらの側にももっともな点があるとすれば、どこかにズレか食い違いがあるに相違ない。

そこでHさんはこう考える。アメリカのような国では、国民を蝕む悪疫の防止に有効な知識が発見されれば、それはすぐ実行にうつされる。それだけの金と、何よりも先ず国民の生活保全に対する強い義務感がある。そこでは、悪疫防止の知識は即ち悪疫の終結を意味する。米軍軍医が、問題点を医学知識の不足と見たのは、彼らにしてみれば当然のことだったのだ。

ところが、沖縄のような貧乏国では、そうはゆかない。医学知識は十分ありながら、悪疫はなくならないのだ。それには、貧乏もあろうし、運営の拙劣さもあろう。それ以前の政治力の貧困さもあろうが、要するに人間尊重の観念の不足が、その根本原因ではないか。

なるほど、そうきいてみると、これはなにも琉球だけの問題ではない。久留米付近の地方病の原因も、その防止法も、もう何十年も前から判っている。いまごろやっと火焔放射器で水路を焼いて、これを防ごうといっているが、われわれから見てもまことに不思議である。

アメリカの若い軍医が、久留米地方の医学博士連中を集め、その地方の風土病の原因について、なま半可な講義をしても、もう今度はバカバカしいと、笑ってすましてはいけないであろう。

医学博士というもの

ここに医学博士という問題がある。御承知のように、日本では他の部門の博士の場合とは、いささか異なった現象を呈している。他の国でも、こうした現象は見られない。いわば日本独得の現象である。この制度が今年一ぱいで廃止になろうとしている。もっとも、少数の大学では明年一ぱい、ということになっている。その後にも新制度による医学博士は出ようが、これまでのような現象は、二度ともどってはこないだろうと思う。

してみると、今はこの明治、大正、昭和とつづいた医学博士の題目をとりあげて、その本質や功罪を、詳細に論じてもいい時期にきているようである。だれか有能の士が、これをやってくれるだろうと期待している。

さて、私が京都大学で助教授をやっていたころ、私の先生のA教授が停年退職した。しかしA先生は教室に毎日出て、仕事をつづける。その仕事は、日本人の静脈系統というのだったが、退職になったその日から、昨日までの助手をつかって仕事をすることが出来なくなった。多数例の統計を必要とする仕事なので、自分一人でそれをやっていては、今後何十年かかるかわからない。A先生は現役の教授にたのんで、その門弟の数人をわけてもらった。それらの人々が、学位獲得めあての研究生だったことは、いうまでもない。

大学を出た、こうした優秀な人々を、助手として雇用する段には、莫大の支出になる。個人には不可能事である。ところがこの人々は、無報酬でA先生の仕事を手つだうのである。

A先生よりももっとスケールの大きい仕事に取り組んだ教授になると、数十人の助手を必要とする場合もめずらしくない。この人数は、教授個人はもとより、国家ですら支給することは出来ない。失礼ないい方をすれば、学位をエサに、自腹を切らせて、はじめて出来る仕事である。日本の医学の発達には、こうした、無数の自腹の研究生の貢献があったことをまず知っておくべきである。

しかし、こうした人々の大多数は、学問に貢献したということに満足して、その犠牲をいとわなかったのではない。彼らにとっては、これは一種の投資であって、あとでそれを取りかえす目あてはあった。そして——今ではだいぶ事情が変りつつあるが——それは殆ど例外なく有利な投資だったのである。彼らはそれをどこから回収したか。患者からである。

日本の医学の発達を支えたものは、一般国民の税金の他に、こうした、病人自身の莫大な負担があった。過去の日本の医学博士の特殊事情というものは、せんじつめるとこれになる。いかにも後進文明国日本らしい特殊事情である。そこでは、負担はいつも、最も不幸なものの上に、最も重くかかったのである。

考古学者

考古学などという学問は、ひろい横のつながりがなくては、絶対に進歩し得ない学問である。ところが、日本の考古学者は、従来ややもすると、お互いにケンカをして、自分だけの狭い垣の中に立てこもる傾きがあった。中には相手によって資料を見せることを拒むというようなこともあった。あった、ではない、今でもそんな現象はめずらしくないのである。

私の先生のK博士などは、考古学者がケンカするのは、日本の大学や博物館に、考古学者を収容するだけのイスがなく、有為の連中がみなアブれているからで、彼等の気が立っているのはもっともなことだ、と同情していた。ところが、終戦後になって、イスの方は多少はふえた。しかし、一方で考古学の熱が盛んになり、若い人でこの学問をやるものが、イスとの比例を超えてさらに多くなった。事情は以前よりもより深刻になってきている。

さて、そうなると、今の若い人々はむかしにもましてケンカ早くなっているだろうか。私は先月京都で催された日本考古学協会の総会に出席したが、その懇親会の席上で、ある空気を感得した。若い人々はたしかに気が立っている。それはむかしよりは深刻であるかもしれない。しかし彼らは、お互いにケンカをすることの愚かさを知っている。彼らは結束して、むかしながらにセクトを設けて絶えずゴタゴタしている老人組に、ホコ先きを向けようとしている。不平のはけ口をそこへもってゆこうとしている様子であった。私はそれを見て、次の時代の日本の考古学に望みをおくことが出来るような気がした。

話かわって、最近の中国ではどうであろうか。近ごろ着いた雑誌によると、あちらでは全国にわたって非常にぼう大な土木工事が起っている。いたる所に遺跡が発見されて、考古学者の不足に困っているらしい。考古幹部の養成が緊急の必要事だと叫ばれている。そして、チェンバイツァンという人は「いまは一つや二つの遺跡や墓を掘っている時期ではない。数百、数千あるいは万以上の古代墓葬の発掘が問題なのだ」と、大気エンをあげている。国民の意気の昂っている実情が、このロフンからも察せられそうだが、相隣る両国の一方ではあり余り、一方では不足している。そして考古学とは、横のつながりが必要な学問であるということには、何人も疑いをもっていない。

博多

しろうとの語源せんさくを「フォークス・エチモロジー」などといって、学者はバカにするが、なかなか面白いもので、いつの時代にもこの方面のファンは絶えない。だいいち金がかからない。だから、落語に出る長屋の隠居などという、ひまがあって金のない連中が、えてしてこれをやる。

「ツモゴリってえのは、ツモがゴルからツモゴリだあね」、熊さん「へえ、ツモもゴリますかねえ」

といった調子である。

私などは、御同様の金のないなかまを集めて、ときどき語源せんさくの会をやる。まず博多の「ハカタ」が問題になった。

この地方の沿岸地名には、ムナカタだのノウガタだのという「カタ」の地名が多い。ハカタもこの「カタ」地名の一つで「八潟」だろう、というのが一説。それじゃ「八潟」の「八」は何だ、ということになると、もう長屋の隠居式になって、とりとめがない。

第二の説は、この海岸に箱崎がある。ハコザキの「ハコ」とハカタの「ハカ」とは同じものだろう。一は「ハコ」の崎、他は「ハコ」の田であろう「ハコ」はいうまでもなく糞（クソ）である。

中に学者がいて、そうだ、ナカ川のデルタ（三角洲）は、比恵の遺跡も示しているように、弥生式の時代からもう水田地帯になっている。古人も大いに人糞を用いて肥料にしたであろう。いつのころよりか、この地帯を「糞田」即ち「ハコタ」というようになった。というのは、極めて自然的である。一方のハコザキの方も、古代人に天然のトイレットとして利用されたところから来た地名であろう。

少し臭い説だが、我々のなかまは、いずれも一かどのスネ者である。人のいやがる考えには、いつも賛成する。博多は「糞田」であろう、という第二説の支持者がたちまち優勢になり、それに違いない、ということになった。

中でも最も口の悪いのがいう「しかし、現在だって、博多は糞田かもしれないよ。パンパン嬢のかせぎで、この町がやっていけるというのは、結局そうじゃないか」。このあとに、もっときたない言葉がつづいたが、それは略しておく。

静粛地帯

学校や病院の付近に「静粛地帯」という立札が立っているのを、よく見かける。当然のことだと思う。私のつとめている九州大学の医学部は、学校と病院とを兼ねたようなものだから、このほどその構内の至るところにこの立札がたてられたのに不思議はない。ところが、私を訪問したある友人が、この立札を見て、くすぐったそうな顔をする。そして「これは英語で書いて、上むけにしてはどうかねえ」という。その声も、空からの爆音に消されて、半分は聞きとれなかった。

せめて爆音のない間だけでも、静粛にしようじゃないか、という医学部当局の苦心などは、この男には通じない。そしてこんなことをいう。パリなどでは、市街地の上を飛行機の飛ぶことは禁止されている。市長の権限でそういう禁止令を出しているのだ。騒音防止の意味もあるが、第一墜落の場合を考えてみるがいい。人口の密集地では、その被害が大きかろうじゃないか。

もっともな話である。ついで小西市長に、その知恵を貸してやってくれないか、というと、「お前がやったらいいだろう。おれは福岡の住民じゃないからな」と、これももっともなことをいう。

だが、どうしたわけか、私どもは非常なハニカミ屋だ。そんなことを市長にたのみにゆくのが、ひどくテレくさい。私はアパート暮しの身だが、夏分になって、家々で窓をあけ放す季節になると、一日中、流行歌や浪花節などの放送が構内に鳴りひびく。一度思いきって「ラジオの音を小さくして下さい」と紙きれに書いて、その音源地（？）とおぼしき家の郵便うけになげこんできたが、何だか悪いことをしたような気持だった。もちろん、そのくらいのことでは、何の効果もなかった。タクシーがよばれて、アパートへはいってくると、呼び主が出てくるまで、ブーブーとクラクションを鳴らす。窓から首をつき出して、それをやめてくれとたのむのが、身を切られるようにつらい。

だが、私もだんだんと、それをやるつもりである。ここにこんなことを書くのも、その手はじめのつもりである。直接市長に会いにゆくのが、まだ少しテレくさいから、手はじめはこのくらいのところにして、作文でごまかしているのである。

失業式

また失業時代になった。大学の卒業式が失業式だとあったり、卒業証書が失業証書だとある漫画子のシャレに、ちょっと笑ってはみるが、あと味は悪い。

私は政治家ではないから、この際、失業救済の大政策を打ち出すことは、もちろん出来ない。しかし普通の市民として、少しばかり日ごろ考えていることがある。

いったい、大学出の諸君は、就職といえばサラリーマンになることだと、考えているのではないか。私がドイツにいたころは、やはり失業問題がおこり、ヒットラーの足許をおびやかしていた。ヒットラーは逆手をうって、子供をたくさん産めば、それだけ需要が増す。人口増殖が、失業救済の最良策だ、などといっていた時代であるが、しかし事情はいまの日本人よりは、よほど良かった。

私は知りあいのある大学生に、卒業後は何をやるのだとたずねた。彼の答えは、私の予期とは違っていた。卒業したら二、三人の仲間と少しばかりの資本を出し合って、小さい印刷屋をはじめる。これからは宣伝、情報の時代だ。一、二の団体にわたりもついているから、仕事はあるつもりだという。

日本とは違って、あちらでは活字の数が少なくてすむ。印刷屋の資本といっても大したことではないからこんな企業も手軽に考えられるわけだが、それにしても、これは日本の大学卒業生の考え方とは、だいぶ違っているようだ。

大学生活から得られた教養は、八百屋にも洗たく屋にも望ましい教養でなければならない。サラリーマンだけにしか通用しない教養ではもったいない。教養のある洗たく屋は、きっとそうでない洗たく屋よりも歓迎されるにちがいない。日本の大学卒業生が、サラリーマンだけを心がけて、自ら隘路を作っているのは愚かであるか、勇気がないかを語るものであろう。

時代が悪化し、自己の生活をおびやかす脅威が深刻になれば、日本の大学卒業生も、もっと自分の生活を真剣に考えるようになるだろう。これからは大学出のラジオ修理屋、ピアノ調律師が出ても、不思議はない時代になるのではないか。国民全体が大学出になる。これが文化国家の理想ではなかったか。いつまでも大学卒業生に一種の特権的な観念がつきまとっているのでは心細いと思う。

志野

同じアパートのある夫人が話しにこられて、そのあたりにあった陶器の本を何げなく見ているうちに、志野の茶碗の写真に目をとめた。そして「これが川端さんの千羽鶴に出てくる志野なのですね」といわれた。

その少し前に京都で、ある婦人の訪問をうけた。龍安寺でお茶会があって、その帰りだ、ということだった。

「へえ、龍安寺にお茶席があったかね」といぶかると「まあ先生、一ぺん行ってお見やす。それはえらい人どっせ」という。

話によると、参道一ぱいにバスやハイヤーがたて込み、寺の中はお庭拝観の連中で、人波うっているそうである。それで、龍安寺さんは近ごろはホクホクもので、景気にまかせて境内に新しいお茶室を建てたり、茶庭を作ったりして、それでまた相当かせぐ。もちろん貸席をやるのであるが、茶会には懐石が出るから、毎日、料理屋が出入りする。以前のひっそり閑とした龍安寺を知っているものには、想像もつかない騒ぎだ、というのである。

「西芳寺さんでも、そうどっせ。五、六年前まではお茶人さんでも、苔寺いうたかて、だれひとり知ったかたはあらしまへん。それがどうどす。このごろの景気は」ここもやはり龍安寺同様のブームだということである。

この苔寺ブームは、大仏次郎の「宗方姉妹」という小説の舞台に使用されたのが、そのきっかけになったのである。龍安寺の方も、だれの作品であったか、やはりそうしたことからこの騒ぎがはじまったのだという。

アパート夫人の言葉で、私が思い出したのは、この京都のお寺ブームの話である。志賀直哉が「万暦赤絵」を書いたころ、この種の古陶の値が急に上って、今にいたるまで上り続けであるが、志野の茶碗や水差のたぐいも、川端康成の小説のお蔭で、あるいはもう市場価値がはね上っているかも知れない。

こうなると、これからは、何かのブームでも作り出そうとするには、へたに宣伝費を使ったりするよりも、花形文士の小説に、ちょっぴりと書きこんでおいてもらうに限る。

森鷗外の「我をして九州の富人たらしめば」が、一向効果をあげなかったことを書いて、先日のこの欄で、文豪の筆も案外無力なものだ、といっておいたが、これは取消さなければならないかも知れんと思っている。

鉄道語

「火柴」は中国語であるが、日本ではこれを「燐寸」と書いたことがある。しかし、これをリンスンと読む人はだれもなかった。リンスンと文字では書いても、読むときは「マッチ」と読んで怪しまない。

近ごろはもう燐寸と書くものもなくなった。マッチはりっぱな日本語になってしまっている。戦争中の気違いじみた英米排斥運動者も「マッチ」がけしからんというものはなかった。

停車場は明治、大正のころまでは、ステーションあるいはなまってステンショといわれ、これが通用していた。駅（エキ）といわれたこともある。しかし近ごろはステーションはすたれ「テイシャバ」というきたない発音をもつ言葉にかわってきたようである。「エキ」もまだ少しは遺っているが。ステンショという日本の民衆語を、停車場で押しつぶして、ついに勝利を占めたのは鉄道の役人である。彼らは今でもテイシャバではなくて「テイシャジョウ」といっているにちがいない。民衆はそこまではついてゆかないのである。

トンネルのことは、われわれは「トンネル」より他の呼び方を知らない。ところが、鉄道語では「隧道（ズイドウ）」という。きたない言葉である。そして、旅客に放送するときも「次は何々ズイドウであります」といっている。今の民衆はトンネルとズイドウのちょうど過渡期にあり、次第に鉄道役人に征服されつつあるようだ。

博多駅で、旅客の掲示に「跨線橋」という文字をつかってあるのを、先ごろ見て驚いたことがある。それはわれわれ民衆が「ブリッジ」といって、一般の川にかかった橋と区別していたものを指すらしい。ブリッジはトンネルと同様に、もう日本語になっていると思っていたら、鉄道のお役人はこんどはこれにも手をのばしてきたわけだ。しかし、鉄道の人間以外で、まだこれを「コセンキョウ」などという、だれにもわからない言葉で呼ぶのを、一人も見たことがない。だが、これもやがてはトンネル同様の運命に陥るかも知れない。

その次は「プラットホーム」の番だ。われわれは普通「ホーム」といっている。お役人は「昇降送迎呼売廊」とでもいいたいのだろう。

民衆との接触がその仕事である鉄道のお役人が、このていたらくではなさけない。

エチケット

大小の団体が、ある講師をまねいて話を聞く。学問的の話でも何でもいいが、話が終ると、幹事なり司会者が講師に対して、一同を代表して丁重なアイサツをする。これは普通どこでもやることで、別に変ったことはない。それが小さい集会であるような場合、聴衆の一人一人が講師に握手を求めて、大変有益だったとか、面白かったとか、単なる儀礼上の言葉としても、一応感謝の意を表してゆく。こういった情景は、西洋ではしばしば見られるが、日本ではあまり見うけられない。

特に招いた講師でなくとも、例えばある公けの学会の場合などで、講師が壇を下りると、そこに二、三の人が待ちうけていて、大変いいお話だったと、握手しながら礼を述べている。私も昨年マニラの学会で、それをやられて、うれしく思ったことがある。

こうした情景が、欧米では普通に見られるのに、わが国ではあまり見られないというのは、そうした知的社会のエチケットが、まだ日本には出来上っていないということであろうか、と思っている。

しかし、エチケットというものも、単なる流行のように、むやみに、理由もなく出来上ってくるものではないであろう。それには、自然とそうならざるを得ない、何かの必然性がその底にあるにちがいない。

講師に対するエチケットが、日本ではまだ発達していないというのは、日本の社会に、知識に対する欲望が、まだ稀薄であるということが、その一ばん大きい原因であろうと思う。

もう二十年近くも前のことだが、スウェーデンの探検家のスエン・ヘディンが、ベルリンの国立音楽堂で、中央アジア探検のスライドを見せて講演をしたことがある。ヘディンの名は、だれしらぬ者もないくらいの有名な学者だからであるかもしれないが、多くは女である満堂の聴衆が、熱狂してこれを聞いている。その熱狂ぶりは、同じホールでフルトヴェングラーの第九シンフォニーを聴いたときに見た、聴衆のそれにも劣らないほどであった。入場料にもそんなに高下はなかった。

日本ではまだまだ、一人の学者の講演に、一般聴衆が、それほどの熱心を示す時代は来そうにない。知的渇望は、胃袋が一ぱいにならないと、湧いてこないものらしい。その証拠に、日本人のうちで、私の講演に対して、これまで一番見事なエチケットを示したのは天皇であった。

蟬

某年夏日、午後、木陰で長イスの上にのびていると、午後五時をしらせるサイレンの音がなりはじめた。すると、今まで静まりかえっていた木立で、いっせいにセミの声が起り、その声はサイレンが鳴り止むと、やがてだんだんに落伍者を出して、一番最後までがんばったやつも、五分間後にはひっそりと鳴りをやめてしまった。

セミの発声帯の振動数に、サイレンのそれが一致した瞬間から、斉唱がはじまったのにちがいないが、やめるときがまちまちになったのは、こうした物理学的原因からではなさそうだ。物理学的に始まり、生物学的に終ったのである。人間の団体行動もその通りで、初めは物理学的に始まるから、古人はこれを雷同といった。個性は、団体行動のはじまりよりも、そのおさめ方によく出るものだ。たとえば、播州赤穂の藩士が、城わたしに討ち死にしようと、一せいにいきり立ったときには、各自個性というものは現われていない。しかし、大野以下の人々が全体行動から脱退したときには、はじめて各人の個性が出てきたようなものである。

いまの若い人々の赤い運動などにも、これが見られるのではないか。サイレンのうなりをきくと、もういちはやく、脱出したものもあるようだ。

馬と人間

孔子の不在中に、馬小屋が焼けた。家に帰ってそのことをきいた孔子は、ただ「怪我人はなかったか」ときいただけで、自分の財産の損失は一向に気にかけぬ様子だった。この話は孔子の美談として、だれでも知っている。

これと対照的な話は、人間よりも馬の方が大切だと言った、軍国時代の思想であるが、社会が一つの技術体系になってしまうと、個々の人間は、全体系中の一つの能率機械としての価値しかないことになる。そうなれば人間よりもたしかに馬の方が大切である。これは過去における軍国日本だけの話ではない。今の世界は至るところそうなって来ている。これは人類の破滅の時が来たことを意味する、というのが、ゲオルギュウの「二十五時」の警告である。

しかしゲオルギュウの主人公は、一方において、既に機械でしかなくなった一人の人間が、いかに人間として、温かく生きつづけ得たかということをも、実証している。

最近の新聞紙は、隠岐の国の十歳と十一歳になる小学校四年生の二人の少年が、電燈のガイシの硫黄を燃やしてみようとして、その猛烈な噴煙に驚き、これを路傍に放棄したのが原因となって、二百束の稲束を焼いたことを報道している。そしてその記事によると、この過失を犯した二少年は、警察署で訓戒された上、この事件は少年相談所の方へ廻されたということである。

私は「少年相談所」へ事件が廻されたということが、どんな意味をもつかを、はっきりと知ることが出来ない。しかし、これらの少年の過失は、いかにもこれらの年頃の少年の犯しそうな、単純な過失である。ただその結果が、比較的大きかったというにすぎない。もちろん、被害者はなかなか簡単にはおさまらないであろう。しかし、損害は損害として話をつける方法はいくらもあるに違いない。大切なのは二百束の稲であろうか、或いは前途ある二人の少年であろうか。警察はなぜ訓戒だけで満足しないで、これをさらに少年相談所へ送ったのであろうか。

新聞記事の範囲では、これらの二少年が、平常から特殊な不良少年であったために、この特殊な措置をとらなければならなかったというようにも受けとれない。これらの少年が、単純な、悪意のない過失を犯しただけで、人生の出発点において、早くも特殊少年として折紙をつけられ、その将来に暗影を与えられるようなことがあっては、二百束の稲よりも社会の損失は大きいのである。

普通の少年であるならば、事の結果の大きさに怖れおののいて、訓戒を受けるまでもなく、一生忘れることの出来ない教訓を、事件そのものから得たに違いない。既に訓戒そのものが蛇足だといってもいいのだ。世間の指弾、周囲の冷たい眼、それすら常に苛酷すぎるのが普通である。良識ある社会ならば、こうした不幸な少年には、なるべく早く暗い気持を忘れさせるように努力するであろう。そこで初めて少年らは、自らの過失によってひき起された他人の損失を、将来自らの労働によって、立派に償うのだと、自発的に決心するのである。この過失が起因となって、これらの少年の将来に何物かがプラスされる。これがこの事件の理想的な解決法であろう。

尊いのは馬でもなければ、二百束の稲束でもない。尊いのは常に人間である。

スポーツと音楽

オリンピックの映画を見ていると、二度三度同じものを見て、その競技の結果は充分承知していても、やはり次第に亢奮してくる。スポーツにはその結果への興味だけでない、特殊の興味がある。或いは結果などはどうでもいいといえるほどにも、その過程に興味がある。

見る側からいっての、スポーツへの興味を喚び起すこの過程とは何かといえば、それは肉体の表情である。一つ一つの動作に表示される、神経筋肉の、訓練によるみごとな緊張と調整の連続である。これを見るのでなければ、スポーツの興味はゼロに近い。

ラジオで野球や水泳の競技の放送を聴いて、その得点や所要時間を、冷静に報告されたのでは、聴衆は決して亢奮しないであろう。放送者が目前の光景に自ら亢奮して、その亢奮をそのまま口調に表わすことによってラジオファンに複製的亢奮を与えるのである。

だから、仮りに映画で、第一水路の水泳選手の代りに一つの球を第一水路に置き、真の選手が出したのと分秒ちがわないスピードでこれを前進させる。第二水路以下も同様にする。ファンがスピードの結果のみに興ずるとせば、これで充分であるはずだが、そうはゆかない。ファンはスピードを生む肉体の表情を追跡して、そのスピードを自分の肉体で感じなければ面白くないのだ。見るものも顔を歪め、手足を動かして、選手と一体になるところに、スポーツの亢奮が生まれるのだ。熱心な相撲ファンは、あとで必ず按摩をとるに違いない。

だが、音楽はどうであろうか。演者の訓練された筋肉の働きから生まれる結果である点で、これもスポーツの結果と変りはない。われわれはオーケストラを聴くときに、やはり自分で手を動かし、首をふって、タクトをとる。耳だけでなく、全肉体で音楽の効果を味わうのである。ダンス音楽になると、踊らないで聴く一方というのが、むしろ変態と考えられる。

しかしながらこの場合は、レコードを聴いてタクトをとることも出来るし、ダンスすることも出来る。必ずしも演奏者の筋肉の表情を追跡する必要はない。音楽を味わうには、演者の肉体は必ずしも必要ではないのである。

スポーツと音楽との、この差はどこから生まれるか。その答えは、スポーツの結果は、実演者の肉体が、究極の生産者であるが、音楽は演奏者の上に、さらに高次の生産者がいて、演奏者の努力を第二次的なものにしているという理由につきる。われわれが音楽を味わうときには、演奏者何某の「技術」にのみ酔うのではなく、先ず作曲者の「芸術」に酔うのである。

もし諸君が、スワなにがし、ネモトなにがしに熱狂するファンであるならば、諸君はフルハシなにがし、フジムラなにがしに熱狂する、スポーツファンと変りはない。音楽ファンだなどといって、高尚がっても駄目だ。スワを知ろうとする前に、ベートーヴェンを研究しよう。ネモトをききにゆかないで、モーツアルトをききにゆこうではないか。

犬女房と猫女房

ビクトル・ユーゴーの言葉に「犬、道徳そのもの」というのがある。これは飼主の感想である。犬を飼って、かつて裏切られた主人はないに違いない。人間の方がしばしば犬の愛情を裏切る。ヘッベルのアフォリズムに「捨てられた犬、主人を尋ねて戻ってくる。主人これをなぐる。これは悲劇である」。悲劇の大家のいうことだから、間違いないだろう。

逸物を所有するという虚栄心を起させようのないダ犬を、だから純粋の愛情だけで、私も多年飼った経験がある。ところが年をとってくると――こちらが、である――だんだん犬の愛情がうるさくなってくる。今はネコを飼っているが、ネコを犬に乗りかえようとは思わなくなった。

犬にくらべると、ネコははるかに我ままで、無愛想である。年をとってくると――今度はネコが、である――ときどき無気味にさえなる。媚態を振舞ってくれるのは、必ず何か要求するもののある時である。顔さえみればめった無性に尻尾を振ってくれる犬とは、だいぶ勝手がちがう。犬は好きだがネコはきらいだ、という人が相当多いようだが、それにももっともなところがある。

しかし、まあ考えてもごらんなさい。これが動物だから、ネコより犬だ、などと言えるので、もし女房だったらどうします。このあいだ「楊貴妃」という映画を見たが、その侍女の役の何とかいう女優さん、その女主人を見る顔に、てっとうてつび痴呆的な愛情をうかべている。犬そのものだな、と思った。これでは楊貴妃もうるさくて、時にはわざとその顔つきを無視したくなったに違いない。

若くて、まだ女房のめずらしいうちはいいが、家庭の空気がだんだんぬかみそ臭くなってくると、愛情の表現の過剰は邪魔になる。その証拠には、私の女房などは、もうそんな表情はいつのころからかすっかり忘れてしまったようだが、結局その方がありがたい。たまに妙に媚をささげられたりすると、ハテナと警戒心がおこり、近ごろは少し、老猫的無気味さを感じ出した。それで結構おちついている。

女房を飼犬などにたとえては、世の御婦人方にしかられるかも知れないが、結局、愛情の面では、女房は犬から猫に、年と共に変るものであり、それが健全な家庭生活の要求にも添っているのではないか、という気がする。ただ日本の社会一般では、この犬女房の時代が比較的短いようで寂しい。

蠅と殺人犯人

その頃の台湾人は、もう国民政府の統治を、ありがたいものだとは誰ひとり考えていなかった。ある日、私の友人がこんな話をして笑っていた。

「僕の友人が――（その友人はまた僕の友人がといったに違いないのだが）――このあいだ兵営の前を通ったら、中から兵隊が四、五人出てきて、無理やりに営内へつれ込んだ。しかし別に乱暴をするのでもない。ただ着物をぬいで軍服に着かえろ、すぐかえしてやるから心配することはないと言う。生きた心地もなかったが、軍服に着かえていると、また二、三人通行人が連れこまれて、軍服を着せられている。それから、営庭に整列している兵隊の列伍の中へ入れられて、しばらく立たせられた。

しばらくすると、偉そうな将軍が、幕僚をつれてやってきた。そして閲兵式が始まった。隊長は兵に番号をかけさせて、その人員を将軍に報告した。

閲兵式はそれですんで、列は解散し、友人たちはまた平服に着かえさせられた上に、めいめい百円ずつの金をもらって、放免された。

狐につままれたような気がしたが、おちついて考えて初めてわかった。奴らは平常不在兵の給料をごまかしていて、いざというときだけ人員をそろえるのだ。」

これは恐らく作り話だが、だれでもそれを信じるような顔をして、一緒に笑ってしまう。

『水滸伝』の巻九十一に「各州県、官兵の防禦するものとありと雖も、都《すべ》て是れ老弱虚冒にして、或は一名にして両三名の兵餉を喫し、或は……」云々とある。

一名にして両三名の給与をとることが、中国官兵のならいだということは、これらの大衆的文学によって、早くからだれ知らぬものはない常識になっている。だから、こんな話をきくと、だれでもすぐ調子を合わせて笑わなければ失礼になる。

しかし、次の出来事は、私自身が親しく目撃したことだから確かだ。或る日私は台湾南部の屏東付近の田舎で医院をひらいている、張さんという友人を訪問したが、近くの甘蔗畠に殺人死体があるそうだ、これから検証に行くから、一緒に見に行かないかという。

行って見ると、人の丈より高い甘蔗の、畠というより藪の中に、中年の百姓風の男が、裸身で斃れている。頸のまわりに圧痕があって、明らかに絞殺されたものと思われる。しかし、不思議なのは、そのすぐ傍らに上下の軍服が脱ぎすててあり、その軍服には、「何隊何某」という名札がそのまくっついていることであった。脱走兵「何隊何某」が、行きずりにこの男を殺して、便衣を奪ったのだということが、これではだれの目にも明らかである。

「のんきな殺人犯人もあったものだね。」と私は感心したが、張さんは、「なに、殺された男は、有力者の身うちとも見えないから、この犯人を捕えようと考えるものは一人もないよ。軍？　軍のほうだって、脱走兵には、そんなに神経質ではないのだ。だいいち給与が浮くからね。」といった。

私は平常、台湾人が蠅に対して日本人ほどに神経質でないところから、蠅の方でものんきなもので、台湾ではわれわれは、これを手のひらでうちころすことが出来るのを珍らしく思っていたが、中国では殺人犯人なども、やはりこの蠅のように、のんびりとしているのを知って、これはまた大そう珍らしいことだと思った。

被下候御方はドナタカハ存不申候共

酒ずきの人が、酒をもらった時には、ことにうれしいものと見えて、すぐ礼状を書くものらしい。古今の名家の書簡のうち、この種の礼状はわりあいに多い。頼山陽が伊丹の某に与えたものなどは、既に有名である。私も本阿弥光悦や平野五岳の、酒の礼状を所蔵しているが、ここではまず五岳のものを紹介しよう。十二行の短札であって、宛名もなく、もちろん書かれた年もわからない。その本文は、次のように読める。

御状奉拝見候

扨不存寄　梅酒

一壺　御恵投　被成下　大に難有

奉存候　被下候御方は
ドナタカハ存し　不申候共　何卒
宜敷御礼被仰上　可被下候　委細之
処は拝顔万々
可申候　頓首
七月三日　　五岳 印

旧暦七月はじめの猛暑のころに、暑さはらいの梅酒を一壺くれたものがある。『下され候お方はドナタカハ存じ申さず候えども』という文句がなかなかユーモラスでおもしろい。だれがくれたのかたしかめる手間ももどかしく、うれしさのあまりに筆をとった、という気分である。さっそく一ぱいやって、上きげんになったところで書いたらしく、字ものびのびとして愉快である。五岳の画はふつうには型にはまった、固い画で、あまり好きではなかったが、この手紙を見て、彼を見直した。

鳰《にお》かぞえ

神戸大学にいる、あまりものを知らない弟がやって来ていうには、ニューヨークの動物園へいってきたが、ペンギンの檻の中で、一羽だけ仲間からはなれて、両羽根を少しひろげたままいつまでも壁に向って立ってるのがいる。園内を一廻りして、も一度のぞくと、まだそのままの姿勢だったとて、両手をひろげて、その格好をして見せるのに、変り者のペンギンらしい感じがよく出ていて、笑わされたが、これは一体どうしたわけだろうと訊くから、とっさに、そんなこともあるだろうよ。一たい水鳥に限って一つがいなどといわれる。鴛鴦がその代表になっているが、夫婦なかがいいということは、相手の見つからぬ奴はあぶれ者になるということで、欲求不満で少し気のふれた奴もでてくるだろうではないかと、長屋の隠居流の理屈をつけると、なるほどそんなものかと、弟は一応なっとくして、この話はすんだ。

さて、私のいま住む村には大きい池がある。秋から冬にかけて、鳰《にお》――この辺でもカイツブリといっている――がやってくる。私は毎朝その堤の上を歩いてつとめに出るが、朝靄の裾が池の面をはなれ切ると、いぶし銀のような水の上《おもて》に現われる彼らの姿はいつも見ている。この話があった後に、思い出して、それならば鳰のなかにもあぶれ者はいるかもしれぬ。注意していると、ある冬それを見つけた。さきの長隠式仮説を弟に向って実証する機会だと考え、その一羽以外は対をなしているはず、従って総数は必ず偶数でなければならない。そう考えて数えてみようとするが、さてここで困った。ふんだんに数が変るのである。いまいた奴がふっと見えなくなる。数え終ったグループの中へぽつんと浮かび出る。何度やり直しても数がつかめない。何でもないことだと考えていたが、これが非常に困難な、或いはマハーバラータのナラ太子ででもなければ、ほとんど不可能の仕事ではないか、ということが判った。一見たやすそうで、やってみてこずる仕事を形容して「鳰の数をかぞえるような」という諺が生まれなかったのは、こんな実験をしたひま人が、これまでなかったからだろう。

Ⅳ

トロカデーロの里代

トロカデーロの里代

そのとき、桑原武夫とは初対面だった。その後も会ったことはないが、数年前、京都大学の人文科学研究所で人類学会があったとき、中庭の芝生の上で、今西錦司などと話していると、そこへ桑原がやってきた。私を見るとひらきなおって、「きみは怪しからん。人類学者ともあろうものが」と、そこまではこの通りの言葉で、そのあとは、日本人女性の代表タイプとして、祇園の芸者の写真を、トロカデーロの陳列に提供するとはなにごとだ、という意味のことをいって、私をきめつけた。桑原はちょうど、フランスへいってきたばかりの時で、パリでその陳列を見て、憤慨して帰ったところだったらしい。日本の学者の沽券にかかわると考えたのであろう。

突然でめんくらったが、思いあたることもあったので、そういう意味は了解した。そして、これには言いわけがある。しかし、なにしろ衆人環視の中で、とつぜん被告の立場におかれて、気を奪われた形になり、そのときの私の弁解めいた説明が、そのまま信用されたかどうか、いまもって気にかかっている。

ところがまた、その翌年の人類学会で、会頭の渋沢敬三さんが、わざわざ私の席へやってきて、肩をたたいて、「トロカデーロで里代に逢ってきたよ」という。渋沢さんもちょうどヨーロッパ旅行から帰ったばかりだった。にこにこして、ごきげんな様子だったが、前年のことがあるので、私はまた叱られるのかと思った。言いわけしようとすると、「あれでいいんだよ。あの方がいいんだよ」という。この里代というのが、桑原のいう祇園の芸者なのである。

渋沢さんはこのことを忘れたらしく、その翌年の人類学会でも、また私の肩をたたいて、あい変らずのごきげんで、トロカデーロで里代に逢って、と話しだす。よほど気に入ったらしい。桑原とはいい対照だが、二人をくらべると、桑原は野暮ともいえようが、この方がまっとうで、私としても桑原につきたい。というのも、この件については、実は私には責任はないので、この点では、桑原も渋沢さんも、同じような早合点から、誤解しているのだ。

話は古いことで、一九三四年にヨーロッパへ立つとき、友人の、これも人類学者だった三宅宗悦――大戦中レイテ島で戦死した――が、四条通りの店頭で集められた限りの、祇園の芸者、舞妓のブロマイドを、四、五十枚もあったろうか、餞別だといって、京都駅で私に手渡した。いたずらのつもりだったらしい。

向うへいってから、誰かれとなく、知りあった人々に、一枚二枚と選ばせて進呈すると、こちらの好みと違うところもわかって、ちょっとした興味にもなったが、のちには飽いて、もてあました形になった。トロカデーロの民族学博物館――その頃はそういっていた――で、いろいろ世話になった女事務員に、まだ二、三十枚のこっていたのを、そっくりやってしまった。私のしたのは、それだけのことである。

その最後の二、三十枚の中に、当時祇園の第一人者だった里代の写真のあったことは、記憶していた。

岸田劉生画「京都祇園舞妓之像」

誰もがそれを選ばなかったことに、興味をもっていたからだ。里代は岸田劉生が絵にした面長の美妓で、のちに東京の福島コレクションでその絵を見たときにも、パリにのこしたブロマイドのことは思い出した。

　桑原や渋沢さんの話から、これが日本女性の人種タイプの代表者として、トロカデーロの、いまは改称されて人類博物館の、その陳列棚にならべられていることを知ったわけだが、下宿のおかみなどが選ばなかった祇園のプリマドンナを、人類学者が選んだというのは、ちょっとおもしろい。だが、いったいそれが何を意味するか、自信ある解釈は、いまもって得られない。

　三年前に、そのトロカデーロの人類博物館が会場になって、第六回国際人類学会がひらかれ、私にも出席の機会が与えられた。改築されて、見ちがえるように美しくなった館内の、人種学のセクションに、日本人のケースがある。なるほど見覚えのある里代のブロマイドが、もう一人の、名を知らない舞妓のといっしょに出ている。そして、カナセキ教授提供ということが、書き添えてある。

　学会開催中で、観覧人は学会出席者、すなわち専門家だけだったが、極東のいろいろな民族の、多くは農民や漁民の風俗をした男女のタイプをずっと見てきて、このケースの前へくると、オオ、ジョリー、とかなんとかいって、立ちどまる者がいる。そんな風景を見ているうちに、はじめは桑原側について、館の方へ、こんなつもりで提供した覚えはないと、抗議でもしようと思っていたのが、いつの間にか渋沢気分になって、なに、むこうが勝手にやっていることだ、いいではないか、という気がしてきた。

似たようなことはあるもので、民族学のセクションにはいると、やはり極東民族の陳列の中に、日本のケースがある。他の民族のケースには農具とか漁具といったような、うす汚いものがならんでいるのに、日本部にはなんと、洗練されたいわゆる民芸品が、これは飾られているといった方がいいようなならべ方である。学会出席者の中に、京都の日仏会館のオーシュコルヌ氏がいて、この人はよくしゃべる。これが日本の民芸品に熱中していて、京都に民芸館をつくる運動をしているが、高山市長がにえきらないで困る、などと話しかけてくる。なるほど、この日本部の出品は彼の選択だったかと思いあたる。桑原がこの人を叱ったかどうか、それは知らない。

むかし植物園わきのビュッフォン街にあった、リベ教授の人類学教室で助手をしていたシャンピオンが、いまは教室ぐるみトロカデーロに接収されていて、この学会の総務をやっていた。帰る前に、ちょっとだけ、申しわけ程度に、里代のブロマイドのことをいっておいたが、こちらがそうだから、シリアスな抗議としてうけとったような顔つきではなかった。その後どうなっているかは知らないが、恐らくいまもそのままで、見物の日本人をよろこばせているだろうと思う。

京都にて

1

S夫人はアメリカ人で、もう六十を越えたおばあさんである。いま孫娘と二人で、京都の大徳寺の境内に住まって、禅の研究をしている。三年ほど前に、六祖慧能の研究を完成した。元来が金もちなので、現代日本の製版と造本の技術を尽し、粋をこらした美しい私版本をつくって、知人にくばった。六祖以前の禅は、まだ一宗の体裁をなさず、伝えられる事がらにも、伝説的の分子が多い。S夫人が、史料に確実性の多い慧能に眼をつけて、まずこれに着手したのは、大へんの達眼である。

S夫人は、いまは龐居士の研究をしているが、単に文献学者であるだけでなく、邸内に自分で道場を建てて、坐禅もするのである。いついっても畳の上にきちんと坐って、仕事をしている。漢文も私などよりよく読めるらしい。この夫人が教養の深いりっぱな婦人だ、ということには、だれからも横やりははいらないだろうと思う。

さて、私の言おうとするのは、実はこの夫人のことではない。或るとき、このひとと一緒に、四条通を歩いていた。その時におこった一つの小さい出来ごとである。

歩いていて、ふと気がつくと、街をゆく人々の気配に、何か興奮の様子がある。みんなが街の一方に注意をあつめ、中にはその方へ小走りに走るものもある。S夫人もこれに気がついた。何事か、という眼でこちらを見る。まわりの人々の中から、「京マチ子」という名が聞こえたので、ふりかえってその方を見ると、なるほどそれらしい人が、店頭でなにか見ている。なんだつまらない、と思って、S夫人に「マチコ　キョウ」だと告げ、そのまま歩き出そうとする。

と、思いもよらず、S夫人は眼をかがやかして、くるりとうしろを向き、「マチコ　キョウ」を間近に見るべく、人々の流れの中にはいってゆく。そのはずみ方には、何か小娘のようなところがあった。「京マチ子」より「マチコ　キョウ」の方が偉大な名である。彼女はすでに世界人であるから、その人を目近に見て、アメリカ婦人がわれわれの思いもよらぬ興奮を見せたということは、普通人の場合なら、もっともとは思うが、六十をこえて、坐禅でもやろうという、この女学者にして、やはりこうなのかと、私は大へん奇異な思いをした。しかし、そのうち、私の気もちはこの夫人のことから離れて、一流芸能人の名前のもつ力というものを、いまさらのように思いしらされた、その驚きの気もちに変っていった。

2

京都の新門前町を、海外の観光客で訪問しないものは少なかろう。新門前町のショッピングは、ミヤコホテルなどのガイドのスケジュールにも、ちゃんとはいっている。ここには、今井新助をはじめ、有名な美術商が軒をならべている上に、街そのものが清潔で、しずかないい街である。

私は京都へ出ると、たいていはこの街に顔を出すが、しかしそんな大きい美術商の店に、足をふみ入れるわけではない。そうした大店のあいだに、われわれ向きの、実は、小さい店もいくつかあって、それがどういうものか、昔から消えそうでいつまでも消えない。何かしらぬが、独自の存在理由をかくし持っているような店である。

そうした店の一軒に、Kというのがある。主人はもう八十にも近いか、と思われる、美しい白髯のもち主で、東江州の或る藩の藩士の出であるが、顔かたちはまさに旧士族の生きのこり以外のものではない。元来が刀剣商で、これも刀剣好きだった私の家内の父などとは、商売気をはなれた、友人のような間柄だった。いまでは、刀剣では商売にならない。物がないからであるが、それでも、鍔や三つ道具をさがそうという客なら、京都では、今でもこの店をはずすことは出来ないだろう。

私は刀剣には昔から用事はなかったが、物をあつめるようになった頃には、この店にはもう刀剣以外のがらくた物もならんでいた。それで、しょっちゅう出入した。主人自身がそんなものを軽蔑している、というような気分だから、ものは安いし、あまり人の入りこまない、江州の小さい城下町に、いまも縁故者はあるので、思いもよらぬ品物を時々ほり出してくる。私としては、もう何十年来の顔なじみで、今も上洛すれば、この店にはほとんど欠かさず顔を出す。

そんなことで、先月も、東京のかえりに、ちょっと寄ってみた。近頃ではいつもの事だが、別にこれというものもない。しかし話しこんでいるうちに、何か思い出して、奥から古ぼけたメクリの束をかかえ出してきたりする。こんども大雅の人物画を一つ、奥からさがし出してきた。ありがたいと頭をさげて言い値で貰う。そんなことをしている間にも、アメリカ人らしい男女が——多くは女客だが——どやどやとはいってくる。そしてつまらぬものをひねくり廻して、たいていは何も買わずに出てゆく。

3

そのうち、ふと、そうした連中で、女ばかりの一組が店の中にはいってきた。しかし不思議なことには、店の品物には眼もくれず、主人の顔を、にこにことうれしそうにしばらく眺めて、うなずき合わんばかりの機嫌で、満足そうに出てゆく。主人のK老人は急に不機嫌になり、怒ったような顔をする。それをしおに私も店を出たが、この最後の光景が何を意味するかは、考えるまもなくすぐにわかった、……つもりだった。つまり、彼女らは、いまは他ではほとんど見られない、東洋的の、白髯の老人の顔そのものを、見る目的でこの店にはいってきたのだ。見世物あつかいされて、K老人が不機嫌になったのは、これまでにもそうした経験が、たびたびあったのだろうと、そう思って、気の毒にも、おかしくも思ったが、その翌日は福岡へ立ったから、もうそのことは忘れていた。

ところが、この話には、まだ後日譚がある。というのは、それから十日ばかりして、唐人町のWという骨董屋で、私は一人の外人に話しかけられた。東京在住の、アメリカ軍の教育顧問だがシビリアンであること、長崎物の版画をあつめているということ、などから、話は京都の新門前町に飛ぶ。Kを知っているか。よく知っているというようなことで、話がはずんでくるうちに、K——あのすばらしい顔をした老人は「八月十五日の茶屋」の中に、エキストラで出ているが、知っているだろうという。おや、そうだったか。私はもう顔一ぱいで笑っていた。「八月十五夜の茶屋」は私も見たし、Kはもとより古なじみでよく知っている。いま思うと、この映画の中に、白髯のそんな老人がいたことも、うすうすと記憶にある。しかし、それを見たときに、これがKだとは少しも気がつかなかった。あのKが、まさかこんな劇映画の中に現われようとは、思いもかけなかったからだ。

そうだったのか、と私は思った。それではじめて、新門前町での、十日前の光景が、はっきりとわかった。彼女らは、ただの人間の古物をめずらしがったのではない。「八月十五夜の茶屋」という映画に出た、その老人を見にきたのだ。もちろんKは大スターでもなく、有名人でもない。しかしとにかく、世界的に非常な名声を博した映画の中に出演しているのだ。それがなければ、彼女らは恐らく、わざわざその顔をのぞきには、こなかったに違いない。映画——この恐るべきマスコミュニケーターの持つ力というものを、私はここでも改めて思い知った。

米軍教育顧問は、自分の話が私を非常に興がらせたと見て、大そういい気もちになり、東京へ来たらぜひ電話してくれ、家へ案内して自分のコレクションを見せるから、そういって、名刺をくれた。その名刺の「M」という名で、私はいま一人のM氏を思い出した。あなたは京都のホンガンジで、仏教を研究したMさんと、何か関係があるか、ときくと、あれは私の叔父だという。そして、私がその名を知っていたのをよろこんで、うれしそうに握手して帰っていった。

さきのS夫人も、この「叔父さんM」も、篤学の人で、仏教に関するそれぞれりっぱな著書もある人だ。しかし、世間で、果してどれだけの人が、その名を知っているだろう。京マチ子はもちろん、新門前町のK老人ほどにも、人々に知られていないのではなかろうか。京都ことばでいえば、「あほらしい」はなしだ、と、つくづく思ったしだいである。

日本化したアメリカ人

日本に永くいるアメリカ人のうちには、われわれ田舎住いの日本人には及びもつかないような、りっぱな日本語をはなす人がいる。そうした人々は、日本の古典や、日本の美術、その他日本文化史の一通りについては、一般の日本人よりは、はるかによく知っているのが普通である。日本人が彼等から、日本の事をおしえられて、頭を掻いている図はしばしば見られる。

のみならず、こうした人々は外国人としては容易にマスターすることの出来ない、日本の社会の非常に微妙なエチケットをさえ、普通の日本人以上に心得ている。この点で、日本人紳士として、模範的といえそうな人々も、今ではめずらしくなくなった。日本にいるアメリカ人のうちでは、最も上等の部類に属する人々であることはいうまでもない。

これらの人々の日本的エチケットは、彼らが既に心理的には、日本人と変りのない生活を——少なくとも日本人に立ちまじる限りにおいては——有しているということの現われに他ならない。その証拠には、それは単にいわゆるエチケットの面にのみ現われるのではない。彼らのものの言いかた、挙動はもちろん、その顔つきまでそれが現われるのである。

物しずかにひかえ目に周囲に気がねし、表情を殺してしかも常に微笑を用意し、他人の気を悪くしないようにと絶えず注意をはらっている。大ぜいの小姑にかこまれたお嫁さんのようにいじけて、おどおどしている風さえある。その故国でそうであったように、思うことを思うままに大声で力強く発言し、周囲の思わくを顧慮しないで自由にふるまう。興奮し、うれしい時には躍り上り、苦しい時には泣き叫ぶというような、そうしたやり方を忘れてしまったかのように見える。

われわれから見ると、日本人に立ちまじって、日本化したアメリカさんは、実のところあまり興味がない。悪くいえば、何だか奇妙な、時としてはえたいの知れぬうす気味の悪い人間を見るような気もちがする。こうした人々よりも、映画館の中でおかしいところでは大声をあげて遠慮なく笑っているアメリカの兵隊さんの方に、より多く愉快を感じる。

われわれも笑いたい時には大きい声をあげて笑いたいのだ。粗野だと思われたり、田舎ものに見られたりすることを気がねして、われわれにはやりたくても、なかなかそれが出来ない。われわれが自分でいまいましがって、何となくふがいない気のする気配を外国人にまねられるのは、われわれ自身の動くカリカチュアを見るような気がして、決して愉快ではない。

われわれも部下の失策を見つけたときには、たとえば「馬鹿野郎、きさまの頭の中には脳みその一っかけらもないのか」とどなりつけたり、「一たいお前のおふくろは酔っぱらった勢いでお前をひり出したのか」とやっつけたりすれば、どんなに気がさばさばするかしれないと思う。しかし、日本の社会でうっかりこれをやろうものなら、言われた方はその恨みを一生忘れないだろう。昔ならば場合によれば決闘ともなり、あるまじき恥辱をうけたなどといって、つら当ての切腹ともなる。そうした社会の惰性が、いまいましくもまだ今日遺っているのだ。そこで、映画などであちらのお人が日常お互いに相当おも《・》い切った悪口をいい合い、そしてあとはけろりとしている。そんなのを見て、われわれは平常うらやましく思っているのである。もちろんアメリカの社会に、他人に対するデリケートな心づかいが欠けているというのではない。日本の社会に見るような必要以上の心づかい、無用なこだわりから自由であるのがうらやましいのである。

だが、私はそうした日本化したアメリカ人に、こちらが不愉快だからそんなまねはおやめなさい、といおうとするのではない。先ず何よりも御当人たちが何だか気のどくで眼をそむけたい。見ていられないような気がするのである。日本に来たからといって決してそんな気がねをしなさんな、と、こういってあげたいのである。いじけている若いお嫁さんに、「もっと頭をもち上げて」と、そっと声援したい気になる。それと同じである。そして見かねると一度お里へ帰って、息をぬいておいでと言ってやりたい。それと同様に、日本にいるアメリカ人にも、もし不幸にしてそうした風に感染したと思ったら、早くアメリカへ帰って、ほっと大きい息をついてくつろぎなさい、と言ってあげたいのである。

冷房装置もない日本の真夏の食堂で、上衣をつけネクタイをしめて、汗を流しながら行儀を守っている日本人の苦しそうな顔を見たら、あなたがたはきっとそんなまねをしないで、早くうちへ帰ってハダカになってあぐらかいてビールをお飲みなさい、と忠告したくなるでしょう。私のいうのもそれと同じことです。

日本以上に日本人を理解したといわれ、名実ともに日本人になった小泉八雲が、或る時西インドの島の強烈な太陽の下で、情熱のほとばしるままに、自由奔放にふるまったかつての生活を想い出すと、気も狂わんばかりの郷愁を感じるのが常であった、と告白している。気の毒なあなた方の先輩のお手本が、既に古くからあったわけである。気が狂う前に一度息ぬきのお里帰りをしていらっしゃい、と、こう言ってあげたいのである。

恐龍と父と子

日曜日のパリの博物館でよく見うける独特の風景がある。

いまでも恐らくそうだろうと思うが、私のいた一九三四、五年頃のパリでは、週四日の日曜日のうち二日は、夫は妻を、妻は夫を解放する。そういう家庭がめずらしくなかった。妻は朝の食卓をかたづけると、それから一日外出して、夜中まで、あるいは翌朝までは帰って来なくてもいい。同性のあるいは異性の友達と、一日一夜は自由に交際ができる。従って夫の方にも同様の自由が与えられる。

だから、その頃の映画には「ホテル自由貿易館《リーブルエシヤンジユ》」などというのがあって、そんな夫婦がそれぞれ異性の隣人夫婦の相手をつれて、偶然同じ曖昧宿に落ちあったりする四重関係の滑稽が、演ぜられていた。この「自由貿易」はもちろん「自由交換」ともよめるのである。

しかし、こうした相互解放は、夫婦の間に幼い子供のない場合に限られるので、もし二人の間に幼い子供があると、その日は母だけの解放日となり、父親は一日子守をしなければならない。

幼い子供を一日家で遊ばせるのは大変だから、おやじは大てい外へつれ出す。しかし元来が極度に計画的な経済生活をしているフランス市民のことだから、この面白くもない外出に、金をかけようとは思わないのだ。それで大ていは公園へつれだす。午前中はまずこれでごまかせる。午後は近所の博物館へはいるのである。

さいわい日曜日は大ていの博物館がただだ。それも見物人の多いルーブルだとか、リュクサンブールなどでは、子供から眼がはなせないから、人の少ない、ひっそりしたところがいい。そういう博物館の大広間で、おやじはまん中のベンチに横になって、ときどき子供の方を横眼で監視しながら、うとうとやっている。子供は陳列品のめずらしさから、ひとりで三十分やそこらは遊んでくれようというものだ。

私はこうした日曜日独特の博物館の光景を、植物園のまわりにある、古生物博物館や、人類学博物館で、しばしば目撃した。

ある日、恐龍であったか何であったか、古代の巨大な爬虫類の骨格の陳列棚の前で、小学校初年生くらいの子供が、おやじにいろいろと質問している。

子「こんな大きい動物、いまでもいる？」

父「いや、いや、今はいないよ。」

子「それじゃ、昔いたんだね。」

父「そうだよ。」

子「どのくらいむかし？」

父「むかし、むかしだよ。」

子「そのころ人間もいた？」

父、返事にこまる。ふとわきを見ると、大きさの対照のために、人間の骨格が立ててある。それを子供に示して、

父「いたとも。ここを見ろ。」

子「ふうん。こわかっただろうねえ。」

父「そりゃ、こわいさ。だいいち、人間がこわがらなきぁ、こんなでかい動物なんて、意味ないじゃないか。」

この会話が面白かったから、私は夕食のとき、下宿の人びとに披露した。笑い声がおさまると、近所から夕食だけたべにくる小学校教師のクレール君が、

「いや、僕らも子供のとき、おやじやおふくろから、無数のまちがった知識を注ぎこまれたものだ。学校教育ってものは、子供が家庭で注ぎこまれた、まちがった知識を、是正する仕事じゃないかと思うほどだよ。」

女学生メルシェ嬢

「そんならいいじゃないの、家でいくらまちがったこと教えても。」

誰だか

「いやいや、その中には是正される機会がなくて、一生まちがいとおすってことも、あるだろうじゃないか。」

下宿の主婦フィヨール夫人
「そうですよ。わたしの母などは、いまの話の恐龍の骨を、聖ジェオルジュの退治した龍の一族のだと、死ぬまで信じていたわ」
メルシェ嬢
「あら、それは迷信ってものよ。単なるまちがった知識じゃないわ。正確な知識など簡単に是正されるものじゃなくってよ。」
クレール君
「僕はね、中学を出るころまで、シベリヤの土人は雪の中からマンモスの凍肉を掘り出して、それを食って生きているのだと信じていたのだ。方針のない、あてずっぽうの画報《グラフィック》や、嘘っぱちの旅行記、そんなものの中から、おとなは自分が興味をもったことだけを、尾ひれをつけて子供に話す。それがいけないんだ。子供を一時的に面白がらせようとしてね。話し手の方はすぐ忘れてしまうが、子供はそのでたらめを、いつまでもおぼえているのだ。」
誰だか、「それに、子供の質問には、即座になにか答えなければならないと考えるのが、そもそもまちがいのもとじゃないか。子供に向っては、知らないことを知らないと、よう言わない、まちがったおとなの威厳慾《デイイニテ》!」
また誰だか、「結局は無知の問題でなくて、誠実の問題に帰すか。」
イタリア人のマリノ君、「問題が『誠実』までくると、『話はここに終りき』だ。それより僕が言いたいのは、なにも間違いだらけの知識でもいいじゃないか。僕の女房など、おおよそ間違わないことは言わない女だが、結局そのために可愛らしさを充分増しているんだからね。」

数人のもの、「おやおや、『話はここに始まりぬ』」

私は部屋にかえって、煙草をのみながら、また少しこの問題のつづきを考えた。――私はその頃、十年近い教師の経験をもっていたのである。――子供と親との間の関係も、生徒と教師との間の関係も、そう違ったものではないのではなかろうか。教師がまちがったことを教えないとは、自分の経験に徴して、決していわれない。ところが、だれも間違った知識を与えたことで、おやじをひどく責めようとはしないのに、間違ったことを教えた教師は、決して許されない。これは、おやじはそんなものだと、人びとはみな知っている。しかし教師は間違ったことを言わないものだと、人びとは思いこんでいるせいではないか。それならば、これもまた一つの、抜きがたい迷信ではないのか。

自分が教師であることを、そんなに窮屈にうけとりたくないおもいで、私は自分の出したこの結論に魅力を感じた。そして、教師の仕事では、正確な個々の知識を与えることよりも、そうした知識を、いかに処理するかの、思考力を生徒のうちに養成することが、もっと大切なのだ、とも考えた。すると、恐龍への恐怖から、人間の存在への、愉快な関連を導き出した、あのおやじの思考力も、なかなか馬鹿にならないのではないか。私はもう一度父と子の会話を頭の中でくりかえして、思わず微笑するのだった。――食堂ではまだ、人々の笑い声がきこえている。

親孝行について

紀元二〇〇〇年頃に、君は女を愛することを忘れて、競馬犬を愛したり、競馬馬を愛したりする。パチンコや競輪に、今よりももっと熱中しているだろう。だれも女を観るものがない。時の文部大臣がこれを憂えて、修身書を発行し、男は犬や馬の代りに、女を愛すべし。これが男の道であると教育する。こんな馬鹿馬鹿しいことを空想するだけで、諸君は私をよほど変っている、と思うにちがいない。しかし、人々が親を大切にすることを忘れている。それで修身書を発行して、孝道を説かねばならないというようなことは、五十年後をまたず、今すでに耳にするところだが、諸君はこれを怪しまないだろうか。もし怪しまないなら、諸君の方がよほど変っている。

文部大臣くらいの見識はもっていそうな浪花節かたりなどが、よくいうことだが、「犬は三日飼われて三年主人の恩を知る」云々。ほんとだろうか。横町の白君にきいてみよう。彼はいう。「恩ですって。恩というのは知りませんね。第一、主人というのは何です。そんなものは考えたこともありませんよ。私対彼ですよ。犬と、犬より少しエゴイスティックな者との間がらですよ。向うでは何と思っているか知りませんが、私の彼に感ずるのは、ただの愛情です。友情といいかえてもよろしい。」

これはどうも白君のいうことがフェアで、すっきりしている。「恩」とか「主人」とかいう考え方のほうがまちがっているらしい。倫理の大道というようなものは、すっきり通っているべきであって、それでこそわれわれは、何も考える必要なく、誤たずにまっすぐ歩くことが出来るのである。「恩師」というような言葉をやたらに使うやからは、横町の白君に恥じたまえ。

浄瑠璃の「堀川」に、お俊という遊女が、男に対する自分の気もちをのべる言葉がある。その中で彼女はこんなことをいう。

「世話しられても恩にきぬ」

心を許し合った仲では、相手が自分を必要とするときに、世話をするのは当然の話で、感情——この感情は全霊的のものである——の上から、そうせずにはおれない筈だ。そこには何のオブリゲーションの感じはないはずだ。お互いにその気があればこそ、世話にしられて恩にきずと、はっきりいえるのであろう。

犬の白君や、売春婦のお俊ちゃんほどの素直さがあったら、人民に向って、汝ら女を愛すべしとか、親を敬うべしなどという、ばからしいことをいう代りに、男が女を愛することが出来ない。子が親を愛することが出来ない。これは一たいどうしたことか、と考えるだろう。まてよ、水爆実験の影響かな、と思いついて、アメリカに交渉すべく、外務大臣に電話をかけたとしても、修身書をかくよりは、まだ筋がとおっている。修身書の方はまちがいで、人道に対する冒瀆だが、水爆説はばからしいだけで、程度の少しいたらないのにすぎない。そこをまっすぐにいけば、案外ゆきあたるかもしれない。

『孝経』というありがたい書物があって、孝道を説いたと俗に信じられている。しかし『孝経』は別にいまの文部大臣が修身書で説こうと考えているような、孝道そのものを説いているのではない。男は女を愛すべきだ、というような馬鹿らしいことを説かないと同じように、人は孝行をすべし、というようなことを説いたものではないのだ。

第一、これは伝えられているように、孔子の言葉を、曽子が編纂したものでもない。呂維騏が『孝経或問』の中で、早くも喝破しているように、後世の為政者が、これをもって、つまり孝道の名において、天下を治めようとして、作ったものである。

子の親に対する愛情が、絶対的であることに目をつけたものが、これを、国民に道徳をまもらせる上の規準として利用したのである。法律の条文でしばる代りに、そんなことをすると、親がかなしむぞ、といったにすぎない。身体は髪膚もこれを傷つけてはならない。それは不孝だから、というのは、孝道というものが確立しているからこそ、それに訴えて人々の行為をしばろうとしているのだ。法が三章ですんだ時代には、法以外に道徳の規準の確立したものがあったのである。

こうした、いわゆる後世の為政者の中で、孝道をもっとも強く宣揚したのは、清初の康熙帝である。政治の根本を孝道においている。彼は明の遺民を骨ぬきにしようとして、この絶対の規準を、もっとも強力に利用したのである。一口にいえば、青年たちによびかけて、順従にあれ、親に心配かけるな、といいきかせた。これが、異族支配下の清の社稷を安泰にしたのである。孝道はここでも為政者によって、みごとに利用されている。『孝経』の思想というのはこれなのだ。儒教の思想というものが、ことごとく為政者のために説かれたものであることを、諸君は忘れてはならない。『孝経』もそれ以外のものではない。

男女のあいだとか、親子のあいだの愛情は、泉の湧くようなもので、すてておいても自然にわくものだ。その水をからすのは、多くは当事者の不賢明が原因である。「義理」だとか、「恩」だとか、「主人」だとか、犬にすら通用しないような思想など、みなその不賢明さからくるのである。

文部大臣は修身書など作らないでいいから、ラジオで国定忠治などという浪花節がきこえてきたら、いそいでスイッチを切って、私は浪花節党ではない、ということを国民に示した方がいい。その方が修身書よりは効果が多いだろう。

三日親分の飯をくったから、その身代りになって死ぬのが、乾分の義理だというのは、変態的な、賢くない社会の話だ。これを強調することは、一たいだれのためなのだろう。ストライキに加担するものは、恩しらずの、人間の屑だ、といいたい連中には、うれしい話だろうが、結局、恩だとか義理だとかいうものは、為にするところのある連中が説くもので、恩を感じたり、感じさせたりしないところに、真の愛情があり、親子や男女や、友人の間のすっきりとした、自然の関係がなり立つのではないか。

私がかりに文部大臣になったら、修身書の代りに、社会読本というものを企画する。これは人々を賢明にするための手引書だ。そして、その一節に、すべておしつけてくるものは、徹底的に疑うこと、押売りのならべる商品に対するごとくせよ、と書く。――税金だって、人民がもっと疑えば、今のような濫費はあとを断つかもしれない。

そして、蛇足かもしれないが、そのあとに「例えば、おしうりされる孝道はにせ物だ」と書いてもいい。

仲人記

近年、年をとったせいかと思うが、結婚の仲人をたのまれることが多い。もっとも、橋わたしとか、かけ合いとか、そんな面倒くさいことは出来ないから、式場用のマネキン仲人だけをひきうける。それにしてもモーニングをひっぱり出してシワをのばしたり、平常はきもしない黒靴を、にわかに磨いたり、その上一日半日の時間を棒にふる。それだけならまだいいが、私のきらいな一場の挨拶を、披露宴の際にやらされる。それが和食の宴席だと、親戚一同一わたり盃の献酬を強要される。どう考えても気の進む役目ではない。

それで、最近私のところへ、マネキン仲人をたのみにくるものがあると、どうしても引受けなければならないような義理合いがあって、引受けるときに、私は次のような条件を出す。それは、式のやり方を自分に一任するなら引受けてもいいということである。そして、私が引受けたら、こういう風にやりたいが、それでもいいか、ということを話す。そこで折合いがつくと、私は仲人を引きうける。

最近、そうした条件つきの仲人を、二度ひき受けたから、その簡単な報告をする。

二例とも、医学部の恵愛団宿舎部の和室をかりて式場にした。その理由は、私にとって近くて、車などにのらないですむ、それだけ時間と冗費が省けることが一つ。当事者やその家族のものが非常に安い宿泊料で、この宿舎を利用することが出来る。式場の借り賃が安い。

二例とも宗教家の立合いなしでやった。人間同士の信頼性を第一に重んじたいと思ったからである。当人同士がふわふわしていて、いざというときに神仏を引き合いに出してみてもはじまらない。それと、従来の神職のやる司式が、何の精神的感動をひき起すような、ふんい気をもっていない空疎なしらじらしいものであることが、バカバカしくてならないという理由もある。

披露宴は、その部屋ですぐ司式の直後にやった。第一例は恵愛団のランチとお茶、第二例は、これも恵愛団で紅茶と洋菓子をとってすませた。もちろん費用と時間の節約のためである。

時間はいずれも二時間たらずですんだ。費用は第一例は三千円程度、第二例はそれよりも安くてすんだ。

式の次第は、花嫁花婿を中心に一同ならび、仲人の私が、これから何某と何某の結婚式を挙行します、と宣言する。花婿が花嫁の指に指環をさす。そして、結婚届けに二人で署名捺印する。これで式がすんだと私は宣言する。そして、このことを、ここにいる一同が認めて、この新夫婦の将来を祝福し、生涯指導と援助を送ってくれるようにとたのむ。式はこれだけである。あとはその場で食事、或いはお茶をとりながら、いろいろと歓談する。

二例とも、演出効果はあまり悪くはなかったと思う。当人たちも、親族のものも、みな満足したような顔だった。

私と同じような気もちの人は他にもあると見え、九大法学部の青山教授も、私よりも以前に、これと似たやり方で恵愛団の宿舎部を式場にして、結婚式の司式をしたという話である。青山教授は専門家だけあって、式の要所で、憲法の婦権に関する章をよみ上げたそうである。新郎新婦の自覚を促すためには、適当なやり方だと思う。

私は以上の二つの式を司式して、従来の結婚式に列席したり、仲人として出席したときに感じた、空疎なバカバカしい気もちを感じなかった点だけでも、大変結構だったと、自讃している。時間や費用の点では、恐らくこれ以上の切りつめ方はないであろうと思っている。そして、列席者の感動は、従来の場合よりも、もっと強かったように思う。

これらの点で、私は確信をもって、この方法を人々にすすめることが出来ると思っている。ことに、医学部ないし大学関係の若い人々に、このことを告げておきたい。

いま一つ、私は恵愛団の理事の一人であるから、このやり方の結婚式が流行すれば、恵愛団の利用率も多くなり、収入も増える。これも宣伝理由の一つである。

歳暮閑談

人はアパートといっているが、私は長屋という方が好きである。私の長屋に一人の隠居がいる。金のないのは私もご同様だが、私はひまもないのに反して、隠居はひまだけはあると見え、しょっちゅう、役にも立たぬ本を見て、あごを撫でている。

とっつかまると、すぐ何かと講釈をはじめるので、近よらないことにしているが、この間、運わるくつかまってしまった。

何の気もなく、町は歳暮の売り出しで大にぎわい、といったのが失敗のもとで、その歳暮の「歳」だがな、ときた。

隠居によると、歳と年とは違うのだそうで、このふたつのものは、十五日ほどずれているということである。古い本をみると、月のついたちから数えて、十二ケ月目のついたちまでが一年、月の十五日から数えて、十二ケ月目の十五日までが一歳という、とある。

そういえば、三元ということがあり、一月十五日が初元あるいは上元、七月十五日を中元、十月の十五日を下元とある。これは明らかに歳の方の勘定だ。中国ではお正月の元日よりは、十五日の方を元宵といって、灯籠をとぼしたり爆竹を鳴らしたりして、大さわぎして祝う。これが歳建ての元日だからで、満月を月齢の目じるしにした原始的な暦法の風俗が、まだよく遺っているのだ。

しかし、正月は何も一月に限ったことはないので、七月十五日でも、十月十五日でもよかった。秦から漢のはじめにかけては、十月が年のはじめだったから、一歳の終りに余りの日ができると、九月が前後にわかれて「後九月」などという記載がいくつものこっている。閏月にあたるわけだが、いつも歳末にもってきたから閏は九月、すなわち後九月になるわけである。

そこで、その時代には、九月が歳の終りである。実は、歳という字は、そこから出たので、漢の時にできた『説文』を見ると、歳は「歩」と「戌」からできている、とある。歩を上下にわけて、戌を中へ入れると、歳の字になる。

ところが、歩というのは暦を勘定することである。そして、戌（いぬ）は九月のことである。これは正月を寅として数えていったから、九月が戌に当たるのであるが、九月すなわち戌の月で一歳が終る。そこで暦のしめくくりをつける。これが歩戌すなわち歳であり、古い本には歩ヘンに戌のツクリにしたのがある。

さて、亥の月である十月の十五日を、歳首にするというのは、古い秦や漢初のことかと思っていたら、日本でも十月の亥の子という行事があった。これは一年の収穫を祈るところからきていることが判明しているが、どこの国でも、正月の行事が、収穫後の祈年の祭であったことは、疑いのないことで、秦の十月正月も、九月のアワの収穫の直後の、祈年祭であったに違いない。そうすると、日本の亥の子なども、この十月正月の行事の名ごりであった、と思われる。

フィリッピンや台湾のような、二期作のできる南方の暑い国では、五月の収穫のあとで祭があり、これが一年の首になっている。琉球でもかつては六月が正月であった。ところが日本でも、六月一日は小正月とか六月正月とかいわれて、一種の行事があり、古くはこれもやはり年首であった痕跡がある。いまのように、一月を年首とするのは、暦法の発達した後の風で、原始時代には、収穫後の祈年祭が正月だったから、六月にしても十月にしても、土地土地の事情で、どちらでもよかったのだ。その風が、日本でも、今もかすかに遺っているわけである。

隠居の話はざっとこんなことであった。そして年々歳々人同じからず、と一口にいわれたり、年末歳末と同じように用いられているが、お歳暮だけはお年暮とはいわない。お歳暮や中元のバカな風俗が、原始時代の古くさい行事の遺物で、とっくの昔に時代おくれになっているのだ、ということは、いまの話でよく判るじゃないか、と付け加えられたのは、例によって、この隠居一流の、あまりピンとこない結論であった。

漫談正月風景

私はアパート住まいだが、新年の賀状を見ていると、毎年一、二枚は、同じアパートの知人からのがある。おやおや、これは抜かっていた、とあわてて返礼の葉書をかく。そして、相手の門口よりも遠い町角のポストまで入れにゆく。こんなことを毎年のようにやっているが、いったいどこからこんな不思議な事が起るのだろう。考えてみるとまず、これはアパート族の一つの習癖からきているらしい。それは、なるべくお付合いしないということだ。つい眼と鼻のところにいるのだから、付合いしたらきりのないところまでゆく恐れがある。お互いに用心しよう、という気風が、知らず知らずのあいだに出来ている。仲良くなりすぎても困るが、まかりまちがって、仲が悪くでもなったことなら、近頃はおいそれと、手軽に引越しも出来ないという恐れがある。お付合いは最少限度に、というのが、アパート族の処世法である。同じアパートの住人どうしが、ひんぱんに訪問しあっている風景はめったに見られないのも、こうしたところから来ているらしい。新年の挨拶にも、おのずからこれが出て来るのであろう。お付合いも、年賀状くらいなら、まずたいした害もないだろう、とね。つまり、賢いのである。

もう一つは、アパート住民どうしの間には限らず、世間一般の風が近頃では、廻礼などということをうるさがって、葉書一枚ですまそう、という風になっている。廻礼される方も、それ以上にうるさがって、どうも三ケ日はおちつかない。門口に廻礼者らしい物音がすると、一家中なりをひそめて、あたかも留守宅ででもあるかのように、擬装しようとするごとくである。ところが、廻礼者の方では、内から声をかけられて、ひっぱりあげられてはたまらないと、足音をしのばせて、名刺をほうりこむなり後も見ないで逃げてゆく、というような、変てこな新年風景に世間一般がなってきたのではないだろうか。

私なども、実をいうとその方で、三ケ日はどこか田舎の温泉へでも逃げ出したいという気になるのだが、それが第一、もっとも困難不得意とするところに属して、永年まだ実現することが出来ない。致しかたなく、家の者はどうなとしろと、ひとり研究室へ逃げ出して、ストーブの烟を遠慮しながら、旧年の旧書に、味気なく読みふける、というようなお正月を、ここ数年つづけている。これは賢いのではなく、哀れなのである。

学者というものも、今ではこれ程までに落ちぶれたわけだが、その昔、大学が少なく、従って学者商売のはなやかなりし頃は、決してこんな事ではなかった。私の知っている大学の教授などというものは、家に女中や書生の二、三人をおかないものはなく、中にはお抱えの車夫までもいた人があって、新年には酒豪たらずとも、客にのませる酒の用意はあったものだが、不思議と今よりは左党も多かったようで、三ヶ日ぶっ通しに、床の前にあぐらをかき、千客万来、ことごとくこれを引受けて、酒びたしになっていたものだ。あの先生の家では、お正月料理は、毎年きまって鶴屋だ、亀屋だと献立の品定めさえ出来たような次第で、学生のうちの、酒や教授の令嬢めあての、腹に一物ある連中は、わんさわんさとおしかけたものである。

ところで、話がちょいと横道にはいるが、令嬢といえば、今の若いものは、大学教授の令嬢をめあてなどというと、不思議におもうのではないだろうか。そんなのをうっかり押しつけられては、というところからも、先生を敬遠する風が、近頃の学生には、あるのではないか、と私はにらんでいる。私には幸い娘はいないから、これは決してひがみで言うのではない。

名前を出すわけにはゆかないが、私の知っている或る解剖学の教授などは、学生時代若気のあやまちで、つい教授先生の甘言にのって、娘をやるから、といわれて、うかうかと解剖学者になってしまった。いまからいえば、ついうかうかと娘をもらってしまったといいたいところだが、その頃は、解剖学者になり手がなくて、あと継ぎの養成に、いずこの大学も困っていたころだ。さて、その娘さん、つまり、父の門下生の細君にと降下した教授令嬢が、こういうことを口癖のようにいう。「汝ごときは、教授令嬢を妻にもらって、ありがたく思うべきだ」。つまり教授令嬢の四字が、マルのたくさんついた持参の小切手に匹敵したわけだ。それで、その良人たる教授先生も、つい世話女房の味があじわいたくて、教室のタイピストを、専属に切りかえてしまう、というような次第になったものだ。

大学の教授も、いまのようにやたらにふえて、どこのおでん屋でも、少しひねった気焰とも泣きごとともつかぬ、つまり私のいまいっているようなことを、いっている連中は、あれはどこかの大学の教授だろう、と哀れんでおけば、まちがいないというような御時世になっては、教授令嬢など、三文の値うちもなくなったとしても、当然のなりゆきといわなければならない。

横道ついでに、も一つおもい出したことを話すが、秀才型の、小ざかしそうな男が、得意になって話しているのを、——学生時代のことだが、私は横できいていたことがある。彼は或る教授の令嬢を射とめるために、いかに頭をはたらかしたか、ということを吹聴しているのだ。まず、朝から何も食わないで、夕食後の時刻をうかがって、その酒好きの教授の宅を訪問する。そして酒が出るままに、食べるのには箸をつけないで、ぶっ倒れるまで飲む。そして、薄団を掛けてもらって寝てしまえば、しめたものので、翌朝も起きあがらない。そうなると、たとえ半日一日でも、自分の介抱した若い男が令嬢の印象にのこらないということはない。ついでに吐き出した小間物の醜い印象が、令嬢の頭にのこらないそのための用心に、食べものを胃袋にいれておかなかった。これが秘訣なのだ、といったような話である。

教授令嬢を首尾よく仕留めたり、課長とか局長とかの役目に、人より早くありついたりして、いまではリベート族に成り上り、俯仰天地に恥じない、などと、時々見得をきったりしているに違いないが、私はこんな奴はきらいだ。従って、こんな話も好きでするわけではないが、教授や教授令嬢の値うちが、他の品物にくらべて、今日、いかに下落したかを、例証するためにもち出したわけである。

ところで、何のために教授やその令嬢の値段のことを、いい出したのだろう。私は新年風俗のことを、いっていたのではなかったか。そのへんが、どうも解らなくなったが、多分、日頃の愚痴がついうっかりと出てしまったのであろう。恐縮です。

さて、この辺で話を新年風俗にもどすことにしたいものだ。私の妻などは、何十年来、そういう事はもう諦めているから、今更、正月着がどうの、というようなことはいわないが、世間も、この方は都合よく、もうそんな噂を、あまり耳にしなくてもすむ時世になった。われわれにしたところが、身内のものの結婚式にも、もうモーニングを行李の底から、引きずり出して、ナフタリンの匂いをなつかしもうとはしなくなっている。いわんや、誰さまにお義理ということもないお正月の、礼服の紋服のという必要はなくなった。セーターを脱ぎすてて、文句を言いながら、ネクタイでもしめたら、もう一人前で、これでどこでも通用する。こればかりはありがたい御時世になったものだ。もっとも、小型のカメラでもぶらさげないと、半人前にしか通用しないかな、という心配はありますね。

礼服持たないのはおれ一人じゃない。そんならいっそ、みんなやめてしまえ、というのが近頃はやりのマスコミニケーションという奴で、これは大変結構です。しかし、カメラはみんながもっているから、お前ももった方がいいだろう、というのもやはりマスコミニケーションで、この方はあまり結構ではない。しかしまあ、正月くらいは誰か二つもっている奴のを借りる事にすればいいわけだ。

ところが、昔は借りるにしてもちょっとした働きがいったもので、名は忘れたが、幕末頃の或る文人、正月にも紋服の工面がつかない。そこで元日の朝からお湯を沸かした。最初に入って来た御慶人を上にひっぱりあげて、まず一浴びしたまえ、と風呂におしこむ。そのひまに、その客の礼服を一時借用して市内を一まわり礼にまわった、という大変律義な話がある、礼服は不必要だがカメラは不可欠だとなるとこれからも、この手を用いる必要はおこりそうだ。――私は世間の役に立つ事は、このように何でも公開する。別にお礼を言ってもらわなくてもいいのです。のみならず、ついでにもう一つ、お正月に役に立つことを今伝授しようとするところである。

それは、律義なわが幕末の文人よりも、さらに上手に義理をはたした男が、昔中国にいた。劉貢父という役人で、お正月だか中元だかわからないが、そうした節日に、同舎のもの、つまりアパートの同人のごときものが、文箱に門状を入れたものを雇人に持たせて、市中の知人の家をあまねく廻らせる。門状というのは名刺であるが、赤い紙に自分の名と祝の文句と宛名とを金泥で書いたものである。劉先生はその事を知ると、その使の者を、まずまずと家に招じた。

そして酒肴を提供して、まあゆっくりやり給え、ともてなす。男が喜んで飲んでいるひまに、別室においたその持参の文箱を開けて配付さきの名を見ると、あたかも殆ど皆、劉先生自身の知人だ。そこで門状をぬきとって自分の名を書いたものを入れておく。

男はたっぷり御馳走にありついたので、何度か頭をさげながら出てゆく。あまねく市中を歩いて名刺を配ったわけだが、あにはからんや、それは主人のではなく、みな劉先生の名刺だった、という。これは憑夢龍の『古今譚概』という本にのっている話である。

正月客を家にあげて、その名刺をこちらのとすり替えておく、ただそれだけです。わけはない。やってみませんか。

包米

馬蓮子《マーランツ》の花の咲く五月の半ごろになると、大ていの畠はすきかえされて、包米（ポーミ）の種が播かれている。包米と云うのは玉蜀黍のことである。

包米の種播きは、どの畠も一斉にというわけではない。偶然にもわれわれの発掘地のつい近くの畠が、このシーズンでの最後の畠になった。

この日は早朝から二匹の驢馬と鋤とを持った一家族が、子供づれで畠の上にいた。はじめに子供は遊び半分について来ているのだろう、発掘の邪魔者がまたやって来るわいと、われわれは思っていた。

ところが、そうではない。

彼等は全員一直線一列縦隊にならんで、畠の上をわき眼もふらずに行進する。先頭は一匹の驢馬。それから鋤。鋤を操るのはこの一家の家長であろう。長兄がそのあとから籠をかかえて馬糞をふりかけてゆく。驢馬の糞だから驢糞というのかも知れない。これは畠の所々に円錐形に盛り上げられている。老人が水瓢を持ってこれにつづく。瓢の中には、包米の種がはいっている。出すぎないように口には何かの葉っぱが挿し込んである。老人は小さい棒で瓢の口のところをとんとんと叩く。すると包米の種が程よく馬糞の上にこぼれ落ちる。次には娘婦がこれも瓢に入った大豆の種を、これは手で掴んで、ぱらぱらと播いてゆく。次男坊が同じく高粱の種を播きながらこれにつづく　その後から姉娘がいま一匹の驢馬の口を取ってつづく。驢馬は長い紐で石製の小さい滾子（クンズ）を曳いている。これは種播きのあとを押さえ、土を細かく砕いてゆくのである。最後に末娘が、小さい手に竹箆をもって、滾子にくっつく、土をこさげ落してゆく。

一糸みだれぬ統制と、年に一度の行事とは思えぬほどの慣れとをもって、この見事な行進が一瞬のたゆみもなく、進んでゆく。

が、われわれの驚いたのはこのことではない。

風の強い、日光の強い、われわれが発掘を始めてからでも既に数週のあいだ、一滴の雨も見ない、雲の影さえ見たとはいえないそんな土地である。石ころと砂ぼこりから出来たような乾き切った土の中で、あの包米の種がどうして発芽するだろう、疑いを起すひまもない位であった。

彼等が畠の全部を播種し終って引き揚げてゆく姿が、広い沙洲の向うに消えたか消えぬかにわれわれの人夫のひとりが「雨来！」と叫んだ。

眼をあげると、老鉄山の肩のあたりに一ひらの雲が起って、今までは鏡のように晴れていた空の一面に見るまにひろがってゆく。と思うと、鍬を投げすてて天幕の中に駆け込まねばならぬような豪雨が、沛然としてやって来た。

天幕の中でわれわれと肩をつき合せて立っている人夫達の顔には、今までにない喜色がある。その顔はもはや日雇いの発掘人夫のそれではなくて、最近に種播きを終えた純然たる農夫の顔である。

雨は数時間降って止んでいった。驚いたことには地上数十尺の水蒸気が、その後数日の間少しも動かないのである。発掘地から宿舎にかえる水上で、われわれの小舟が幾度か針路を失うほどの靄が、幾日となくつづいたのである。

そこで思うのであった。

あの最後の一家族の行列のどん尻の、小さい末娘の手の後ろから、誰か眼に見えぬ家族の一人が、待ちかまえていたように、適当な湿りをくれて歩いたのである。それからまた今ひとつの手がその湿りと温度とを幾日かのあいだ保たせるために、この水蒸気の幕を張っていったのである。人と自然との、こんな見事なコオルヂナチオンの例を、私はあとにも先きにも見たことがないと。

それから、また考えたのである。

こんな、働き手の家族の一人が、ときたま気紛れを起したところで、それは諦めることにしようではないか。それより、第一彼の気に逆らわぬよう、何とか御機嫌をとるのが肝腎だ、と彼等は考えるのであろう。羊を屠り酒をかもして天を和らげようという心理の発芽が、ここに在るに違いないのだと。

その心理を半分くらい、自分で体験したような錯覚が、以来つきまとって、離れないのである。

この発掘地は、旅順の西北十キロ、羊頭湾というところであった。昭和八年のことである。

羊頭湾の農家を訪れると、奥の部屋の土間の隅に、いくつかの大袋が立ち並んで、その中には黄金色した包米の粒が、ぎっしりと詰っている、そうした幸福そうな家居の風景を見る。驢馬の鳴き声と石臼のきしる音が聞こえる。これは包米を粉にしているのである。朝になると家の主婦は、その粉を水で練って、小判型の餅を作る。平たい鉄鍋の底に適当に水を入れ、その周りに餅をならべる。包米殻で竈の下を焚きつけて、漬物でも洗っていると、やがて良い匂いをした水蒸気が鍋の蓋をもち上げて、餅子（ピンヅ）の出来上ったことを知らせるのである。

包米の餅子は彼等の常食である。

私は一度昼休みのときに、人夫の弁当の餅子を貰ってたべたことがある。かみしめているとだんだんうまくなって、ちょっとやめられぬものである。

鶯　鳥

私共が宿舎に着いた次の日、瀬戸口さんは旅順へ花見に行った。私共は瀬戸口さんの駐在している派出所の別館に、起臥することになっていた。私は一日前に見て来た旅順の新市街の、到る所に日本の桜が今を盛りと咲き並んでいたのを思い出した。空気が清澄で日光の強い満洲の空の下では、彼等は妙に埃っぽい、安白粉を塗った女のように下品な花に見えていた。

「あれを見てちょっとだけ内地へ帰ったような気分に」なって来ようという瀬戸口さんを、私共は、

「もの好きな」と思ったり、また気の毒に思ったりした。

次の朝、私共はまだ床についていると、窓の外で早くからガアガアと騒ぐものがある。覗いて見ると、瀬戸口さんの鳥小屋で、昨夜までいなかった鵞鳥が五六羽も騒ぎ立てている。

博物館から私共の世話をやくためについて来ている唐君《タン》は、朝飯の給仕をしながら、あれは昨夜瀬戸口さんが旅順から持って帰ったのだと説明した。私は何の理由もなしに、これは私共の食料になるのだろうと考えてしまった。意地きたない話をするようだが、私は鵞鳥というものはどんな味がするだろうなど、ひそかに考えたりしていた。

鵞鳥は毎朝六時頃になると、啼き立てて私共の眼を醒まさせた。鵞鳥の啼くのは駐在所の小使の鄭君《チョン》が出勤した事を意味する。鄭君は二キロ程もある自分の村から、毎朝この時間に出勤して、鳥の世話をしたり、瀬戸口さんの炊事をしたりするのである。

鄭君は鵞鳥を小屋から出して散歩させる。私共は手洗をつかいに出ると、鵞鳥は私共の踵をめがけて、食いつこうと追っかけて来る。私は楊枝を使いながら、今にあべこべに食ってやるぞと、ひそかに敵愾心を養ったりしている。

私は毎日発掘をすまして宿舎に帰るときに、鳥小屋の前を通ると、今日は一羽減っているかなと、横目で鵞鳥を算えて通る。だが、いつも数はおなじである。

ある夕方、私は宿舎の前に出ていた。眼の下の海岸に小さな女の子が五、六人立っている。これまでに彼女等は度し難い内気さでもって、いつも私共の親しみをはねかえしていた。それがどうだろう、彼女等は私の方を見ている。熱心に見ている。

私は手を挙げて

「来々《ライライ》」と呼ぶ。

だが、彼女等はいつまでもこっちを見ているだけで、私のお愛想に答えようともしない。私は根負けがして、家の中に入る。ふと、窓から見ると、私の姿はもう彼女等に見える筈はないのに、彼女等はまだこっちを見ているではないか。

私はこの時始めて彼女等の視線が、瀬戸口さんの鳥小屋の方に向いていることを知った。小娘達は私でなくて、鵞鳥に興味があったのだ。

「これは失敗であったわい」

と私は考えた。

或る朝、私共はいつものように、発掘にゆくための小舟に乗ろうとしていた。すると、鄭君の罵る声と鵞鳥の啼く声があたりの静けさを破って聞こえて来た。見ると鵞鳥は列を作って、鏡のような水の面を悠々と泳いで来るし、鄭君は岸づたいに罵りながら、棒切れでおどしたり、石を投げたりして、鵞鳥を追って来る。

鵞鳥は珍らしく波の静かな朝の海を、しばらく泳いでみたかったに違いない。鄭君はやっきになって捉えようとするが、どうしても岸へ近づかない。

私共は舟を漕ぎ出して次第に岸を離れると、鵞鳥は朝日にくっきりと照らされて、いつまでも白く波の上に見えている。姿が見えなくなってからも、その啼声は水の上を伝って、どこまでも遠く聞こえて来る。

私共は心から長閑な気もちになって、「鄭君は半日かかるな」と言いあって笑った。

朝の事件の顚末を、私共は夕飯の時に唐君から聞いた。鵞鳥はとうとう一里も先の村まで泳いで行った。鄭君は午後の二時頃になって、やっと一羽の雌を捉えた。雌がつかまると、他の鵞鳥はあとからぞろぞろとついて帰った。鄭君は私共の予想した通り、半日あまりを棒にふったのであった。

五月も半ば頃になった。百姓達が包米《ポーミ》や大豆の種を播いてしまうと、或る日雨が来た。老鉄山や長嘴山は去来する雲の中に隠見して、すこしも同じ形をしていなかった。

雨は一日降って行ってしまった。そしてそのあと二、三日は靄の深い日がつづいた。或る日、発掘から帰ろうとすると、舟のまわりは咫尺を弁ぜぬほどの霧であった。総ての遠近がかき消されて、物音だけが聞こえて来る。すれちがうまでは見えない戎克《ジャンク》の重い櫓の音。遠くの岸の人声や家畜の鳴声。その間を縫って時々響いてくる舟唱。これらの総てが、夕陽に染められた金色の靄の中に、絵に表わすことの出来ない、快い遠近法をつくっている。「これはトーキー芸術の領分だな」と、私は柄になく考えたりしている。

漕ぐにつれて岸の物音は近くなる。私はふとその中に鵞鳥の声を聞きわけた。宿舎の方角がわかると、私共は舟の舳《へさき》をその方へ向けた。

そのうちに発掘も終りに近づいた。或る時私は瀬戸口さんに冗談を言った。

「あなたは一たいいつ鵞鳥を食べさせるのです」

瀬戸口さんは眼をまるくして、「いや、あれは泥棒の番につれてきたのです。」と言った。

私共の宿舎が昼間不用心だから、瀬戸口さんが気をきかせて、番犬代りに連れて来たのだ。鵞鳥は見知らぬ人を見ると、ガアガアと啼き立てる。その声は犬よりも遠くまで聞こえるのである。

私はこれをきいて、鵞鳥では又もや失敗したわいと、独りで赤面してみたり、「なるほど、ガアガア啼くからこの鳥のことを鵞というのですね」と、わけの判らぬ事をてれかくしに言ったりした。

瀬戸口さんはそれでも親切に、その次の日には鵞鳥を締めて、私共に御馳走してくれた。永い間の私の好奇心はこれで満足させられたわけであるが、鋤焼の鵞鳥の肉は、実をいうと、とても硬くて、味も何もあったものではなかった。しかしこれは肉が余りに新しかったためであるらしい。次の朝残りの肉を唐君が料理してくれたものは、そうでもなかった。だから必ずしも鵞鳥がまずい鳥だということにはならないらしい。私は鵞鳥のために、これだけは弁明しておかねばならぬ。

五月は既に逝こうとしている。私共は瀬戸口さんや鄭君や、村の人々に別れを告げて宿舎をひきあげた。自動車に乗る前に鳥小屋をも一度見ると、鵞鳥の数はたしかに一つ減っている。私は瀬戸口さんを顧みて、お腹《なか》をぽんと叩いて見せたが、これも一つのてれかくしであったと思っている。

穿山甲

広いグラウンドの真ん中で両軍の主将のようなものが、向き合って何か激論している。隣席の男が私に、「あれは今フットボールの用球をきめているのだ」と囁いた。

私は台湾へ来る前に、或る人が言ったことを想い出した。その人は私にいろいろなことを言ったが、次のようなことはでたらめであろうと思っていた。

台湾では暑いから、お役人でも何でも犢鼻褌ひとつでいる。しかし官等がわからぬと困るから、犢鼻褌には赤や青の筋をくっつけて区別する。総督かい、総督はもちろん虎の皮の犢鼻褌さ。

それからまたこんなのがある。私がいま想い出したのはこれだった。

台湾にはバナナが多い。だからいろいろなところにこれを利用する。陸上リレーのバトンなどは皆バナナを使う。それで途中で競技者がこれを食べるといけないから、走者はみな口輪をはめているのだ。

だが、蹴球の選手はどうだろうか。

隣席の人が私の袖をひいた。ちょうど試合が始まったのだ。グラウンドの紛争が案外早く解決したのを説明するように、彼は私に言った。「何しろ皮のボールならいい筈なんですからね」

多分、試合を申込まれた方に、選球の権利があるとでもいうのであろう。しかし私はあまり事情がはっきりのみこめなかったので、相槌のうちようもなく、黙って試合の経過を見ていた。

すると、不思議なことが起った。一度は、アウトラインから転がり出ようとした球が、急にくるりと向きを換えて内側に戻ってしまった。それから時々どうも球が自主的な運動をするように見えて仕方がない。私がそう思うだけでなく、選手そのものがひどく面喰って、あきれている光景にしばしばぶっつかる。

試合はまだ零対零で、どちらが勝つとも予測が出来ない。いよいよ最後のホイッスルが鳴ろうという時になった。ゴールの付近に蹴られた球を、ゴールキーパーが手で止めたまではよかったが、彼は突然あっと言って、その手を放してしまった。そして

「ボールが喰いついたァ」と叫んだ。

するとその暇に投げ出されたボールは、自分でちょろちょろと歩き出して、とうとうゴールインしたので、ここに貴重な一点が挙げられて勝敗は決したのであった。

隣席の男は私を顧みて、

「うまくやりましたなァ」と言った。

「しかし、一体あのボールはどうしたんです」と私がきくと、彼はさも憫むように私を見て、「おやご存じないんですか、穿山甲ですよ、久しぶりに出て来たんですね、たしか明治四十二年の鉄道部対港湾部の試合の時が第一回の出現でした。なかなか芸を仕込むのがむつかしいですからね」

次の日の新聞で、私はさらに色々な事を知った。新聞の報道によると、穿山甲のボールは俄然教員局の問題となった。——例の隣人はまた私にそっと囁いた。あの負けた方のチームの主将が、えらい人の

息子なんでね。――それで会議が開かれて、穿山甲のボールを認むべきか否かを決することになった。

理論派の連中が言った。

「穿山甲のボールは以前にも慣例がある。たとえ稀有であっても、慣例は慣例である。」

これに対して実際派の連中が言った。

「吾人と雖も慣例の尊重すべきを知ることにおいては、敢て人後に落ちるものではない。しかし、いまもし重ねて穿山甲のボールを認めるということになると、将来において、例えば或るチームが山豚を持ち出した場合は、どうするか、いずれも皮で包まれている。――この際毛と鱗との差は問題とするに足りない――本島の山地に棲息する。またその前進方法は常に一直線的である。これ等の点において両者は一致している。近年穿山甲の年々減少する傾向あるにおいて、特にこの恐れがあるのである」

隣人の註によると、この土地には元来一つの派しかなかった。しかしそれでは会議の体裁をなさないというので、或る時代の頭取が英断をもって、これを慣例派と未来派とに分けたのであるが――所属はもちろん公平を保つため抽籤によって決めた――、この未来派という言葉が、何だか進歩派のような響きを伝えるので、党員は自発的にこれを実際派と改め、これに対して前者を、理論派と呼ぶようになったのだそうである。

ところが、歴史的には、この二派はもともと一つのものであるから、何か議論が始まると、敵味方が混乱して、納まりがつかなくなるのである。

この会議も果たして紛糾したのであるが、ちょうど論議の潮時を見計らって、例のごとく慣例調査局長が臨席し、「教育慣例全書」第五十一巻別巻イの六号、「貧歯類」の章下に「穿山甲を蹴球用球として認めたるは、本動物が貧歯類なるため、人体に無害なる点をその理由とせるものなり。」という条文のあることを報告したので、当然人体有害動物なる山豚などの持出される余地はないということになり、議論は「理論派」の勝となったのである。

それからまた運動欄の記者——これは本島最高学府出身の新進記者である（隣人註）——は、「穿山甲は貧歯類だから歯がないのである。それが喰いついたところで痛くも（痒いかも知れんが）ない筈である。しかるにこれに驚いて、貴重の瞬間に落球したかのゴールキーパーは甚だ臆病であり、今後は大いに精神鍛錬の必要がある」ときめつけた。隣人がたびたび口を出すので、はなはだうるさいのであるが、彼は私に、

「君、これはかの何某なるゴールキーパーに日本精神の不足していることを警告して、彼等の一般をたしなめているのだぜ」と言った。

その後のはなし

終戦後、もと台北帝大付属医専の存続が問題になった。中国には医専という制度がないからである。制度を重んずる国だから、一応にも二応にも問題になったのであるが、何といっても在校生を追放することは出来ないから、その卒業するまで医専は存続されることになった。もちろん、昭和二十一年以後

は、生徒募集は中止である。

ところが、日本では終戦後もある種の医専は存続した。戦争中に設置された臨時医専の生徒募集は中止されたが、従来のはひきつづき生徒を募集したから、その日本の医専の男女生徒が、台湾へ送りかえされてくる、帰ってみると自分のはいるべき学級は、台大の付属医専にはもう存在しない、というようなことが起った。

そのままで台大の医学部へ入れてくれと言う。学部で教授会（終戦後は、いわゆるデモクラシーで、教授会には助教授、講師も出席する。中国語はまだ出来ないし、台湾語でやっても、福建語だと、広東系の連中にはわからないから、みな日本語でやる。日本語は台湾では一種の国際語のごときものになっていた）を開いて相談した結果、日本の医専からの帰還者は、台大の医学部へは転入させないと、決議される。そうなると、彼らははいる所がなくなるわけだ。

こんなことで、付属医専にまた新しい学年を作るということが、二、三年つづいて起った。医専の方はこれでいいが日本の薬専や、歯科医専を中途で止して、台湾にかえった生徒たちは、全然はいるところがない。この連中がまた騒ぐ。付属医専へ入れてくれとか、医学部へ入れてくれとかいってくる。しまいには学校当局が頑迷だ、冷淡だといって新聞で攻撃したりする。中には上の方からの運動で、自分だけは何とかしてもぐり込もうとする。

そんなことをしても、もちろん薬学生はどうにもならず、諦めてしまったが、——もっとも杜聰明先生は、台湾に薬学校を作ろうとして、前から骨を折っているが、なかなか実現されそうにもない。これは別の話として、歯科学生の方は、それでも編入試験をうけて、どうやら医専にもぐり込んだものも、少しはあったようである。

こんなことで、日本帰りの生徒を受け入れて、台大付属医専は、二、三年ほどは命をのばした。もうこれ以上、のびることはないだろう。というのは、日本の医専は新制度でみな医大になったから、帰台しても、医学部へ編入されるだろうし、それに第一、今どき台湾へひき上げようとする学生はいなくなっている。反対に、台湾から日本の大学へ、何とかして転校したいと希望する学生が、非常に多くなった。その原因は、一般情勢からくる不安もあるが、台湾における戦後の、新しい教育、或いはその雰囲気への嫌悪も、たしかにその一つである。

医専の方の内情は、私はよく知らないが、次にのべるような、一般的なことは、医学部も医専も同様である。まず中国の大学では、教授以下の教職員は、日本のような国家から任命される官吏ではない。日本のような、身分保証ということは、全然ないのだ。みな大学の校長が、校長の名で、一年契約で招聘するのである。毎年、六月末日までに、校長なにがしから、貴下を、月俸いくらいくらで、来る八月一日から一年間本校教授或いは助教授（中国では副教授という）として招聘したいが、承知なら、受諾書に捺印してくれ、といってくる。助手に至るまで皆同様だ。この受諾書を出して、初めて一年間の生活が保障されるのである。さて、一年たって、次の六月末日までに、同じような招聘書がこないとその職員の地位は、自然消滅になるわけだから、もう四月ころになると、研究も何もあったものではない。よると触ると、「今度はおれはだめだ」とか「だれとだれとは今年は聘書が出ないだろう」とかそんなことばかりいって、毎日すごしている。

こんなことだから、数年計画の研究などというものを、落ちついてやっているわけにはゆかない。その上、もし途中で校長が更迭されると、前の聘書は無効になり、また新しい聘書を出す。中国では元来欧米留学派と、日本留学派との二派が学界にあり、この二派が互いに勢力争いをやっているから、校長によっては、反対派を一挙にくび切ることも出来るわけだ。もっとも、あまりひどいことをすると、かえって校長のマイナスになるから、きわめて慎重にやる。大ていは、はっきりとくびきらないで、いろいろな手でいやがらせをする。というようなことで結局目的を達してしまうのである。

だから、大学はもう落ちついた、昔のような学園ではなく、非常にざわついたところになっている。学生や生徒にも、それが影響しないはずがない。彼らはみな台湾の大学をきらって、日本へ来たい。実行力のある連中は、密航してその目的を達したものも少なからずある。

ついでに大学の研究のもようを少し書いてみよう。大たい、終戦後から、非常なインフレーションで、昔ながらの研究費などは、何の役にも立たない。ことに、昨年三月、上海の失陥からのちは、大陸から、おびただしい金と人とが台湾へやってきた。上海からの物資は、これに反して来なくなった。そんなことでインフレーションは物凄いことになってゆく。わかりやすい標準を例にとると、われわれの俸給は、昨年の一月二月は月に二十万円くらいだったのが、その六月には千二百万円にはね上った。

ところが、解剖学教室（二教授）の研究費はいくらかというと、月三万円である。これは小使室で番茶を半斤買うと、なくなってしまう。といったあんばいだから、研究は在来の物資のストックのある範囲でしか出来ない。

そこで、杜聡明院長（医学部を医学院という）は、研究が最も大切なのだから、やめてもらっては困る。研究費は、私が何とかするから、と口癖のように言う。そして、何とかしようと思って、政治的にも政府委員となって、活動しようとするし、民間の香料会社の社長になって、金もうけをしようとする。その志は大いに多としなければならないが、事実は、口のようにはうまくゆかないから、そんな金が出るものではない。台湾医学会なども、杜先生は、完全に自分の独裁下におく方式にしたが、やはり経営困難ではかばかしく雑誌も出ない。日本の大学で学位でも貰いたいという連中が、大枚の印刷費を自腹で出すということがなくなれば、いずれつぶれてしまうことと思う。ついでに印刷費のことだが、昨年八月に、医学会雑誌一頁の印刷費は百五十万円位であった。これは米ドルの六ドル強にあたり、日本だとそのころ三千円強に当る。今はもっと高く（約二倍）なっているということだ。

学閥の話が出たから、一言しておくが、今の台大校長は従来日本嫌いで知られていた、欧米派中の大家で、立派な学者であるが、同時に非常な政治家だ。それだけにつまらない細工などしない。われわれ日本人にも至極よくしてくれたが、何といっても、この人が上に坐っているから、留日派の学者や、台湾側の連中は、圧倒せられている。今は台大ではこれらの三派が、鼎立している形だが、医学院の方は、まず台湾派と留日派とで占めておる。しかし、それだけに医学院の経営には、困難が多く、校長が手許で作ってくる特殊の研究費（多くは出版費）が、医学院をうるおすことは、ないといっていい。それで杜先生がかせごうとするのだが、彼も金もうけは上手ではない。まず、こんな形勢と思えば間違いないようだ。

さて、終戦後台湾大学へ転入してきたのは、日本帰りの台湾学生だけではない。中共に追われ、施設の一部や器械図書などと共に、各地を流浪していた、本国各大学のいわゆる流亡学生が、おびただしく流れ込んでいる。昨年三月の上海陥落以来は、その数はめざましくふえた。しかし、やってきても、まずさしあたりの宿舎がない。だが、これらの連中は、きたえられているだけに、生活力は強い。停仔脚の下に、蓆壁のアパートを作り、地べたにごろ寝をするくらいのことは何でもない連中だ。こういう手合がたくさん台大に転入してきたから、もとの医専時代の病棟が、みな学生の宿舎になった。それでもまだ足らず、付属医院の新病棟の一部にまで侵入してくる。彼等の中には、戦争中従軍した学生もあるので、その連中は特別の保障をうけているから鼻息が荒い。当局を手こずらすのは、いつでもこの連中だ。この連中が、どこでも空いているところを占領するのだ。時々事件をおこして、あるときは病院全体が、機関銃をもった兵隊にとりかこまれ、医者も患者も一日出入り出来ないというようなことさえある。

それで台湾の連中とは、全然肌が合わない。同じ宿舎にいても、まるで別の存在だ。彼等は生活力はあるが、一般教養は低い。たとえば電気器具の使用法などもよく知らないから、一晩のうちに、何べんかヒューズをとばしてしまう。そのたびに、台湾学生が小言をいいながら修理するといったあんばいだ。台湾学生は、クリスマスになると、寮を飾り、日本人の先生なども招いて、晩餐会をする。そのあとで、倉田百三の「出家とその弟子」の劇などをやる。もちろん日本語だ。それで、第一言葉がわからないから、そんな席へ、中国の学生は一人も出ない、といったような、妙な空気になっている。

いったい台湾学生は、彼等を軽蔑して相手にしていない。彼らとくらべて見ると、これほど自分たちは日本化していたかと、われながら驚いているような情況である。大陸渡来の学生はまるで、兵隊か苦力を見るような顔つきをしている。少しの教養的なひらめきもない。ところが、台湾学生はよるとさわると、わかっても判らなくても、西田哲学だとか、アンドレ・ジイドだとかいって、文化人がっている。まるで人種が違うようだ。物の考え方が根本的にちがっているのだ。

そこで彼らは、もう自分たちは、日本文化ときりはなされないものだと自覚する。公然とは口にしなくても、自分たちの故郷は日本だとさえ、感じている。われわれにはそれがよく判るのだが、しかし、それをどうしてやることも出来ない。ただ、私は日本の諸君にこういうことを伝えたい。過去において、台湾で或いは台湾人から、多少の不愉快を与えられたことがあっても、それは水に流して、――台湾人の方は、慢性的に、われわれより数倍の不愉快を日本人から受けている。それをもうすっかり忘れて、水に流しているのだ――どうか、彼らの将来を、も一度好意をもって、見てやって欲しいのだと。

霊交と私

昨年の夏、ロンドンの大英博物館の前の通りで、アレン・アンド・アンウィンという出版屋の前を通りかかったとき、その店のショーウィンドウのまんなかに、店の主人のサー・スタンレー・アンウィンの著わした、その自叙伝が一冊だけおいてあるのが眼につきました。初版は、もう半世紀近くも前に出た、随分古い本ですが、名著でもあって、その後つぎつぎと後年の記事が書き足されて、版を重ねてきたものです。昨年のがその第七版で、私はそれを買いました。

これは出版屋の自伝ですから、多年の間に手にかけたいろいろの本や、その著者のことなどが、おもしろく書かれており、はからずも私の旅行中の好伴侶となりました。

アンウィンといえば、ご承知のように、ウェイレー訳の『李白集』や『源氏物語』を出したのもこの本屋ですし、それまでにあまり知られていなかったロシア文学を、英語の世界にはじめて紹介したのも、この本屋でした。私が高等学校時代にむさぼり読んだ英訳の『チェホフ集』が、この仕事の手はじめだったことも、この本を読んで知りました。この自叙伝の一部は、少し大げさにいえば、実に私の青春の記である、といえるようなものでした。

読んでいるうちに、私にはもう長く忘れられていた一人の著者の名が出てきました。それはアンウィンの親友でもあったらしくて、サー・オリバー・ロッジです。その人の本が、どれもみなこの本屋から出たのだということは、知らなかったのですが、私は学生時代に、それらの本を、やはり片はしから読んだものです。というのも、われわれの学生時代の終りのころに、やっと吉野作造氏を中心の新人会が成立していた、という時代で、河上肇さんの啓蒙的な論説はもう現われてはいましたが、時代の風潮としては、まだやっとヒューマニズムが、われわれ若い者の血をわかせていた時分です。ロッジの本は、宗教的色彩の濃いものではありましたが、そうした宗教的なヒューマニズムのたくみな説得力で、われわれを捕えたのでした。

ところが、晩年になって、この人が霊交術に凝りはじめ、霊媒によって故人と交わる、というようなことを、まじめにやり出したらしく、そうした本を書きはじめました。とたんに、ばかばかしくなって、私はもうこの人と縁を切ってしまいました。

アンウィンは、親友であったからでもありましょうが、こうした本を出したところから見ても、多少この人にかぶれたところもあったらしく、この自叙伝の中に、後年、太西洋航路の客船のベットで、真夜中に、ロンドンにのこしてきた息子が、数回自分の名を呼ぶのをきいた。その時刻をおぼえておいて、翌朝電報で問い合わせると、病中の息子がちょうどその時刻に最悪の症状に陥って、父の名をしきりに呼んだことがことがわかった、という話が書いてあります。

私がこの筆をとる気になったのは、実はふとこのようなことを思い出したからのことですが、例によってよけいな前置きがくっついたわけです。しかし、これで、私が若いときには、霊交術などというものを、いかに軽蔑したか、ということを、いっておきたかったのです――それを軽蔑していることは、いまも変りはありませんが――。

しかし、その後の私自身の経験からある程度の霊交――人為的な術ではない――というものは、ことによるとあるのではないか、ということを、しだいに信じるようになりました。もっとも、それを「霊交」という語で呼んでいいか否かについては、私は何ともいうことが出来ません。その私の経験した例を、ここに書いておきたいと思います。

もう二十年以上も前の話になりますが、そのころ時どき経験したことです。平生ぶさたしていて思い出すこともほとんどない、という友人や知人のことを、或る日、何のきっかけからともなく、ふと思い出すことがあります。そして、そうしたことのあったことさえ、すっかり忘れているその翌日か翌々日になって、その相手から手紙がくる。考えてみると、私が相手のことを思い出していたころ、相手もこちらのことを思いながら手紙を書いていたことになる。

こうした経験が二、三度かさなってこれはどうも単なる偶然ではないかも知れぬ、と考えはじめたのです。他人にも、こうした経験はなかっただろうか。友人たちに折にふれてたずねてみましたが、中にはやはりそうしたことに気づいている者もありました。

これは私の四十代の頃の話です。その後は生活がいそがしくなったせいか、それとも私の霊力(?)が衰えたのか、そうした事件はもう起らなくなりました。それで、このことは、まあ、不思議なこともあるものだ、というくらいの気もちで、これまでそっとしておいたのでした。これだけのことで、霊交の何のと考えるのは、少しさき走りすぎるかも知れん、というくらいの遠慮はもっていたのでした。

ところが、近年になって、といっても、四、五年も前の話ですが、九大の解剖学教室の廊下を歩いているときに、思いもよらぬ不思議な事件が起りました。

私は元来、いろいろと失敗の多い人間で、そして、その失敗を思い出すごとに、悔恨に堪えられなくなって、何か気もちを発散させないとやりきれない、というたちです。そうした時にはいつも大きい声でどなるくせが、もう三十年も前からついています。それが大ていは「バカヤロウ」とか、ひどいのになると「死んじまえ」とか、穏かならぬ言葉を大声で発するのです。同室に人のいるのも忘れてこれをやることがあって、はじめての人だと、飛びあがるほど驚くこともありました。ところがまた、いつの頃からか、その上に人の名をくっつける。たとえば「火野のバカヤロウ」といったり、「岸なんか死んじまえ」といった調子。これは何も火野葦平をののしったり、岸信介の死を希ったりしているのでは毛頭ありません。そのときとっさに口にのぼる名を、でたらめにくっつけるのです。ひどい例は、自分の最愛の息子の名を、その上にくっつけることさえ、しばしばあります。

余談ですが、森於菟さんも、ときどきこれをやる、ということを、親しくきいたことがあります。森於菟さんのは、どうだかよく知りませんが、私の場合は、はじめは悔恨の気持にたえかねて、自分をののしるところから出たのが、とうとうこんなざまになってしまったので、その名を呼ばれる人には、何の関係もないことなのです。

で、ある日、解剖学教室の廊下を、解剖実習室の方から、私の部屋の方に向って歩いているときに、突然こうした発作にとりつかれたのでした。そして思わず「嶋善一郎のバカヤロウ」とどなったのでした。

この嶋善一郎君は、私の友人の一人で、同門の人類学者です。京都に住んで、歯科医を開業している実在の人ですが、この人とは一年か二年に一度、人類学会で顔を合わすくらいのことで、平生は大した交渉もなく、思い出すこともほとんどない、という間がらです。この発作の起った前に、嶋君と交渉があったり、同君のことを思い出したりしたわけではありません。全く例の調子で、とっさに、何の故ともなしに、出まかせにこの名が出たのです。もちろん、嶋善一郎君をバカヤロウだと思ったことなどは一度もありません。さて、私が廊下のまん中で、いつもの発作にかられて、思わず「嶋善一郎のバカヤロウ」とどなって、二、三歩も歩いたか、というときに、向うの廊下の角から、一人の男が現われました。それがなんと、いま私の口にした、嶋善一郎その人ではありませんか。

きいてみると、その日九大医学部の構内で学校衛生学の学会がある。嶋君は学校医をもやっているので、それに出席したのだという。学会中に、ひまを作って、私の部屋をたずねてくれた、というのです。私はこの日に学校衛生の学会があることにも気づいていませんでしたし、まして、嶋君がこれに出席しようなどということは夢にも考えたことはありません。嶋君が校医をやっていることも知らなかったのです。つまり、嶋君がその日九大医学部の構内におり、私を訪問するかも知れない、というような予感は、全然なかっただけに、私がその名を口にしたトタンに同君が出現したときの驚きは非常なものでした。もしこれが単なる偶然の出来事だったとすると、その偶然は非常に稀れな偶然だといわなければなりません。

あまりの不思議さにもしやと思って、私は何回も念をいれて、その時のことをくりかえして記憶の中に再現してみるのでしたが、どう考えても、私が嶋君の名を呼ぶ前に、同君は既に向うの角から出現しており、その名を発する前に、私はその人を無意識のうちに認めていたのではないか、という疑いは成り立ちません。私が嶋君を認識したのは、向うの廊下の角に人間の片鱗があらわれて、それがしだいに嶋君になるところまでの全部を、はっきりと見たのでして、眼をあげて突然、こちらへ向いてくる嶋君を認めたのではありません。

この出来事は、いったいどう考えたらいいのでしょうか。偶然か、霊交か、それとも私の脆弱な記憶が、好奇の気持から拡げられた結果の、不正確な作り話にすぎないということになるのでしょうか。

父の怪談

この怪談は、私の父の体験談である。そして当人から直接いく度も聞いた話である。必要な説明は加えるが、潤色はしないで、出来るだけ聞いたままを記そうと思う。ただし、残念なことには、その折はたしかに聞いたはずの地名や人名を、ことごとく忘れてしまった。それで話が少しぼやけて来はしまいかと恐れている。

その前に、私の父のことをちょっと紹介しておいた方がいいかも知れない。父は軍人ではないが陸軍にながくつとめていた小役人で、六十いくつかで退職したあとも、数年のあいだ出雲の松江市の市役所につとめていた。はっきりとした年は、しらべて見ないとわからないが、昭和のはじめのころである。この話はその頃の出来ごとで、つまり六十何歳かの父の遭遇談である。

私の父は元来酒のみで、その頃も相手さえあれば、一升酒は平気であった。性質はというと、男らしい、カラリとしたたちで、家は代々神職の筋であったが、若いとき田舎住いでありながらクリスチャンになったというところから見ても、進歩的な人であった。迷信家らしい点は少しもないばかりでなく、平常そうした習俗などには強い反感、軽蔑を示すような風であった。いわゆる知識人ではなかったが、合理的な思考家であったようである。

それからも一つ付け加えておいた方がいいというのは、男らしいといったが、それにはいくらか剛胆な、といってもいいような面も含まれていた。私は一生のあいだ、ものに恐れている父の姿を見たことがなかった。

父の性質については、まだ言い足りないことはたくさんあるが、この物語を理解する上に必要なことは、右にのべた位のところで充分であろう。とにかく、私の父には、平常神秘的な影は、露ほどもなく、また前後に、これに類するような不思議な話をしたことは、一度もなかった。読書家でもなかったから、いつとなしに書物から得られて、意識下に貯えられていたものが、仮装して再現した、というようなふしもない。それだけに、私には父のこの話が不思議に思えた。今でもそう思っている。

ある冬、松江市に大火があり、町の目ぬきのところが焼野原になった。父のつとめていた市役所では、罹災者のために、建築材料を有利に提供しようという、一種の救済法案が採用された。もと山から市役所の手で材木を買い、それを罹災者に原価で売り渡そう、ということになった。その方面の係りであった父は、その仕事のために、石見のある田舎町に出張を命ぜられた。材木を買ってそれを船で積み出す仕事であった。

父の滞在した宿は、海岸の波打ちぎわ近くに建てられた旅館で、夜ねていると、波の音がやかましい。父は毎晩酒を飲んで、そのまま寝る方だから、波の音がやかましいといっても、大した妨げにはならない。

或る晩、寝つこうとする前、ちょうど、夢とうつつの境の状態にあったとき、波の音とは別の、何か気にかかる音、というよりは気はいがする。障子の外の廊下に誰かいて、何事かを訴えようとしてためらっているような気はいである。それがうるさくて寝つかれない。

「だれか知らぬが、用事があるなら、はいって来たらどうだ」

すると、障子があいて、一人の女がはいってきた。ひさし髪の、海老茶のはかまをはいた、田舎風の若い女である。女は父の枕もとに坐って静かに両手をついた。そして、せっかくおやすみの所を邪魔してすみません、というような詫ごとをくどくど言ったのちに、次のようなことを言った。

これまで、いろいろな人がこの室に泊りましたが、この人ならばと思う人がありません。あなた様ならば、必ず私の願いを叶えて下さる、と思いましたので、お邪魔とは存じましたが、思いきって、お願いに上りました。

実は、私はこの港から二里ほど奥のA村のBという農家に生まれたものです。その村の小学校の教員をしていましたが、この秋、生徒たちをつれて修学旅行に出ることになりました。出かける朝、私の両親は、海上を気づかって、災難よけのお守りだと申しまして、金の大黒さまを私に持たせました。私は、そのような迷信を、日頃から打破するように生徒にも強く教えていましたし、教員ともあろうものが、そのような物を持つのは恥かしいことだと思いましたが、せっかくの親たちの情をすげなく拒むこともないと思いましたから、一旦うけとりました上で、家を出る間際に、手洗所へ入った折、その大黒さまを、今から思えばもったいないことでしたが、ご不浄の中へ捨ててしまいました。

さて、その朝は風もなく、海もおだやかで、船たびにはこの上もなくめぐまれた天候でした。私たちはこの宿のすぐ下の浜から、テンマ船にのって、沖の本船まで漕いでゆくのでしたが、生徒たちも私も、一瞬間のちに、どのような悲惨なことが待ち設けているか、などということは、露ほども知るよしもなく、皆大よろこびでテンマ船に乗りうつったのでした。ところが、渚をはなれて、二、三間とゆかないうちに、どうしたわけでしょうか、突然舟が傾いて、あっというまもなく転覆してしまったのです。

ご承知のように、この海岸は、遠浅ではなく、二、三間はなれると、もう相当の深さです。そのとき十数人の生徒と一緒に、大ぜいの見送り人――その中には、私が金の大黒さまを懐にもっているとばかり信じていた、私の両親もいたのですが――その人々の眼の前で、私も溺れ死んだのです。

私は、死んだのは運命とあきらめることが出来ます。しかし、どうしても気になって、死んでも死にきれないのは、あの金の大黒さまのことです。私が死んだのは、その罰としか考えられません。その大黒さまが、どこにあるかということは、私以外にはだれも知る者がありません。このことを人に話して、一刻も早く、あの汚らわしい所からとり出してあげなければ、私は安心して死にきることが出来ません。あなた様ならば、必ず叶えて下さると申しましたのは、この事でございます。まことに御足労で、御迷惑とは存じますが、どうぞA村のB家にこのことをお伝え下さいまして、一刻も早く大黒さまをとり出して、清めてさし上げて下さいませ。

女の幽霊の話は以上のようなことであった。酔っぱらっていたにちがいない父は、はたして自分が異常なことに遭遇しているのだという意識があったかどうかも疑わしい。夢の中では、あらゆる異常のことが、あたりまえのことのように考えられている。きっとそんな気持で、この話をきいたのだろう。とにかく父は、女のたのみに対して、承諾の意をもって答えた。女はくりかえしお礼をのべると、また障子をあけて、部屋の外に出ていった。父はそのまま眠ってしまったらしい。これだけならば、変な夢を見た、ですむ話であった。

翌朝、起きると、父は昨夜のことをまだ憶えていた。夢のようにも、うつつのようにもある、というところだったろうと思う。それで、念のために、宿のものに、その秋、A村の小学生が、この海岸で溺れ、その時、A村のBという女教員も一緒に溺れたことがあったかどうか、と訊ねてみた。そういう事実はあった、という答えである。

すると、と父は考えた、昨夜のことは単なる夢ではなかったのだ。夢だとしても、異常な夢だ。しかし、それでもなお、父は疑った。ひまな時はしょっちゅう酔っているので、或いはそんな折に人から聴かされて、そのことをすっかり忘れている、それが夢の形で思い出されたのかも知れないと。

しかし、それならば、その死んだ女だけしか知らない筈の、便所の中の金の大黒の話はどうしたことだろう。或いはそれも、もう人々の口の端に上って、世間周知の噂話になっているのだろうか。父はそう思って、宿のものに、そうした金の大黒天の話を、知っているかと訊ねた。そんな話は初耳だという答えであった。

とにかくA村へいってみよう。B家で、出発の朝、金の大黒を娘に与えたことがあったかどうか、そのことを他人が知っているかどうか、そうしてもしかしたら、その人達の思いもよらぬところから、事実黄金大黒が出現ましますかどうかを、確かめてみよう。

幽霊の願いをきき届けるというよりも、自分自身の好奇心から——父はそのように話した——その日、ひまをみて、父は二里ばかりのA村まで、雪の中を歩いていった。

B家というのはあった。小さい百姓家で、老夫婦と息子がいた。父が昨夜のことを話すと人々は涙をながしてよろこんだ。出立の朝、金の大黒を娘に与えたのは事実だし、そのことは他人は知らぬことだといった。家のものは、娘が死ぬときもそれを持っていたに違いないと、思っていた。死人の懐からそれが出なかったのは、海中へでも落ちたのであろうと、今の今まで考えていた。そういうことならば、何はともあれ、早速大黒さまをとり出して、清めてさし上げなければと、一家総動員で、便所を汲み出した。半ば融けた、土の大黒天が、その底から拾い上げられた。目のあたりそれを見てから、父は娘の位牌を拝し、人々のなつかしがってひきとめるのを断って、宿にひき返した。

その晩も父は宿の酒をのんで寝た。と、やはり夢とうつつの境のころ、昨夜の女が廊下の障子をあけて、はいってきた。お礼をいいに来たのである。そしてそのあとが少し滑稽である。女は、お礼のしるしに、父になにか報いたいという。あなた様がいま一番お困りなのは、足のアカギレでしょう。それを治してさし上げましょう、という。

それには、この海岸の、あのあたりに、こうした形の大きい石があります。女が指さすと、その方向に、父はその石の姿を、まざまざと見たそうである。この石に足をつけると、あなたのアカギレは治ります。そういって、女はまたいく度かお礼のことばをくりかえしたのちに、部屋を出ていった。

アカギレなど治してもらわないで、ほんとの金の大黒でももらえばいいのに、欲がないな、と私どもは笑ったものだが、父は、幽霊も分相応のことしか出来ないらしいよ、といっていた。そして、その他にこんなこともいっていた。幽霊てものは、飛行自由で、どこへでも行けそうに思えるが、たった二里ばかりの村まで帰って、自分で親たちに話せばよかりそうなものを、それが出来ないというのは、幽霊も、その死んだ場所から、あまり遠く離れることが出来ないらしいな。

私もそうだが、父は生涯話下手で、作り話をして人を興がらすようなたちではなかった。この話を父から、幾度か聞いたが、いつも細部まで前のと同じであった。この話を父の作り話だとは、私どもは思っていない。

父は七十二の年に卒中にかかり、八十になってから少しずつボケてきた。八十四で死ぬころには、完全にボケていたが、しかしこの話のようなことがあってからまだ十数年というものは、精神はたしかで、何の異常も見えなかった。

アカギレの結果をいい落したが、試みにその石とおぼしいものに翌朝足をつけてみた。気のせいか、その冬はアカギレで悩むことが、例年よりは少ないようだったという話であった。

余白があるというから、ついでに記しておきたい。私は多年、自分で現地を訪ねて、土地の人の話をきき、父の話の真実性をたしかめたい、と思っていた。しかし、その暇が一向やって来そうにない。もし誰か特志の方が、私の代りにこれをやって下さると、大変ありがたい。もしそういう人があったら、まず松江市役所へ連絡することである。そして、大火のあった年をたしかめ、その時に復興用の木材を購入したのが、石見のどの地で、どの港から船に積まれたかを知る必要がある。

それさえわかれば、あとは現地に出かけて、土地の人々から、それ以上のことを、わけなくきき出すことが出来ると思う。この話が事実であったら、B家の人々は、たとえ代変りになっていても、いまなお記憶しているにちがいない。それも、あまり後になると、どうなるかわからない。

こう書いているうちにも、私にはまた新たに遊意が動いてきた。出来れば何とかして、自分でたしかめたいものである。

解説

中村幸彦

今度新たに編輯された、金関先生の随筆集『孤燈の夢』の解説を御慫慂いただいた時、二つ返事で承諾したのは、大変子供っぽい衝動からであった。先生に一巻にまとまるほど、多くの随筆があった。私は殆ど読んでいない。これは是非早く読ませて欲しいと、思ったためである。早速校正刷が、「発表誌一覧」を付して送られて来た。それを見れば、地域的にも、専門的にも、私などには目につかない新聞雑誌等においてであった。むさぼるように読了しての第一の感想は、先生に近しい方々からは、今更何を言うかと、お叱りをうけることを覚悟して、憚なく言えば、我々は同時代に、一個のすぐれた随筆家を発見した、ということであった。世間には、先生の透徹した学問や、広い方面への関心や、明晰な文章に既に触れた人は多いと思うが、その方々をも含めて、本書の読者の中には、私と同じ感銘を持つ人の多いことを確信する。

論者は言う。随筆なるものには、著者の人間性のそのままに現れているのが、小説や戯曲と違ったところであると。すれば、少なくとも随筆の解説者は、著者の人間性と、否でも応でも対決しなければならるまい。随筆の人間性と言っても、人前へ出る時には、道徳宗教などの甲冑をよろって出る癖の人もあり、一芸一能の立場で物を見ることに慣れた人もある。こういう人の随筆は、その筋さえわかれば案外楽に附合できないこともない。どうもこの著者は、(もちろん金関先生を指すのであるが、解説者として、以下は著者呼ばわりをして、敬辞をも略させていただくことを許されたい)、そんな武装型ではない。どこへでも何に対するにも裸でまかり通るが、相手や所が変ればカメレオンの如く、融通無碍に変化して対応することが出来る。どうも著者の世間非世間の万般に対する関心の広さと、関心を持てば徹底的に押してゆく執念に原因する如くである。恐らく著者はかかる言葉は嫌いであろうが、世間的にわかり易くいえば、多趣味で、何でも壺を押える心得を持っているからである。趣味というどこかに浅薄さを伴う言葉で、著者を評し得ないことは、その対象に対するや、冷静に口辺に笑を浮かべながら、親に逢えば親を斬り、仏に逢えば仏を斬る概があることで、すぐに明らかになる。解説者たる私は、その姿勢、発想思念を分析せねばならない。著者の広い関心の範囲や、学者として錬りつめた透徹した見識に、一体どう私が対処すればよいのか。「解剖学者を解剖する」、語呂合せどころではない。初めの小児的衝動を、ここに至って後悔しても、もう引込みはつかない。著者の寛大に甘えれば、著者に一つ、この随筆にも処々に出没する、大家の隠居さんになっていただき、私の熊公八公然たる理解を、いや、誤解を許してもらおうと、腹をくくることにする。すこしの、いや甚しいトンチンカンを、著者と読者に、お許しを乞うことから、この解説を始める次第である。

先ず本書の内容を概説する。長短全一三五の文章は、各初めに据えた文章の題を見出しとした次の四群にわかれて、配列されている。即ち「I 同窓の害」、「II 老書生の愚痴」、「III 出雲美人」「IV トロカデーロの里代」である。

第I群は、二十四篇。小学生時代より今日まで生涯を通じて、交渉のあった人たちとのかかわりや回想の文章である。岡山での小学生時代、同じクラスにいた佐藤少年、後の政治家「岸なにがし」から、お孫さんに至る。要望されて書いたと見える、自伝的文章や現状報告も交る。誠にのどかであった旧制高校生活の一端があるかと思えば、第二の故郷とする松江で入信し、生涯「体液の一部」になったイギリス聖公会教の敬虔な宣教師達への追慕の情がある。学問の先輩であり恩師であり、同僚であった鈴木文太郎、浜田耕作など何人かの学者の回想や評価がある。器用な著者が、九州大学医学部で、同僚の似顔絵を画いた時の「似顔絵問答」の一文は、酒脱軽妙で面白い。鈴木先生の重厚な教室作りや、浜田先生の辺幅を飾らずいたずらっぽいのをよしとする著者は、自らを早熟児、アプレと評していることは、ここで記憶しておこう。

第II群は、七十篇。書物、諸芸、美術、文化財、郷土資料などについての論、批評や諸提案をまとめてある。これらがまたいくつかのまとまりを持って、並んでいる。その(イ)は読書に関するもの。昔は本が買い易かった回想に始まって、少年期の「ぼくの読書前史」が、自らまた自伝となっている。自ら称するこの早熟児は、中学三年生で、経験もないのに恋歌を投書して入選、前田晁訳のチェホフの短篇集を賞品として送られる。ここで西洋文学にとりつかれる。いやそれより早く、イエロー・ブックを入手したり、雑誌「白樺」で西洋美術の紹介にしたしんだ。しかもこの二つとも、著者のそれからの人生の行路を決定するに役立つのである。恥を言わねば理は通らぬ。著者に十数年おくれてであるが、私も長兄が故郷へ送り返して来たことで、中学生時代、全く同じ本で、チェホフの小説や西洋美術の紹介にふれたことのみは記憶にあるが、今から顧みて、何か変ったものだという以上には何もわからず、従って残念ながら何の影響もうけないでしまった。読者は、私の奥手を笑うことなかれ、著者の早熟を恐るべしとすべきである。それから、読書の口から生活の指針を見出すという純粋な効用を説く、親切かつ適切な読書のすすめがあって、日本文学や作品について、寸言肯綮にあたる評があるのは、私としては見のがせない。著者は好んで江戸文学を読む。それ程高級な文学とは思わないが、そこに一種のやすらぎを覚える。それは江戸時代の生活には、一つの方向を持っていたからである。明治以来、それらを旧套として払拭したのはよいが、文学をも含めて、その後の日本人の生活には、それに取って替るべきものを、まだ作り得ない。故にそんな感を持つのだろうかという。文学史の上から従うべき発言と思う。『源氏物語』には、作者紫式部が、主人公の光源氏をからかっているところがある。こんなところにたとえば、藤原道長などのモデルがあったのだろうかと疑ったりする。『源氏』の研究は甚だ進んでいるが、私風にいえば、作者が主人公に同調する人情本的な面にのみ注目して、ここで著者が指摘するように、作者が批判的立場をとる洒落本的なところがかなりにあるのを、研究者は見忘れているのではないかと思う。そこを鋭く見ぬいているのは恐ろしい。鷗外と荷風、漱石と直哉を対にした論も面白い。日本人は日本語を、中国語のようにゼスチュア入りで話してはという提言や、著者の専門の書物の批評なども、いくつかあって、(ロ)の映画、歌舞伎、能狂言の批評に移って行く。この著者は、変な格式にとらわれるのは好きではないが、型あってこそそのものの存在理由のあるものに、型をわきまえないのが、も一つ嫌いである。日本の古典演劇の美しさは、その型に存する。型の理解なくしては、その美しさの神髄はわからない。こんな言い方は著者の気には入るまい。要するに型がわからねば面白くないのである。従ってここに見る古典演劇の評は、玄人、昔風にいえば見巧者の発言である。何事にでも好きになると、こり性になるその性格を、よく物語るものである。それかと思えば、場末の映画館の小便臭いのに閉口しながら、もう古くなった洋画を楽しそうに見つつ、日本の映画評論家が、作品のモラルを採り上げないのはいけない。「賢明でさえあれば、性の解放ということは、悪徳でなくなる」などと、考えている姿も、いくつかこの部分に登場する。著者を知る者にとっては、「先生は、また」と、ほほえまれることであろう。(ハ)は、洋画を中心とした美術品の展覧会その他の評である。幼くして「白樺」誌上で洋画の洗錬を受け、パリ留学中もルーブルへ通いつめた著者は、技術的にも、歴史的にも、本格的な鑑賞力を持つ。技術面から入って、画家の精神にわけ入り、絵画における真実とは何かと見極めないではおかない鋭い批評である。私の在九州時代に見た展覧会の批評もあって、その時のあれこれを思い出すことが出来た。(ニ)に分類すべきところは、物の真贋一般論から発したものと思われるが、「名茶ぎらい」「名人ぎらい」「名品ぎらい」「名物なで斬り」と題し、世にいわゆる「名」と冠するものを、黄表紙でも読むような愉快な筆でなで切りにする。俗臭芬々と、お高くとまったり、とまらせたりしているのが、我慢できない。とまったままならまだよいが、有象無象、数を頼んで強要しかねないとなると、著者ならずとも、我慢ができなくなる。名人の「名」は、迷惑の「迷」に通じる。著者のこの発言は、各人の真贋好悪は各人自ら定めるべきだ。世間御一統左様然らばでは困るのである。真贋好悪の問題から、ひいては民芸品、地方の文化財、郷土史料、地方の観光など、土地々々で個性あるものの尊重と、その方法の提言でこの一群が終るが、民芸の陶芸品によせる著者の愛着を示す文章は、この人であるだけに見逃すべきではない。

第Ⅲ群は、二十七篇。初めのところは、「出雲美人」とか、「九州の顔」とか、著者専門の形質人類学にかかわるものから、「美人とは普通の女よりもより進行的（幼若的の対語）体質を有するものなり」など定義を下したりしている。しかし「色気」になると、江戸時代的に、否定を伴ったところに発生した美意識を論ずる部分は、一種の文化史論となり、「八頭身漫談」になると、その愚かさを指摘して、現代文化論となる。社長さん達の肖像画を見ては、金儲けもさることながら、もっと内省的な生活をと忠告し、医者の顔には次第に仁者の風貌を欠けるを嘆息する。以下八つ当り的に、現代社会のひずみを、洒脱な筆で抉剔して行く。対象は、疫病対策をおこたる政治力の貧困、医学界や考古学界の陋習、役人のおろかさ（鉄道語）、文士や女優にチヤホヤする一般の愚かさ（志野）、警察の無思慮（馬と人間）、などなど。これを執筆した著者のやりきれない気持も、さぞやと想像されるし、こういう評語は、著者のこれまたお気にめすまいが、あえていえば、悉くこれ警世の文である。

第Ⅳ群は、十四篇。見出しとなった初め一篇は、フランスのトロカデーロの人類博物館に、著者の寄贈として、祇園の名妓里代の写真が、人類学の資料として陳列してあることをめぐってのものである。これ以下、この一群は日本人と物の見方考え方の違った外国人のこと、外国での生活を書いたものを集めてある。修身書を発行して、孝道を宣揚せねばならぬとした文部大臣や、近頃のアパート生活の正月風景などの入っているのも、異国人と見てのことかも知れない。旅順西北羊頭湾の発掘地の、自然に順応して、のびのびした農民の生活を描いた一篇は頗る印象的であるし、台湾のどこかでの穿山甲のフットボールの一話は、何とも滑稽である。最末は異国も異国、著者自らの経験である霊交めいた咄と、父君の体験として話された怪談をもって結ぶ。これは著者の好きな小泉八雲の影響かも知れない。

著者は少年の日、『水滸伝』を読んで、理想の豪傑としたのが、浪子燕青であったという。燕青は、人も知る如く梁山泊第一俊俏の人、もとこれ北京風月叢中の伊達男、聡明磊落、外にあっては冷箭三放、必ず敵を倒す。入っては歌曲吹弾はもちろん、拍白道字、頂真続麻までよくし、諸路郷談、諸行百芸的市語をもさとる、諸芸を極めた人物である。長々と述べたが、どうも、後年の著者と同好、趣をも等しくするところがあって、既に少年期からその傾向が読みとれるからである。著者は後年自らをアプレとするが、観念的には、日本でこの語が流行しない前からアプレであったらしい。世事雅俗万般何でも知りたく、何でもやって見たく、一歩入れば、少なくともある点まで達せねばおかない風であったと想像する。その後の著者を私は想像し続けて見る。そのためには、何か既成のものに捕われることがあっては不可能である。事にも物にも人にも裸で相対すべきである。ただしそのためには、自己の感情と智性を鍛えねばならぬ。いや裸で目的に進む経験が重なることが、その鍛錬の第一であったかも知れない。火に入れば火を知り、水に入れば水を知る。その錬磨を経て、事と物の本質が見通されて来る。学問の場合は客観的な実証的方法を必要とし、美術に対しては感情の錬磨が必要である。著者がどのように物に対して、その内扉をひらいて行くかの具体例は、『文芸博物誌』に収まるいくつかの考証を見れば明らかである。筋を通すことにいかに細心の心を使いうるか。しかしその頭の運動を、著者がいかに楽しんでいるかも知られるのである。よって錬磨などといえば、著者は恐らく俺は鍛錬などしたことはないぞと、うそぶくであろう。その楽しみの中にも鍛錬ありと、逃口上でお許しいただくこととする。そのように本質の見通しが可能になって来ると、何ンとマア間違ったことが世には多いことだろうか、となる。著者の『日本民族の起源』や『形質人類誌』中の主要論文を、素人の私が見れば、著者によって訂正された論文は、何かにとらわれた無理があるが、著者の論には無理は少しもなく、流れる如く真実に入ってゆく。人或はそれを著者の博識や明敏に帰するかも知れない。それもその通りであろうが、この随筆集を読めば、単に学問の場合のみでなく、何事何物に対しても、今述べたような鍛錬の結果かと思う。学問ではともかく、この随筆の範囲では、その間違いの批評は、「嫌いだ」の一語で示されることが多い。要するに、物・事・人が、本質的のままに自然に存在したり、営まれておれば、著者はよろこばしく、好きなのである。昔の生活を残す琉球や、生活の具としての民芸品には、著者は目を細めるが、その本質を忘れ去ったものが、嫌いなのである。残念ながら、現在の日本は、著者の嫌いなものが多すぎる。「いまの政治家なるものが大きらい」なのは、国民の幸福に努力すべき政治家が、誠意を忘れ、人間を尊重しないからである。役人が嫌いなのは事大主義で、事なかれ主義で、頭と身体を使うことを怠っているからである。芝居は奇麗で面白い遊びであるから、田舎廻りを見てもよろしいに、劇場だけ立派にし、役者が名人ぶり、芸術ぶるのが辛抱できない。絵画は芸術であり、芸術は真実を追求すべきなのに、技術をよろこぶのみでは第二流にとどまらざるを得ない。何でも「うそごと」は嫌いである。趣味などいうものは、一人一人でよろしく楽しむべきだのに、もったいぶるとは何事か。趣味を解せぬとはこのことだ。どうでもよい事は、その用を足せばよろし。茶は渇を医すもの、酒は酔を催すもの。それ以上は趣味に属する。趣味の範囲まで人に強いることはなかろう。などなどと述べている間に、この著者の筆は、現在日本社会に対するかなりの警世の語になっていることを、見逃してはならない。このようにいえば、ひどく痛烈な厳格な文章かとも聞こえるが、著述の心情も、表現も、余裕綽綽たるものである。随筆で大見得を切るなど、それこそ本質的ではないのである。対象により、時の気分により、自由自在融通無碍の発想と文体を駆馳する。少年時より和・漢・洋、さまざまの文学に出入した著者の文章はまた多彩であって、読者を十分に楽しませてくれる。

金関先生のこの随筆集を、従来の随筆でどのような本と比較すればよいか、私には思い浮かばない。このような著者を文人というか何と称するか、適当な語が見出し難い。しかし、その対象とするところは、博覧多識で何にでも興味を持って広い。その姿勢は本質を見通して、自律的な批判力を示している。従ってその把握は、客観的に真当で、論理的に適確である。そしてその文章は簡明を尊ぶが、多彩にして自在の筆のはこびである。私が初めに、一箇のすぐれた随筆家の語をもってした所以である。

あとがき

金関丈夫

私がこの半世紀にわたって書き散らしてきた随筆が、一冊にまとめられることになった。今では掲載誌不明のものもある始末で、どれ一つまともな文章とはいえないが、それでもそれぞれが、八十を越す私の人生の一コマである。書名は唐の詩人、戴叔倫の「客中言懐詩」から採った。

夜雨　孤燈の夢
春風　幾度の花

見はてぬ夢を追いつづけた書斎の窓に、独り聞く夜の雨という、いささかの感傷をこめたものであるが、もちろん後の句の、今いくたびの春に逢うべき、という意をも寓したのである。

初出発表覚え書

Ⅰ　同窓の害

同窓の害――一九五七・一二、九大医学部解剖学教室「同窓会年報」第二三巻
心のふるさと――一九六〇・七・一、鳥取大学医学部「学生新聞」
曽我の対面――一九五九・一二・二五、「三高同窓会々報」一七
江戸っ子と風流線――一九六〇・八・一五、「三高同窓会々報」
「加多乃」の思い出――一九五五・一一・一〇、「美登里」
還暦の弁――一九五六・一二、九大医学部解剖学教室「同窓会年報」第二三巻
九大を去るに当って――一九六〇・二・二五、「九大新聞」
近況おしらせ――一九六一・四・二〇、「東寧会報」第六号
すまいを語る――一九六二・一一・二五、「朝日新聞」(西部版)
大和より――一九六四・一一、九大医学部解剖学教室「同窓会年報」第三〇巻
説話学に興味――一九六六・一二・五、「民間伝承」第三〇巻四号
消　息――一九六七・六、「南溟会報」第三一号
ぼくの姓――一九五一・五・一八、「夕刊山陰」
おじいさんの弁――不明
初孫の記――一九五四・一二、九大医学部解剖学教室「同窓会年報」第二〇巻
鈴木文太郎先生――一九六三・七・八、「朝日新聞」
人類学者としての清野先生――一九五九・六、京大医学部「芝蘭」六五号
浜田耕作先生を懐う――一九七六・九・一〇、京大「考古学研究報告」配本の栞第二号
沢田教授寸描――一九五八・四、「九大医報」第二八巻―一
似顔絵問答――一九五七、「九大医報」第二九巻―六
小泉鉄――一九七九・五、二四、「朝日新聞」
高林吟二――一九七九・五、二五、「朝日新聞」
森於菟――一九七九・五、二八、「朝日新聞」
雲道人――一九七九・五、二九、「朝日新聞」

Ⅱ　老書生の愚痴

老書生の愚痴――一九五七・五、「学鐙」五四巻五号
ぼくの読書前史――一九五四・三・一、「図書速報」第一号(九大医学部中央図書室)
思い出の本―チェホフ――一九五七・二・一一、「毎日新聞」
読書の解剖――一九五一・九・二四、「夕刊フクニチ」
読書と現代――一九五三・三・七、「朝日新聞」(西部版)
本と懐中鏡――一九五二・五・三一、「朝日新聞」(西部版)
帙つくり――一九五七・一一・六、「朝日新聞」
日本文学――一九五〇・一一・二六、「朝日新聞」(西部版)
源　氏――一九五〇・一二・三〇、「朝日新聞」(西部版)

国語問題におもう——一九六一・七、「芸林」八巻七号
言葉のアクセサリー——一九五三・一・一九、「西日本新聞」
ハーン——一九五〇・六・二七、「夕刊山陰」
荷風と直哉——一九五〇・七・一八、「夕刊山陰」
ペルソー文庫——一九五一・九・三〇、「毎日新聞」
道楽案内——一九五九・二・一一、「九州産業経済新聞」
民族学の朝あけ——一九五六・二・一二、「毎日新聞」(西部版)
G・S・クーン著『人種』——一九五七・一二・一六、「日本読書新聞」
鈴木尚著『化石サルから日本人まで』——一九七二・三、「自然」一〇三号
白うさぎのシグナル——一九五〇・一一・一五、「朝日新聞」(西部版)
ロダンの言葉——一九五二・一二・一七、九大医学部「図書室だより」
思い出——一九五九・一・三、「日本医事新報」一八一〇号
前進座の寺小屋——一九五五・三、「芸林」第二巻三号
実の綾のつづみ——一九五七・四・三、「西日本新聞」
朝日五流能所感——一九五七・一二・一六、「毎日新聞」
市川少女歌舞伎の「鳴神と沼津」——一九五八・一・二四、「毎日新聞」
新作狂言拝見——一九五九・一一・二一、「毎日新聞」
歌舞伎——一九五〇・九・五、「夕刊山陰」
トンボ返り——一九五〇・九・一一、「夕刊山陰」
映画の効用——一九五四・一一・一二、「朝日新聞」(西部版)
眼のおきかえ——一九五四・一一・一六、「朝日新聞」(西部版)
場末の映画館——一九五五・一一・一〇、「新九州」
映画のタイトル——一九五五・六・一九、「西日本新聞」
日本にこなかった映画——一九五五・八、「シネ・ロマン」七号(福岡)
ミスキャスト——一九五〇・七・一一、「夕刊山陰」
映画に現われた女性
「女囚と共に」——一九五六・九・二五、「西日本新聞」
「上流社会」——一九五七・三・一〇、「西日本新聞」
「わたしは夜を憎む」——一九五七・三・三一、「西日本新聞」
「夜の乗合自動車」——一九五六・一二・九、「西日本新聞」
「嵐の前に立つ女」——一九七三・三・一〇、「西日本新聞」
「ノートルダムのせむし男」——一九七三・三・三一、「西日本新聞」
展覧会の見かた——一九五二・八・一九、「朝日新聞」(福岡版)
美術展——一九五四・一一・一〇、「朝日新聞」(西部版)
ルーブルの思い出——一九五四・一二・二、「朝日新聞」(西部版)
サロン・ド・メー——一九五一・四・一四、「朝日新聞」(西部版)
こころの富——一九六〇・四・一〇、「朝日新聞」
新しい恋人——一九五七・六・二四、「朝日新聞」
日本芸術——一九五五・一・八、「日本医事新報」(一六〇二号)
竹田をみる——一九五四・一一・三〇、一二・一、「毎日新聞」(西部版、夕刊)
現代絵画——一九五四・一一・二一、「朝日新聞」(西部版)
第十三回日展見物記——一九五八・二・二一、「毎日新聞」
梅原と安井——一九五〇・八・八、「夕刊山陰」
坂本繁二郎個展を見る——一九五三・四・七、「朝日新聞」(西部版)

坂本繁二郎覚書――一九五〇・九・八、「朝日新聞」
棟方志功の陶画――一九五三・二・六、「山陰新報」
雲道人とその芸術――一九六四・一・二三、「毎日新聞」（西部版、夕刊）
雲道人礼賛――一九六四・一・二三、「毎日新聞」
楽しい未成品――一九七二・六・二二、銀座七丁目「東和画廊個展案内」
渦まく力――一九七一・七・一三、「奈良県文化会館個展案内」
佐藤勝彦君とその作品――一九七〇・七・三一、「島根新聞」
名茶ぎらい――一九五五・七・二七、「毎日新聞」（西部版）
名所ぎらい――一九五五・八・四、「毎日新聞」（西部版）
名人ぎらい――一九五五・七・二八、「毎日新聞」（西部版）
名品ぎらい――一九五五・八・二、「毎日新聞」（西部版）
名物なで斬り――一九五九・一一・一、「九州文学」第五巻十一号
郷土史料収集への提案――一九五五・一一・三、「琉球新報」
沖縄古文化財の保護についての私見――一九五五・一二・二四、「琉球新報」
私の提唱――一九五八・六、「北九州民芸」
田舎に京あり――一九五四・一〇・五、「朝日新聞」
民芸の美――一九六一・六・二七、二八、「島根新聞」

Ⅲ　出雲美人

出雲美人――一九六六・四、「いづも路」三号
美人の生物学――一九五三・九・二三、「西日本新聞」
美女と般若――一九五九・二・一、「福岡婦人新聞」
色　気――一九五〇・八・九、「夕刊山陰」
八頭身漫談――一九五四・一〇・三〇、「夕刊フクニチ」
近くて遠きは男女の仲――一九五九・四・二一、「西日本新聞」
九州の顔――一九五四・八・八、「朝日新聞」（西部版）
社長さんたちの顔――一九五七・二・五、「九州産業経済新聞」
医者の顔――一九五四・一一・二〇、「朝日新聞」（西部版）
仁　術――一九五〇・一一・二、「朝日新聞」（西部版）
ガン研究所――一九五四・一一・一七、「朝日新聞」（西部版）
トラコーマ――一九五四・一一・七、「朝日新聞」（西部版）
医学博士というもの――一九五九・五・二五、「九州大学新聞」
考古学者――一九五四・一一・九、「朝日新聞」（西部版）
博　多――一九五四・一一・六、「朝日新聞」（西部版）
静粛地帯――一九五四・一一・二、「朝日新聞」（西部版）
失業式――一九五四・一一・一四、「朝日新聞」（西部版）
志　野――一九五四・一一・一八、「朝日新聞」（西部版）
鉄道語――一九五四・一一・一九、「朝日新聞」（西部版）
エチケット――一九五四・一一・二八、「朝日新聞」（西部版）
蟬――一九五〇・一二・二七、「朝日新聞」（西部版）
馬と人間――一九五〇・一二・一六、「夕刊山陰」
スポーツと音楽――一九五〇・八・一、「夕刊山陰」
犬女房と猫女房――一九五五・六・五、「新九州」
蠅と殺人犯――一九五〇・八、「警察」（京都市警本部人事教養部）
被下候御方はドナタカハ存不申候共――一九五七・一〇・二〇、「バッカス」四号
鳰かぞえ――一九六九・一、「帖面」三五号

Ⅳ　トロカデーロの里代

トロカデーロの里代――一九六三、「像」一一号
京都にて――一九五七・七、「芸林」
日本化したアメリカ人――一九五八・七、「芸林」
恐龍と父と子――一九五〇・九、「新児童文化」第六集
親孝行について――一九五六・一二、「とびら」第三号（日本キリスト者医科連盟福岡支部会）
仲人記――一九五四・一二、「九大医報」二四巻三号
歳暮閑談――一九五四・一二・二八、「西日本新聞」
漫談正月風景――一九五七・一・一、「同盟通信」第二六〇号
包　米――一九三九・九、「科学ペン」第四巻九号
鷲　鳥――一九三四・六、「どるめん」
穿山甲――一九三七・七　「台高」第九号
その後のはなし――一九五〇・一〇・一、「南溟会報」
霊交と私――一九六一・一〇、「九大医報」三一巻四号
父の怪談――一九五五・七、「九州文学」第五期第一巻五号

著　者

金関 丈夫（かなせき たけお）

1897年，香川県琴平に生まれる．松江中学・三高を経て，1923年，京都大学医学部解剖学科を卒業．京都大学・台北大学・九州大学を経て帝塚山大学教授となり，1979年退職．専攻：考古学・人類学・民族学．「南島の人類学的研究の開拓と弥生時代人研究の業績」により，1978年度朝日賞受賞．1983年逝去．著書に，『日本民族の起源』，『南方文化誌』，『琉球民俗誌』，『形質人類誌』，『文芸博物誌』，『長屋大学』，『孤燈の夢』，『南の風』，『お月さまいくつ』，『木馬と石牛』，『考古と古代』，『台湾考古誌』（国分直一共著．以上，いずれも法政大学出版局刊）などがある．

孤燈の夢〈エッセイ集〉

1979年 9 月10日　　初版第 1 刷発行
2008年 5 月20日　新装版第 1 刷発行

著　者　金関丈夫

発行所　財団法人 法政大学出版局
〒102-0073 東京都千代田区九段北3-2-7
電話03（5214）5540／振替00160-6-95814

組版・印刷：三和印刷，製本：鈴木製本所

ISBN978-4-588-27052-9
Printed in Japan